望海潮
原创长篇系列

水南婆婆

黄明安

著

海峡出版发行集团 | 海峡文艺出版社

目 录

引子

二十世纪七十年代，在一个名叫湖耿湾的海滨村庄，流行一首童谣。这首不知从哪里流传下来的童谣这样唱道：

　　　鹧鸪树上叫，鹦鹉树下跳。
　　　先生爱放假，弟子爱玩耍。

　　童谣是用方言唱的，形象、押韵、入心。那时的孩子一年四季大都光脚，他们背着书包经过树下，拍着手跳着唱着放学回家。村道上尘土飞扬，田野里一片绿色。大人们在田间劳动，停下锄头看着孩子笑了。那时的田地是村里人合伙种的，几十户人家、几百口人，像一个大家庭。童谣的节奏缓慢，劳动的节奏也缓慢。日头也是慢慢地从东方升起来，经过一个蓝蓝的天，最后慢慢地落入西山。

　　在红霞满天、暖风唱晚的时辰，可以看到村庄的房子连成一片，同一个朝向、同一个高度、同一个构造。不同的是有新有旧，大小不一。新房子很少，旧房子看不出年代，因为墙体是用石头砌的。这种石头呈青绿色，清亮好看，三十年一个颜色，过三十年还是那个颜色。村里人喜欢栽树乘凉，不喜欢房前屋后长草，因为草藏野物，让人难防。每家都有一个院子，可院子的门永远开着。每家都有一口水井，可并非每口井都有好水！

　　湖耿湾公认最好的井，是水南婆婆家的。水南婆婆家是村庄唯一的外来户，她家的井水清澈甘甜，让人喜欢。一年四季，无论雨季旱季，那水都一样丰润。有人说是井靠近水塘，有人说是井打得深，反正那口井从来没干过。水南婆婆行为有点古怪，可她从不阻止人们从她家打水。她养着一双孙女，大的叫花朵，小的叫花枝，长得水灵灵的。可偏偏就是这样的家，又遭遇了一场不幸。

一

水南婆婆
一家子

香姑娘花朵在二十岁那年春天死了。她从水库里被人抱上来时浑身冰冷，她安静地躺在铁匠大憨的臂弯里，从湖耿湾北面的大荒山到家，一路上围观的人众多，连村庄的狗也在路旁翘首迎候。这是四月中旬的一个阴天。花枝妹妹见了姐姐当场晕厥过去。村庄五里之内的蜜蜂全都飞来了。它们盘旋在花朵的身体上空，发出"嗡嗡嘤嘤"的声音，任凭如何驱赶也没有离开。水南婆婆在那一刻突然失去哭泣的能力，让她意想不到的是，她同时还失去咒语的力量。

　　"我这是怎么啦？孩子。"

　　当她看见无数的蜜蜂盘旋在院子上空的时候，她用最大的魔力发出咒语，居然没有一点神效。她小声地问小孙女花枝，花枝似乎没有听见。花枝摇晃着奶奶叫："快哭出来！姐姐死了，您快哭出来！哭出来好受一点呀！"

　　"我这是怎么啦，孩子？"

　　花枝感到奶奶慢慢地衰弱下去，那样子像怀抱着一个孩子。"我年轻的时候曾咒死一头牛，前一阵子还咒死一只羊，现在连蜜蜂都咒不死，我活着还有什么用呀……"水南婆婆用耳语一般的声音喃喃说道，她那双眼睛迷糊地看着忙里忙外的人。她看到村里人把她的棺材从楼上搬下来，架在院子里的长椅上，装殓失水身亡的花朵。花朵躺在棺材的凹盖上，身体上空盘旋着无数的蜜蜂，它们在阴天闪耀着金色的光芒。

　　"快点放进去，蜜蜂会把她抬走的！"

　　铁匠大憨在人群中大声叫道，他那双抱过花朵的手被蜜蜂叮肿了。花朵的身体散发出一种异香，香气弥漫在院子上空。香气穿过人群飘进奶奶的鼻腔里。水南婆婆突然间缓过神来，她慢慢地挣扎着坐了起来。她竟然推开花枝走进院子里。她站在枣红色的棺材前，对料理后事的人喝道："都给我闪开！全都给我闪开！"水南婆婆的声音突然变得苍劲有力，带有一种不容违抗的权威性，"谁也不配动我闺女！"她伸手抱着花朵，抬起脸对众人说，"她还是个处子，只有处子才会发出异香呀！"

村里人感到无限惊讶！老人的话总是疯疯癫癫的，在情理之中又出乎常理之外。花朵是水南婆婆的大孙女，她与石匠阿古相好。爱情如同一只百灵鸟，唱出最初最动人的歌。水南婆婆与阿古家缔结亲家，定亲时间达半年之久。去年冬天，阿古在娶亲前几天，突然死于水库工伤事故。花朵自从阿古被哑炮炸死后，神情变得恍恍惚惚，几个月没有好好睡过。当寒冬过去，春天如期而至，人们以为可怜的姑娘将度过苦难期，花朵突然从水库坝顶走下去，一步一步走向水里，走向另一个村庄……

水南婆婆为花朵做入殓美容，她梳理头发，清洗脸面，扑上一层薄粉，使她保持生前的清洁和美丽。花朵看上去像睡着了。她在奶奶的抚摩下终于被安放进去。村里人拉开可怜的老人，拦住披头散发扑上来的花枝，为红色棺材盖上了凹盖，围绕在上空盘旋的蜜蜂才渐渐飞散了。灵柩锁盖的时候，木钉发出冰冷的敲击声。人们发出一阵唏嘘哭声，仿佛叮当的击打声不是锲入木头，而是锲入所有人的心！

水南婆婆是一个神秘的女人。花朵死后半年，她都没有开口说话。村里人看她孤独的背影，叨念她家的不幸时，对她的身世有了不同的猜测：有人说她是从水路来到村庄的，与一艘台风中在湖耿湾海域触礁的船有关；有人说她是从陆路来到村庄的，他们的出现与一群流浪艺人有关；最后一种说法大家比较认可，他们说她反正是个来历不明的人，丈夫早年死了，留下一男一女，她把儿女带到村庄定居下来，后来居然结为夫妻。她家在省城有亲戚，在台湾也有亲戚，家庭背景非同寻常。这事只有队长知道，这事队长不一定全知道。后来，家庭不幸出现了断代，花朵、花枝的父母相继死去，水南婆婆与孙女相依为命，她们家是村庄唯一的外来户，也是唯一没有姓氏的家庭。

水南婆婆一家三口，长年居住在湖耿湾的大水塘畔一座爬满牵牛花的院子里。院子里有一棵巨大的石榴树。每年秋天到来，树上挂满石榴果子。水南婆婆坐在树叶掩映的屋檐下，戴着老花镜纳鞋垫。她把牵牛花、石榴的叶片，还有围绕在上面飞栖的蜜蜂、蜻蜓，用各色丝线绣进鞋垫里。水南婆婆是个古怪而灵巧的人，她把做鞋垫的布片用糨糊粘起来，一片片贴在石头墙上晾干，她家的墙像一幅巨大的画，花花绿绿的，远看过去让人十分惊讶。每年她要为村庄待嫁的姑娘纳鞋垫，她对来取鞋垫的姑娘说："你要出嫁了，我送你一双鞋垫，女人家呀，脚底精致日子精致啊！"

不知从什么时候开始，村里人发现水南婆婆有神奇的本领，她的诅咒非常可怕，她发出的咒语使受咒者遭殃，以至当场死亡。有一次，为了证实这种非同小可的魔力，她居然当着众人的面，把院里的一头羊当场咒死。那羊在骂声中口吐白沫，躺在地上，不一会儿就伸脚抽搐死了。此后许多年，她的死对头翠婆，再也不敢与她吵架。邻居的大婶大娘见了她赔脸相笑。花枝放学回家的路上，受到铁匠大憨二儿子向日的欺负，水南婆婆拉着哭哭啼啼的孙女，站在他家院外发出一连串骂声。向日当晚高烧不止，大憨只好登门赔了不是才算痊愈。

花朵、花枝姐妹长到佳年妙龄，脸蛋姣好，身段绰约，浑身还会散发出一股香气。她们走到哪里就把香气带到哪里。这事成了湖耿湾的一大奇迹，在那个年代散布到四方去。有的男人被这种香气所迷惑，先是吸一吸鼻子，接着眼睛出现眩晕之色，就会迷迷瞪瞪跟她走。后生仔成天围绕在这一对姐妹周围，跟在她们的身后，寻找机会套近乎，想方设法献殷勤。花朵、花枝像一对蝴蝶，在爱慕的目光里翩翩起舞。夜晚来临的时候，她们家的院墙窗户外面，常会响起各种各样的动物叫声，这让有早睡习惯的老人生尽了烦恼。水南婆婆点起了灯火，操起木杖打开大门，站在院子当中大声喝骂。有一次居然有人挨了诅咒，从院墙上跌落下来。那是一个人称"小憋子"的后生，暗恋上香姑娘花朵。他学的是野鸽子叫，可心中的姑娘没有回应，他反而摔断了腿。两家大人闹到镇派出所，最后队长出面调解才算了事。

自从那次事件之后，花枝对水南婆婆的本事深信不疑，她对奶奶说："奶奶，村里人都说你本领大，你咒人真的很灵验呢！"水南婆婆说："那都是为了你们，我不下毒咒，谁还怕咱孤苦伶仃的一家子。"花枝说："奶奶，我看您老心好，您看那家伙摔断了腿，也怪可怜的，今后您能不能少骂人？"水南婆婆突然愤愤地说："那是他自找的，谁叫他夜晚偷摸人家的院落！"水南婆婆说话时眼泪流了下来，她又哭哭啼啼地诉说起死去的亲人，对自己的身份深表愤慨。"咱们是外来户呀，谁都想欺负咱们，我这心不硬，会被人踩在脚底下！"水南婆婆说到最后的时候，牙齿发出咯咯声，她挥着手威胁道："以后谁敢招惹你们，我要诅咒他下地狱！"

花枝失去姐姐花朵之后，得了一种奇怪的月晕症。每一个月圆之夜，她都彻夜未眠。起先，奶奶以为小孙女思念姐姐忧伤过度，可是这种病在月亮转亏后不治而愈。她用一种古老的方法医治花枝的病：她从山上采下来几种有香气的植物，用晒干的花朵和果实装成枕头，它们合成的浓郁的香气使白猫瓜瓜昏睡不醒，可是花枝还是没能睡进去。她一直只睡床铺的一半儿，另一半儿空荡荡地留在月光之中。花枝斜躺在床上，守候着窗前的朗月，听月光"哗哗"地响着。月光像湖水一般轻轻荡漾着。花枝的身体飘浮在月光之上。那感觉既清醒又冰冷。水南婆婆只好换了另外一种方法，她到处寻找会犯困的植物，她用合欢树的小羽片，与酢浆草、白屈菜、羊角豆合煮成汤，让犯有奇怪心病的花枝当药喝。她把夜晚睡起来像个小老头的胡萝卜花，炒成盘菜让花枝配饭吃。花枝在吃这些植物时总是笑个不停："奶奶，你是开药铺的中药师吗？不然咋知道这么多的花花草草？"水南婆婆说："这些花草昼开夜合，哪一样我老太婆不知道？我正在揣摩着，要不要给你喝睡莲花的甘露水，这种花蕊水有奇效，只是喝多了会得花病呢！"花枝一下子来了兴趣，她缠着奶奶问："什么叫得花病？我不怕，我要喝！"

水南婆婆拗不过花枝的性子，早晨在水塘里采集到几滴睡莲花花蕊的露水，滴在井水里让花枝喝下去。当天晚上，花枝果然睡着了。老人家高兴极了。可是子夜过后，花枝又醒转过来。花枝醒来后就再没有睡进去。她抱着枕头静静地看着窗口的月光，一手轻轻地抚摩着白猫瓜瓜。瓜瓜的白毛有月光一般的光泽，它静静地睡在月夜的中心，发出"滋儿滋儿"的呼吸声。树枝在月光下留下斑驳的影子，如藻荇交横，一片空明，然后爬到黄色的石头墙上。花枝想唱一首歌，歌曲到了嘴边的时候，那词儿又忘了。

当水南婆婆用第三种方法医治花枝时，花枝说："奶奶，你不要白费心思了。"她异常灵敏地感觉奶奶正在悄悄地念催眠曲。奶奶打开房门，花枝对她说："我睡不着觉，是因为姐姐通过月光跟我说话，你要让我睡呀，就得把窗口的月光拿掉。可你能拿开窗口的月光，你能拿开外面的月光吗？说到底——这是一件没有办法的事。"花枝温柔地安慰奶奶说："过几天月圆转亏时，我自然会好起来。况且不睡觉也无大碍呀，您练咒语的时候，不是几天都不吃不喝吗？我几个晚上不睡觉，说不定也能变化出什么神通来。"水南婆婆说："孩子，你可不能跟我学，你年纪轻日子长，你要好好照顾身体，奶奶现在只有你一个人了，你若有个好歹，叫我可怎么活呀！"

水南婆婆为了让花枝散心去，叫她参加夜校听课。那时候乡村女人文盲多，政府出台了扫盲政策，村里办起了民办夜校。水瑛是小学吴校长的大女儿，她嫁给铁人二郎后，担任了夜校唯一的老师和校长。花枝吃过饭去了夜校，水瑛感到有点意外：水南婆婆家的女儿，论文化都可当老师了，哪里还要来上夜校？这不仅因为花枝聪明伶俐，还因为水南婆婆比谁的文化都高。水瑛创办扫盲班的时候，心里起先没有多少把握，她其实书也念不多，可因为父亲是校长，她比别的孩子多读了书。当她嫁到湖耿湾后，发现左邻右舍的女人还有很多文盲，她们年龄大小不一，大字不识一个，十分可怜可惜。队长创办夜校的时候，水瑛被人推举为教师，其中最得力的举荐人，就是村庄的老太水南婆婆。

"你放心教她们吧，有不懂的字，拿过来问我。"水瑛有了水南婆婆做后盾，也就大胆地把班办起来。

夜校只有十几个学员，她们是铁匠大憨的老婆玉珠、理发匠洪丹的老婆秀娥、童养媳贝贝和琦琦，以及几个上了年纪还想识字的女人。金彪的老婆银锁，锦天、锦地的老婆麦香、穗儿，总是坐在教室的角落里。她们是水瑛求告了队长才让加入的。"她们家虽然身份不好，可是女人的命都一样的，你最好让她们也来认几个字吧！"夜晚来临的时候，女人们早早安顿好家务事，相互吆喝着来到队部。水瑛站在台子上说："识字是件容易的事情，只要坚持学它半年，我保证教会你们读报和写信。"她在黑板上画了一个太阳，又画了一个月芽儿，分别在旁边写上"日"和"月"，"这字不是画出来的吗？"她引导大家识字，又写了"雨"字，问大家像不像下雨了，大家齐声说像呀像天下雨啦！她写了"笑"字，问像不像笑呀，大家齐声说像呀看字的眉眼都是笑的。她写了"哭"字，故意把上面两个口画成圈，问像不像哭呀，"你们看，两眼睛下流一滴眼泪，不是哭还能是什么呢？"女人们被她的形象教学法激励着，用铅笔颤抖着在纸上写下了字。

花枝坐在教室里，她人跟大家在一起，可心还沉浸在痛苦之中。她说："老师，这哭不一定非得流眼泪，不是吗？"水瑛看了看她，无限温柔地说："当然，不过我觉得哭最好还是流眼泪，泪水也是苦水呢，哭出来好点呀，你们说是不是呀？"女人们同情花枝的不幸，她们附和着老师的话，同时安慰着花枝："人死不复生，你就不要老糟蹋自己。""你姐若灵魂有知，她也要你好活呀！""什么狗屁好活？是好死不如赖活！"花枝站起来，默默地走出了教室，她不想在那里待着。她穿过黑夜走在星光闪烁的夜幕下，她回到家里横身躺在床铺上。她想大哭一场，可任凭怎么样也哭不出来。她只感到一颗心又冷又痛，好像它已经碎了一样！

水瑛送走花枝后继续上课，她在黑板上画上一画，"这叫一"，画上两画，"这叫二"，画上三画，"这叫三"。童养媳贝贝站起来说："老师，我知道了。"水瑛问："你知道什么啦？"贝贝"咚咚咚"跑到台子上，在三字下又添上一画说："这一定是四了，对不对？"水瑛和几个识字的学员全笑起来。水瑛问："那五怎么写呢？还有六、七、八、九、十，以至几十、几百、几千万怎么办呢？"贝贝知道说错了，站在上面痴痴地笑着。水瑛摸了摸她的头让她下去。"可话又转回来，识字也是一件不容易的事，不然千古怎么说'万般皆下品，唯有读书高'呢？你们知道，这读书的高在哪里吗？"

那天晚上，女人回家跟男人换了一种睡觉姿势，她们亲自体验上下的不同，乐得男人在她们的屁蛋上拍打着："咦，你这臭婆娘学习了，真跟没有学不同呀！"过后不久，让男人想不到的除了身体姿势外，女人们的心性也变化了。读了夜校的女人，眼睛好像开了，胆子好像大了。她们慢慢地变得爱跟男人较真儿，凡事爱讲道理摆谱儿，不再那么听话驯服了。铁匠大憨再撒脾气骂老婆玉珠，玉珠居然扬言要告他。"你到哪里告我呀？"大憨有点傻眼了。"我到队长那儿告你，我到工作组那儿告你！我告你不把人当人，告你欺负人压迫人呀！"大憨大骂："你反了！你有本事给我站着尿尿！"大憨追打他的女人，玉珠跑得像只野鸭子，她还没有挨拳头，声音就叫得像牛一样，田野里的人都笑起来。大憨气冲冲跑到队长面前："队长，这夜校不要办了，再办下去翻天了！"队长在田头上吸着烟，他深吸一口气吐出来说："大憨，现在妇女解放了，你知道吗？"水瑛下巴倚着锄头说："大男人打女人才算本事，不然怎么还是男人呀？"几个夜校的学员趁机把大憨嘲讽了一顿，大憨耷拉着脑袋蹲在地头，他接过烟筒抽了起来，他吐出的烟把脸庞都蒙住了……

秋天来了，花枝的病情不见好转，她形容消瘦，人像一个影子一样地晃荡。她呆呆地站在家门口，看湖耿湾的孩子放风筝。这时候天空显得特别高，云也特别白，一丝一丝在蓝天飘，孩子们扎起了一个个风筝，一人手上抓着一个风筝，在田野里不停地奔跑着。领头的是小冤家向日，这个小她两岁的少年长得瘦瘦条条，在小镇读初二，整天在村庄里闲游野逛，像只野狗一样惹是生非——

两年前，花枝与水瑛老师的女儿亚洲、欧洲姐妹，跟男孩子混在一起玩儿。她们坐在土地庙的颓墙边，看向日带着同伴放风筝。向日用红纸片做一个圆风车，套在风筝线上，一朵小小的似花球，沿着线儿在空中转，被风吹得越来越高。向日还用箩筐的藤条，削一片薄薄的藤膜丝，绑在风筝头骨上，藤膜丝在风中吹响了哨音，如箫似笛，煞是好听。村里的人听到了，铁匠大憨也听到了。大憨看看天空，放下锄头走过来。向日一见爸爸脸上一阵苍白。孩子们知道出事了，连忙接过线儿拉着风筝飞跑。向日被大憨拦住一巴掌捆在地上，脸上一撮土一片红。向日的鼻孔出血了。女孩子嘻嘻哈哈笑起来。花枝用番薯叶片塞他的鼻孔，向日推开她走到水塘边，把小脸埋进清水里。水面上一片红，有鱼儿伺机把水花儿翻，惹得向日"他妈的"就给一石头。

　　向日把家里的箩筐藤丝条割断了。

　　藤条是箩筐的筋脉，起到加固竹编的作用，可居然被割断了！

　　那时候的孩子呀，天地间的万物皆有灵性，他们想怎么玩就怎么玩，想玩多少花样都可以，湖耿湾流行一首童谣，孩子们拍着手在地上跳着唱着——

　　　　喜爱土呀，捏个小人儿；

　　　　喜爱水呀，做个船漂子；

　　　　喜爱风呀，扎只风筝放啊；

　　　　喜爱天上的星儿，

　　　　听老奶奶说故事啰！

　　有一天，向日说："你们知道天有多高？"孩子们摇头说："星星有多高，天就有多高嘛！"向日小手一挥："废话！我们就是不知道星星有多高，你们知道飞机吗？"向日试探着问大家，他还没有等大伙回答又接着说："飞机腰边长两个长翅膀，腿上安小轮子，能在天上飞，可厉害呢！"大家听向日眉飞色舞说了一阵，听得人都入迷了。向日说："飞机能飞天上去，我们做一个大大的风筝，也飞到天上去！"

这个想法让大伙儿兴奋不已，他们把风筝的线集中起来，扎了一扇磨盘般的大虹鱼风筝。向日主管调理风筝的须线，风筝飞高飞低、飞正飞斜全靠它了。向日拿到风口试飞两次，才放心放飞风筝。他在临放之前，郑重地对大伙说："大虹鱼风筝是合伙做的，每个人都有一份儿，须写上名字在风筝上，让它带我们到天上去。"

向日说着俯身写上大名，在外边画一个圈，添上无数的细线。有人问，这是什么呀？向日说："笨蛋，这都不懂！我叫向日嘛，我的名字要像太阳一般闪闪发光！"向日的话像膨胀的种子，种在他们幼小的心灵上。孩子们写上各自的名字。萝卜头细新儿一直思念他死去的哥哥，他捉笔踌躇再三问："真的会飞上天吗？"他的话激起一阵强烈的不满。大伙冷冷地骂说："你要写就写，不写拉倒，就算没有你这个小笨蛋。"萝卜头细新儿流着眼泪说："我写，我写，我要写一句话给我哥哥。"大家乍一听全愣住了，伸长脖子看他伏在风筝上写道："天上的哥哥好。细新儿想你！！"

最后轮到花枝写了。她当然也想念死去的爸妈，她有好多的话想诉说，可这个风筝上写得下吗？花枝说："我不写名字，我画一张画上去。"花枝在风筝上画了一枝梅花——几片叶子、两朵花，代表她们姐妹俩。那时候花朵正恋爱着，她跟阿古偷偷约会，最早的秘密只有花枝知道。花枝守着姐姐的秘密，她是姐姐的替身影子，她分享姐姐的爱恋，心跟姐姐一样跳跃，梦跟姐姐一起飞翔，两个人像一个人一样……

花枝看着风筝想起从前，不禁黯然神伤："姐姐你走了，你永远不在了，接下去的日子，我只能一个人活！"她一想到这些，心就一阵茫然。

水南婆婆在院里拆秋天凋落的丝瓜架，她朝孙女叫道："你又发呆了，快来帮我呀！"花枝慢腾腾走过来，水南婆婆说："这条老瓜种真大呀，你把它肚里的籽掏干净，丝络可做三四个锅涮的！"花枝说："奶奶，我们家已经有很多锅涮了！"水南婆婆好像没有听到她的话，又接着说："人老一把骨，瓜老一身瓢。天地间的万物，每个时候都有每个时候的用处。你把种子掏出来，明年我还种呢。"

这时，突然来了一阵旋风儿，院子里的草都站立起来。花枝说："奶奶，今冬这风癫疯了是不是？村庄都快被刮走了。"水南婆婆说："水走水路，风走风路，你理它们做什么？"花枝说："我们长在风中惯了，可昨天有个外乡郎担，风刮跑了他头顶的毡帽，他去追帽，后面的郎担被孩子抢了。"水南婆婆说："抢了也好，反正那是孩子吃的东西。"花枝说："那人到队部哭哭啼啼，要队长赔他的郎担货。队长起先不答应，可最后看他可怜，给了他一袋子粮食，他才肯离开村庄。"水南婆婆说："今年年景不好，走村串户的外乡人多啦！"

白猫瓜瓜在院墙上叫了两声，一下子蹿到石榴树上。

亚洲、欧洲姐妹邀约花枝去看热闹，听说村里来了两个瞎眼艺人。花枝跟她们走时居然把奶奶也拉上。队部的晒场上围聚了很多人，水南婆婆的到来引起了小小的骚动。只见队长从椅子上站起来，把水南婆婆让到座位上。"今儿个什么风把您老人家给吹来的？"水南婆婆毫不客气地坐下来，她"哈哈哈"地笑着说："我这老不死的不见天，这见了天，天空还是晴朗的呀！"水南婆婆的声音响亮，传开来有一股铜钟的余韵。场子中央的两个瞎眼男女听见水南婆婆的声音，一齐端端正正走向前来，向水南婆婆行了一记长揖，"晚辈这厢有礼了！祝老人家永葆凤瑞，福寿安康！"水南婆婆摆了摆手："你们是'龙凤鼓'夫妇吧，声音不错，开唱吧！"

"龙凤鼓"是出了名的乡村艺人。男的姓陈名模，女的姓郭名凤歌。两人均是小时候被善育堂收留的盲童。五岁拜师学艺，教习板鼓唱，七八岁随师傅出外卖艺，十二三岁自立门户，开始走南串北卖唱，后结为一对夫妇。他们来到村庄，不止一次两次，听唱的人围了一圈又一圈。水南婆婆什么活动都不爱参加，唯独喜欢听这铿铿锵锵的"板鼓咚"："打起板鼓响咚咚，全国人民喜苍苍。翻身不忘共产党，幸福全靠毛泽东。""土改分田乐呵呵，巨龙冲天闹东方。地主恶霸全打倒，穷人要做主人翁。"那时候，"龙凤鼓"夫妇自编自演到处演唱，深入民间宣传新事新风，所到之处颇受民众欢迎。这两人唱了几句开场白，悬挂着手中的竹板和小咚鼓，问："诸位乡亲，你们是要听古还是要听今?"众人只知拍手哄笑，他们再问的时候，水南婆婆大声说："来一段'梁祝'的《下吊丧》!"陈模跨前两步，又是一个长揖："还是老人家识货! 好咧——'梁祝'的《下吊丧》!"

"梁祝"是千古流传下来的故事，梁山伯和祝英台这对旷古情人，不知打动多少痴情男女。那演唱的段子叙事温婉，一波三折，引人入胜。陈模的音质丰厚，高音区清澈亮丽，中音区粗犷嘹亮，低音区深沉厚实，配上竹板轻夹重压的搭配，多变的鼓点，尤其是他在演唱激昂时，压板和闷鼓节奏多变的音响出现，使人仿佛听到一条巨龙在翻滚舞动，怒吼哀鸣。郭凤歌的演唱字正腔圆，音清色重，板稳韵润，纤细缠绵；声音幽雅秀丽，犹如凤鸣。他们两人天作之合，一重一轻，一高一低，龙吟凤鸣。"多好听呀，我的心都快被揪出来了!"一曲终了，有人发出感慨，往盘子里丢硬币。水南婆婆说："我老太婆没有钱，你们好好唱，待会儿到我家弄点吃的还是有的。"瞎眼男女齐声说道："多谢了，多谢各位父老乡亲圆场!"瞎眼女人说："我们再给各位演唱一曲《三十六送》。"掌声如潮般响了起来。

《三十六送》是那年代的人很熟悉的段子。上了岁数的老太婆都会唱，年轻的姑娘跟着也能哼几段。瞎眼男女唱出来的时候，场子上引起了强烈的共鸣。人群中可听见"嗡嗡"的伴唱声。那时北风似乎也安静了，竖起耳朵听歌唱。光棍阿信跑前跑后，忙着给人端茶送水。阿信红着个大鼻子，他喜欢在人堆里挤来挤去。他的手不时摸到女人的屁股蛋，女人瞪眼时，他赶紧连声说："让一让，让一让。"转过身来胳膊肘又揣了人家的胸脯。"阿信你要死了!"阿信嘻嘻笑着，他可喜欢被女人骂，女人的骂是爱呢!

《三十六送》是一组情歌，唱的是新婚女子送郎远行的诗，一程一程，缠绵悱恻，所有女人的胸脯都被它唱得满满的，她们的骂声也充满了柔情蜜意。接着又唱了《陈三磨镜》《十二月病仔》。陈三与五娘仔的故事民间人尽皆知，磨镜那一折是戏中的精彩。龙凤鼓夫妇把《陈三磨镜》唱得细腻丰润，十分受听。《十二月病仔》赋有哩歌的韵味特色，幽默风趣，唱的是女人病仔（怀孕）生理反应嘴刁撒娇的故事，村里生过孩子的女人听得津津有味，仿佛那唱词专为她们写的——

正月出来桃花开，
奴奴病仔无人哉（知道），
君你问奴爱吃乜（什么），
爱吃橄榄与山楂。

二月出来春草青，
奴奴病仔不生哪（咋办），
君你问奴爱吃乜，
爱吃章鱼炒蒜青。

三月出来人播田，
奴奴病仔腹肚挺，
君你问奴爱吃乜，
爱吃马鲛鱼无鳞。

四月出来日头长，
奴奴病仔面黄黄，
君你问奴爱吃乜，
爱吃丸子拌乌糖。
……

陈郭二瞎被水南婆婆接回家住了一宿。第二天早上，他们在院中举行了一个换种仪式：他们从鼓鼓囊囊的背包里取出很多布袋子，从中拿出一袋作为留在村庄的礼物。"我们走过一个村庄就要留下一包种子，同时带走两包种子。"郭凤歌把种子递给水南婆婆，"你们的村庄得到另一个村庄的种子，另一个村庄将得到你们村庄的种子。我们回到家里将拥有走过的村庄所有的种子。"水南婆婆说："我也给你们村庄最好的种子。"她叫花枝取出昨天的丝瓜种，把它们分成两份装在袋子里。花枝吃惊地看着奶奶跟两个异乡人做这种奇里古怪的事情。他们接过种子时还说："我们走到一百个村就回家了。"

那天晚上，水南婆婆跟陈郭二瞎谈了一宿。他们像相识了多年似的，唠唠叨叨，叙说不息。子夜过后，花枝还听见喃喃的话语声。花枝听见奶奶跟他们说话时，偶尔会说一种她从来没有听过的话。水南婆婆竟然在客人面前哭了起来，她还流下了眼泪。这是花朵姐姐死后，花枝第一次听到奶奶哭泣。陈郭二瞎不知不觉中恢复了水南婆婆哭泣的能力。事后花枝才知道，在自己睡觉的时候，他们还医好了她月光下的失眠症。这种神秘的症状从此以后销声匿迹。花枝又恢复了正常睡眠。那天早上临走的时候，异乡人拉着花枝的手，把她的头脸摸了一遍，一个人说出一句话——

"老姐呀，你的孙女真可怜，你要好生疼她呢！"

"你要看管她呀，不能由她的性子走。"

他们走在大路上，后面跟上来六个孩子和三只狗。水南婆婆和花枝看到陈郭二瞎停下身来，各自在地上用拐杖画了一道线，孩子和狗就没有踩过线去。他们消失在灰尘滚滚的风中，消失在村庄麦地的尽头。"多好的人呐，"水南婆婆喃喃说道，"他们把最好的种子留在村庄，把最好的心留给我水南婆婆！"

第二年春天，水南婆婆把那包种子种在地里，长出一种大伙从未见过的大豆子。豆子开花的时候，吸引全村的妇女围过来看。它们是一种罕见的紫红色，异常鲜艳地开在绿叶间。"这是龙凤鼓夫妇留给咱们村庄的，你们一人采一把回去吧。"水南婆婆把成熟的大豆子分给全村人，村里的孩子剥开豆粒煮熟吃，把大大的豆壳当船儿玩，让它们流向村外去。外村的人看到大豆壳寻上门来，水南婆婆又把种子全给了他们。"奶奶，我们自己都没有种子了。"花枝在旁边提醒道。水南婆婆哈哈大笑起来："我们没有种子，周围的村庄有呀！"水南婆婆的笑声惊醒了屋檐下的小燕子，它们伸出黄芽小口在燕窝里不停地叫着……

水南婆婆把豆子命名为"龙凤豆"，它是村庄引进的第一个品种。此后许多年，村庄进行了一系列品种引进和改良，村里人在地里种植白皮花生，种植黑芝麻和黑籽西瓜，种植一种据说是两种花粉杂交繁育的水稻。这种水稻有惊人的产量优势。村里人终于找到一种增加粮食产量的途径，缓和了人口增长而派生的口粮紧张问题。然而粮食是个问题，食物结构也是个问题。队长在开会的时候，借鉴农作物的成功经验，提出优化牲畜种群结构的思路。村里人记得，很长一段时间，队长对于饲养牲畜有明显的数量限制，如每家养鸡不能超过三只，养鸭不能超过三只，养猪不能超过两头，养羊不能超过一头等。村里人已经习惯了这种政策限制，他们掌握的一个标准是：牲畜的总体数量不能超过家庭人口数量的一倍。家家养猪不卖钱，吃肉不花钱。"独眼龙"九吉是村里的屠宰手，他有一本油腻腻的账本，里面登记着每家每户的猪膘重和赊肉时间、斤两。他杀了一家养的大猪，卖肉给全村的人吃，这一家一年内可赊账吃全村的猪肉。他用简单的减法惊奇地发现，一年到头来，哪家吃进去的猪肉斤两，刚好等于卖给他的猪膘重，其间相差的斤两是他一刀刺进去流出来的猪血重量。

在这种政策影响下，多养牲畜一时比较困难，多吃肉的愿望只有依靠改善牲畜种群结构了。队长说："龙生龙，凤生凤，老鼠生来打地洞。你知道，为什么偷汉女人生下的孩子又高又壮吗？那是杂交优势呀！""我们要从外乡买猪仔回来，还要从外地引进优势猪种，提倡远亲结合，优化本地品种，多养猪才能多吃肉呀！"队长在普及农业科技知识时，用了许多生动的譬喻，引起了阵阵的笑声。大憨、二郎、左撇子阿土猴等人，远赴六十里外的城郊乡购买猪仔，他们拉着大板车，骑着自行车买回白猪仔，分送给各家各户去饲养。唯一归公家饲养的牲畜是队里的耕牛，那是几头本地黄牛，被村里人关在牛棚里。

花朵死后第二年，花枝当上村里的牛倌。她赶着牛到自家的坟墓上。这座坟墓坐落在离村庄不远的狐狸山上。狐狸山是个乱石岗，杂草丛生，石头遍地，山上长满了相思树。花枝家的墓是用三合土夯筑的，共打有四孔墓穴，边上的两孔殓着她的父母，中间的两孔殓着爷爷和姐姐。姐姐的墓穴本来是奶奶用的，可是姐姐先死了，她把奶奶的坟墓给占用了。清明节，水南婆婆到这座已经没有了她的位置的坟墓，摸摸索索清理杂草，唠唠叨叨说着话儿。"花枝，有个实情我说你听，这座坟墓看上去殓满了，可你爷爷那一孔，其实是个空穴。里面只装着一副骨殖，那是很多年前我们逃到湖耿湾，我背在身上带过来的。"水南婆婆边说边靠近坟墓，她在花枝爷爷的墓穴前大声说话："老头子，我死了跟你葬一个穴，你说成吗？你若听到我的话，今晚托个梦给我吧！"

花枝把牛拴在树上，静静地看着自家的坟墓。自从姐姐死后，她常把牛牵上来放牧。她一边看着牛吃草，一边想着她的心事，悄悄跟姐姐说着话儿。姐姐死的时候，天空群蜂飞舞。姐姐入殓之后，坟墓上一片寂静。花枝坐在树阴下，久久地守着祖墓。她觉得她与姐姐之间，有一种无法言说的连带感。姐姐恋爱的时候，她的心同姐姐一同跳动；姐姐殉情而死，那种连带感断了。姐姐带走的东西，是这个世上没有的；姐姐留下来的空虚，是任何人也无法填补的。"你真狠心呀，姐姐，你这一走，叫我怎么活呀？"她痴痴地望着姐姐的墓穴，心想姐姐到底在不在里面，姐姐到另一个村庄，到底找到了阿古没有？姐姐为了爱可以放弃生命，可以绝情地抛弃家庭，那种爱到底是一种什么魔力？让她做出如此决绝的选择。她想如果自己有了爱情，会不会像姐姐一样痴迷固执呢？

五月野花遍地，空气中飘荡着花粉的味道。花枝站在墓地上，看到有蜂儿在草丛间飞翔，黄色的身子在阳光下闪闪发光。花枝喜欢这些蜜蜂，它们是一群野蜜蜂，随处游荡，三只、五只一群，在草丛里穿梭着。她挥舞着树枝驱赶它们，想不到被她赶走的几只，一会儿工夫，又带回来更多的蜜蜂。蜜蜂越聚越多，围绕在她的周围盘旋，惹得她心里发烦。她挥舞着树枝，使劲地驱打着。然而，这是一种徒劳的行动：蜜蜂飞得永远比她打得快，她没有打到一只，却累得气喘吁吁。她颓然地坐在草地上，蜜蜂却没有离开的意思，"嗡嗡嘤嘤"飞在四周。这是一个非常奇妙的过程：蜂群越聚越多，在野地的上空，围着她结成一队庞大的蜂群。花枝离开草地，蜂群竟然跟着她走。花枝撒腿奔跑，蜜蜂发出"嗡嗡"的鸣声，紧紧地跟随在她的身后。她发出大声的惊叫，在地上不停地跳着。突然，她听到有人拍手大笑，她抬头看去，不远处站着一个人，头上戴着一顶草帽子。

那人走了过来，蜂群四散而去。花枝拍打着身子，有几只还沾在衣服上。"你有没有被蜂蜇呀？"那人笑说，"蜂群围着你飞舞，看上去真好玩！我从来没见蜂群那样围着人飞的！"花枝转过身子看着那人，陌生的年轻人一下子愣住了：他的表情随着花枝身上的异香飘荡迅速地变化着，双目飘浮出朦胧虚幻的神色。花枝问："你是谁？你是哪个村的？"那人竟然没有一丝反应。花枝大声说："喂！我问你话，你是哪个村的呆子？"那人终于缓过神来讪然一笑，说："我不属于哪个村的……你看，我在那儿画画呢。"

不远处树下支着画架子，花枝跟着年轻人去看画。只见一大沓白纸上，一张张画的全是牛。牛的各种形状和姿势，通过不同侧面给予描绘。花枝翻着画，"哇哈！你是个牛画家，你画的全是我的牛呀！"花枝抬起头扭着眉说，"咦，你跟踪我的牛？我怎么没发现呢，你……你到底是人是鬼？"那人笑着说："你到底是人还是狐，听说这是一座狐狸山，你莫不是乱石中的狐妖？"花枝说："你才狐妖呢！我看你……就像鬼！"那人说："我是不是鬼，你摸摸我的手，就知道了。"花枝挥手拍了他一下，指着地上说："你有影子呢，当然不是鬼喽！"那人说："在这荒郊野地，也难说呀，墓穴里住的可都是鬼魂！"他在画架前站定，看着花枝说："不过鬼可不会画画，我不单画牛，还会画人呢，不信我画一张你看？"花枝说："你画我吗？好呀，好呀！"

花枝拍着手说，"不过你是哪里人，你得先说呀！"那人边在画架上画，边跟花枝说话，目光不时瞄花枝一下。花枝坐在石头上，踢着脚丫跟他说话。那人说他住在石盘村的山顶上，那里有一排房子，住着下乡学生娃，他们跟农民一起下地劳动，白脚踝像萝卜一样。

画画好了，牛画家把画给花枝看。那是一张素描头像，线条简约写意，黑白虚实相间，却有一种生动的韵味在里面。那双黑幽幽的眼睛呀，活脱脱会说话似的。花枝痴痴地看着画面，眼泪不禁从睫毛上潸然而下："你画的不是我呀，你画的是我的姐姐呀！"年轻人听了莫名其妙，他显然被面前的姑娘弄糊涂了："你的姐姐？我画的是你呀，画得不像吗？"花枝说："你画得太像了！可你画的是我姐，我姐就长这样子。"年轻人说："你有一个孪生姐妹？她长得像你？"花枝点点头又摇摇头，她有点说不清自己的事情。她突然看了看年轻人说："我姐死了，唉，就葬在那里——我想死她呢！我一想她，这心就疼得厉害！"她拿着画走了，年轻人看着她的背影莫名其妙地摇头……

花枝拿着画回家给奶奶看，水南婆婆架着老花镜借着窗口的光看画。水南婆婆一看画也被这张画震慑了："你从哪里弄来的？这是你姐的画呢！"花枝一听便耸着肩哭泣起来："我说这是姐姐的画，我说这是姐姐的画……"花枝边哭边把事情的来龙去脉说出来。水南婆婆吃惊地听孙女说话，听花枝在坟墓上碰上的怪事：一群蜜蜂围着她飞舞，好多好多的蜜蜂呀，在姐姐的墓地上飞翔，看上去像天空中的云一样……

水南婆婆张嘴看着花枝做着手势，她仿佛看到蜂群正围绕着她的孙女飞舞。她无法想象发生在花朵身上的异象，今年又发生在花枝身上。她抬头看了看花枝，低头又看了看画，说："你长得是很像你姐姐，可这张画怎么看，都是你姐姐，不是你呀！那个人照着你画，怎么会画出你姐姐呢？这真是怪事了！"花枝突然说："我们在姐姐的坟墓边画画，会不会是她的灵魂附在画笔上？"水南婆婆突然放下画在房间里徘徊着，花枝的话让她想到扶乩的事。那是一种古老的催眠术，受者可在施者的咒语声中，在全然无知的状态下，扶着笔写下连自己都莫名其妙的字迹。

"你说的是扶乩写字，他在画画的时候，你给他施咒了吗？"水南婆婆问。

"没有呀，奶奶，"花枝说，"他画画的时候，我心想着姐姐呢！"水南婆婆突然像明白什么似的"哦"了一声，"你想姐姐时，你变姐姐啦！"花枝听不懂奶奶的话，老人突然对她说："以后少到你姐的坟墓去，也不要去招惹异乡人，他们像水里的浮萍，开着鲜艳的花，可土里没有扎根呢！"

花枝没有听进奶奶的话，一个人痴痴地看着窗外。那时候她在看天上的云朵，想起画家的人影，想什么时候向他求画，再画一张属于她花枝的画。第二天，花枝上山在墓地上等了一个上午，不见牛画家的影子。接下来几日，花枝都在山地上，她久久地坐在石头上，看着石盘村的方向。第七天上午，花枝终于看见牛画家朝她走来，他背着画夹出现在她的面前，她快乐得大声叫出来——

"牛画家你来了，我等你好些天啦！"

牛画家被突然出现的花枝吓了一跳，他扶着眼镜细瞧着花枝，晃了晃身子笑了起来："哈哈，你是那天看画哭泣的人，你还想哭鼻子吗？"花枝说："那天你画的是我姐，不是我呀！今天你帮我画一张好吗？"牛画家在地上架画夹子，他突然停下手中的动作，用不满的口吻对花枝说："那天我明明画你，你怎么说是你姐呢？你这人真奇怪。你如果这样说话，我可不给你画。"花枝噘着嘴说："你不给我画，那我坐在这里看你画！"她扭着屁股从他的面前晃过去，坐在石头上。花枝在石头上摆出一个姿势。牛画家嘴上说不给她画，可花枝这样的女孩坐在面前，他怎么能不画呢？

牛画家在纸上画起来，花枝微笑着看他，心里洋溢着一股快乐。她把目光投向牛画家的脸上，牛画家画画分了心，他不停地毁弃他的草稿，地上丢弃了几张揉皱的画纸，看上去还是没有画好。

"喂——你还没有画好吗？"花枝冲着他"咯咯"笑起来，"我说你这人功夫不行，要不把我画成别人，要不干脆画不成。我看你只会画牛呢！"

牛画家的脸上淌出了汗水，他顶着讥讽终于画好一张。他从画夹上取出画给花枝看:"你这样的人……不好画呢!"花枝看着自己的画:在一片野草坡上,一个女子坐在石头上,手掌托着腮帮,一副略有所思的样子。花枝一看便喜欢上这幅画,可她嘴上偏说:"这是我吗?我长得像这个画中人吗?"牛画家说:"我可是照着你画的,今天你可不许再说是画别人的。你看这画难道不像吗?"花枝说:"我又没有说不像,我只是问问罢了。"

花枝突然想起什么似的看着牛画家:"你刚才说,我这样的人不好画,是什么意思呀?"牛画家说:"你这样的人,就是你这样的人,还有什么意思?"花枝说:"我这样的人……我是怎样的人?"牛画家说:"你看上去眉眼朦胧,一脸痴相,好像在做白日梦,难道你连自个儿是谁都不知道吗?"花枝神情益发迷惑起来,"我是谁呢?你说我是谁呢?"她抬头看着牛画家说,"姐姐在的时候,我知道我是姐姐的妹妹;姐姐死了,我真的不知道我是谁呀!"牛画家说:"你家里还有什么人?"花枝说:"还有奶奶呀!"牛画家再问:"还有呢?"花枝说:"还有……没有了。"花枝突然不理牛画家,她看着天空喃喃自语:"我如果知道就好了……我真的不知道……我是谁,也不知道……从哪里来……"花枝迷迷瞪瞪走远了。她离开墓地的时候,竟然忘了带走那张画……

花枝十九岁生日那天,牛画家竟然寻到她家去。那天早上,亚洲、欧洲姐妹应邀到花枝家,她们送给花枝一盒护肤霜,那是父亲二郎从外面捎回来的稀罕物。花枝打开那盒香膏,一股香气扑鼻而来。花枝第一次闻到这种香味,高兴地拥抱了她们。亚洲、欧洲姐妹是村里最幸福的人。她们有会挣钱的父亲、会持家的母亲,日子过得快乐无忧。花枝看着她们,心里常生出一丝孤独。花枝想念死去的姐姐,日子长了像患病一样。这种病只有在她们姐妹身上,才能得到某种缓解。

牛画家背着画夹站在院子当中,他抬头看了看围墙和高大的石榴树,目光透过院门到不远处的水塘边,看到一片碧绿水色。"你住的这个地方真好,"年轻人见到花枝,不停地称赞着,他从身后抽出一卷画轴,张开画让花枝看，"我给你送画来了，那天你忘记带了。我特地回城装裱好，今天给你带来了。"

花枝看着画和献画的人，脸上拂过一丝难以觉察的惊喜。花枝问："你怎么找到我家的？""我是拿着画寻来的。"他得意地拍拍画笑说，"一路上，我依靠这张画问路，人家一看画就给我指路，我才找到了这座院子。"他把画卷起来递给花枝，说，"这回你可不许说画得不像呀！"花枝呵呵地笑起来，她给奶奶和亚洲、欧洲介绍了牛画家，水南婆婆看着这位不速之客，说了一句欢迎的话："进来呀年轻人，你真会挑日子，今天可是花枝的生日！"

牛画家不安地搓着手说："真不好意思，今天是你的生日，可我……我什么都没有带。"花枝说："你不是带画来了吗？这张画我喜欢，就算是生日礼物！"牛画家说："这张是那天画的，今天我可是空手。"花枝说："你不是带着画具，你画呀，你给我们画。画好了我请你吃饭。"

牛画家给女孩子画画。他是那个年代给湖耿湾留下最深印象的人：村里人看到一个年轻人戴着草帽，背着画夹走进村庄，坐在大树下画画。牛画家的身边总是围着很多人，有大人和孩子，男人和女人，他们被他的画弄得无比惊讶。"这些破落的东西，他是怎么画出来的？""瞧他把人画得多神气！""他画牛比画人还好，怪不得被花枝称为牛画家。"他给村里好多人都画过画，当然谁都知道那是因为花枝姑娘。牛画家在哪家画画，就在哪家吃饭，跟全村人都混得熟。他来到村庄不知多少次，帮老人画头像，也帮孩子画动物和花草。他的素描功夫出神入化，一张画像完稿后，被画的人如获至宝。水瑛的四个孩子，每人都得到一张肖像画。当她们要求在画上写名字时，牛画家失声叫道："天哪，这是谁给起的名字？亚洲、欧洲、非洲、美洲，四姐妹把一个地球全占了！"

水瑛笑吟吟地站在门内，"不，还差澳洲①呢！我如果再生一个女孩，就是五大洲了！"她问牛画家怎么不下地种田。牛画家说，因为我会画画，石

---

① 澳洲：一些地区的人在口语习惯上称大洋洲为澳洲。

盘村的队长让我搞宣传活动，我下地的时间就比别人少。水瑛说，你们城里孩子不好好读书，跑到我们乡下做什么？牛画家说，我们响应号召下乡锻炼嘛。水瑛说，最近不是听说都陆续回城了吗？牛画家点点头，说是的，他们那个知青点，现在只剩下几个人。牛画家说这话神情显得有点落寞。他叹了一口气，再也没有说话。

牛画家给水南婆婆画肖像，是在那张寿屏前。这张寿屏是破四旧运动中，水南婆婆从收缴的旧物中抢回来的。花枝端了一张椅子放在屏风前，拉奶奶在椅子上坐下。水南婆婆乐呵呵笑着，她对牛画家说，我这辈子没有正经画过像。现在又老又丑了，真不好意思呀！牛画家说，我喜欢画老人，老人脸上线条丰富，勾画入神。这是我爷爷说的。我家原在县城后街，祖上是治印出身，后来学画，我父亲在县巷开了间画室。我从小跟爷爷和父亲学画，平时只是画着玩的，想不到在这乡下还有用处。水南婆婆说，一个人有特长才算能人。你别瞧我们乡下，村庄里什么活都有行家呢！只是有些行当有人继承，有些行当断了。

水南婆婆说到这张屏风，她说现时无人会做这种屏风。单是这种花板和人物透雕，只有小活的师傅会做。牛画家问什么叫小活，水南婆婆说民间木工分大活小活，大活做粗，小活做细，他们的工钱相差几倍，走在路上，大活还得给小活让路呢！牛画家说你老人家知道的东西真多，我从来没有听说过呀。水南婆婆说人老了喜欢旧物，就像怀念年轻时候一样。牛画家说，您老人家年轻的时候一定风光，瞧你现在还这么硬朗清爽。水南婆婆说，我们这样的孤寡人家，仗的就是一股骨气，不然还能怎么活呀！牛画家说，这些天我在你们村画，认识了很多人，他们都夸您老人家呢！他们说您虽然人老了，可本领大，心肠好，受人尊重，您是村庄的宝贝呢！

水南婆婆哈哈大笑起来。她夸年轻人会说话，她说好听的鸟飞得近，好看的鱼游得浅，你不要学乖卖巧，不许拿好话塞老太婆耳朵。牛画家也嘿嘿笑起来，他笑过之后，突然问水南婆婆说："听说您有魔力，会发出厉害的咒语，是真的吗？"水南婆婆突然直直地看着年轻人："你的画是真的吗？你可知道，你把我画在纸上，我……我老太婆生气时，把咒语画在人心上！明白吗？"牛画家听不懂水南婆婆的话，可他仿佛听出她的话有一种深意。它就像一阵风拂过年轻人的头脑，产生了无法言说的神秘感。他被眼前的老人吸引了，正如他被这个村庄和村庄的姑娘吸引了一样。

牛画家给老人画画，把她身后的寿屏也画进去了。牛画家用几种颜料，把寿屏花板上花鸟描下来。"这种屏风有一种富贵气派，它的花鸟人物和书法真好！"牛画家边画边感叹道。水南婆婆说："这些都是民间画师画的，过去富贵人家，总爱请画师给居家装饰。有的画在眠床上，有的画在家具上，村庄的旧庙祠堂，原来有很多木雕绘画装饰，可惜现在都没有了。"牛画家说："你家古玩可真不少，它们都是你收藏的吗？"水南婆婆说："我是村庄最老的人，当然喜欢村庄最老的东西。"

花枝见奶奶跟牛画家谈得投机，她站在旁边打趣道："我奶奶喜欢老古董，她有一天也会变成老古董。只是村庄的老古董有奶奶收藏，奶奶这个老古董将来谁来收藏？"水南婆婆又大声笑起来，她一边笑一边指着孙女说："我这个老古董你们收藏，不然要你们年轻人干什么？"牛画家说："您说得对，我不正给您收藏吗？我把您老画下来，画出您的精气神，想收藏多久都没有问题。"

牛画家画好后，花枝把他送出村口。"你奶奶真有意思，她到底多大年纪了？"花枝说："我也不太清楚她呀，我小的时候她这么老，现在看起来还这么老。"牛画家说："她看上去跟村庄的人不一样，那么老的人，说的话那么有见识！"花枝笑说："不是她有见识，是你有见识。你有了见识看她才有见识呢！"牛画家说："你怎么说话像绕口令，你看上去也跟别人不一样，你们家的人，跟别人都不一样。"花枝说："我家是跟村里人不一样，我听奶奶说，我家是从外地搬迁来的，与村庄不同姓。"牛画家吃惊地说："你家是从哪里搬迁过来的？"花枝说："我很小的时候，父母就死了。奶奶对家世守口如瓶，连我父母为什么死的，到如今还不知道呀！"牛画家叹了一口气，说："这年头什么事都有，她不说一定是你不该知道，到你该知道时，自然会知道。"

花枝送客回到家，水南婆婆正跟水瑛说话。两个人见了花枝，突然把话歇了。花枝说："你们唠什么嗑？我进来都不作声了。"水瑛说："我们在说你呢，你知道，那个年轻人喜欢你嘛，我们都看出来了！"花枝跺着脚急红脸说："看你们说到哪里去，人家是城里人。在石盘村下乡锻炼，这是什么跟什么呀！"水瑛说："这有什么不对，他城里人也是人，咱们村庄的孩子，不是也有配外地人。你看异乡人飞歌和琦琦，多么和美的一对，昨天还生下一个宝贝呢！"

水南婆婆说："这孩子人品不错，可看上去年纪小，可能比花枝还小呢！"花枝突然用手塞住耳朵，在地上跳着叫："不要说了！不要说了！你们这样编排我，下回他来我可不理他了！"水瑛掩着嘴笑个不止。水南婆婆嗔怪道："人家这是关心你，你看你也不小了，迟早总得找个男人嫁了。"

花枝上楼去了。她把自己关在房里，痴痴地看着墙上。

那是一张姐姐的画，姐姐温柔地注视着她，她看着看着流下了眼泪……

秋天来了，花枝突然要学做刺绣活儿。水南婆婆说："原来我教你你不用心，现在怎么想学了？"花枝说："我闲着无聊会想七想八，这心里怪难受的。我专心做一件事情，也许会好点儿。"水南婆婆说："是呀，你不能老在一桩事上纠缠，得寻点开心的事做。"她上楼去寻找针线丝绸布料，从柜子里搬出许多样品，把它放在花枝面前说："这是我早年绣的东西，你想学什么，照图下针描线就是了。"

花枝以前学过一回刺绣，从奶奶手上懂得单面绣、双面绣的几种针法，只是她嫌这种活儿太细太累眼，便没有坚持学下去。这回她想耐心学下去，上手就特别快。她在奶奶的指点下，铺开刺绣面料，把它固定在框架上，用几种不同颜色的线，精心地绣起一幅牡丹图。几天过去了，绣出一朵花和几片叶子。水南婆婆站在边上看着说："就是这样绣嘛，你心灵手巧，缺的不是功夫，只是静心儿！"

亚洲、欧洲姐妹看到花枝的绣品，也嚷嚷着要跟着学。她们坐了一会儿工夫，便开始扭屁股摇腰肢，一副坐不住的姿势。花枝忍俊不禁，她拿着针说："你们这是癞蛤蟆学狗叫，又辛苦又不好听呀！"亚洲说："我们粗笨丫头，哪能跟你大小姐比！"欧洲说："姐姐，人家心里有期盼，当然坐得住喽！"

花枝说："我期盼什么？只不过闲着无聊，练练细活罢了。"欧洲说："不要睁眼说瞎话了，你闲着无聊多时了，怎么最近才做起这活儿？哼，你心里想什么，不要以为我们不知道！"花枝歇了针线，抬脸皱着眉头问："我想什么？你们说清楚！"亚洲、欧洲只是怪怪地笑着，花枝被她们笑恼了，突然揪住她们不放："今天不把话说明白，我……我饶不了你们！"三姐妹在大厅里又打又闹，吓得白猫瓜瓜跳跃逃窜。

水南婆婆早上起来梳头，发觉头上有一块疙瘩。她拂开头发仔细瞧，那疙瘩竟然有拇指般大。她摸摸那块硬骨，感觉不痛不痒，用力使劲压它，它只在头皮上待着。"咦，出了怪事了，我头上怎么长个东西？"当花枝起来的时候，水南婆婆让孙女帮她看，花枝在奶奶的头上摸，发出惊讶的叫声："天哪，奶奶头上长角了！"

"我活得太老了，我头上都长角了。"

水南婆婆伤心地闭上了眼睛。花枝拉着奶奶说："老人身体上长赘骨，也不是只你一个人。只是长在额头角上倒是稀罕。"水南婆婆突然甩掉花枝的手，用一种异样的目光看着花枝："本来我不该活这么老的，家里没有了人，奶奶放心不下你，所以胡乱活着，你看现在都活出丑来！"

花枝把奶奶的头揽在怀里，她听了奶奶的话，禁不住热泪盈眶。"你怎么这样说话？奶奶，家里如果没有你，我怎么能活呀！"水南婆婆说："我这老不死的人，三日风四日雨，如果哪一天我走了，你要答应我好好活着。"花枝把奶奶搂得更紧，她狠狠地对奶奶说："如果奶奶撇下花枝，花枝也不想活了！"

水南婆婆突然用力地推开花枝，站起来吃惊地看着花枝。"你怎么敢有这种念头？啊——为什么呀？"花枝说："我……我有时候想，活着真没有意思，死了倒省心呢！姐姐她……"水南婆婆打断花枝的话，对她怒目而视："我告诉你，你胆敢生出歪念头，我……我打死你！"水南婆婆说到这里，竟然颤巍巍地扬起手，打了花枝一巴掌，"我倒不如现在就打死你！我打死你！打死你！"

花枝站着不动任奶奶打，这是她头回挨奶奶的打，她的泪水止不住流下来。"自从姐姐死后，我就不想活了，我赖活着，奶奶你可知道，那都是因为你呀！"她感觉不到疼痛，也就感觉不到悲伤了。她泪流满面一任奶奶打着。水南婆婆终于打累了，气喘吁吁地坐在地上痛哭。"我白养你了，白疼你了，你竟然说出这样的话，真是气死我啦！"

当晚，水南婆婆半夜过后仍未睡去。她静静地靠在床头上，闭着眼睛不理花枝的陪伴。桌面上搁着一盏油灯，灯光在静夜里"噗噗"地跳跃着。"我不懂事，我惹奶奶生气了。"水南婆婆终于开口了："你知道，我们这个家，是怎么过来的吗？"她抹一下白发，睁开眼睛看着花枝："死有什么本事，活着才有本事呢！"

水南婆婆给孙女说起过去的事，她说话的时候语气平静，时断时续，可听上去十分完整明白。花枝听出她的叙说里蕴藏着一股恨意，这种恨意带着刻骨铭心的痛楚。她从自己的身世说开来，说到家庭和亲人，说到花枝的爷爷、父亲和母亲，最后落在姐姐花朵身上。花朵的死无疑让她伤透了心，她用冰冷的语气，对生死又做了一个概括："好活有什么本事，不好活才是本事！"

花枝头一回听到自己的家庭往事，她从奶奶嘴里听到复杂的家庭背景。她听出奶奶对过去的一切都充满着怀念，可奶奶对每一个死去的人，都怀着一种深切的痛恨。这种痛恨与爱连在一起，与命运连在一起，也与某种轻蔑连在一起。"哼，我最看不起轻生的人！轻生的人软弱自私，他自己解脱了，却把无尽的痛苦留下来！"水南婆婆捶着干瘪的胸脯，抬高眼睛看着屋顶，她忍着不让泪水流下来——

"可偏偏我们家，代代都有轻生的人！老天爷，你这是怎么待我呀？！"

当晚子夜过后，水南婆婆对孙女花枝说起家庭秘事：

你爷爷最早是国民党军人，他老家在东北吉林。二十六岁参军时，家乡成了沦陷区。你爷爷在军队有两个好兄弟，如同桃园三结义：一个是江西南丰人，姓孙，排行老大，绰号孙老表；一个是广东岭南人，姓王，年纪最小，绰号南蛮子；你爷爷姓余，多余的余，排行老二，他单名一个坤字，叫余坤，绰号叫东北虎。你其实应该姓他的余姓，可自从我们搬到湖耿湾隐居，全家人都改了姓。你们都姓我的姓氏，可女人是没姓的，所以我们家也算没有姓氏！

你父亲不是你爷爷生的，他是孙老表的儿子。当时才五岁，住在江西老家乡下。抗日战争爆发了，你爷爷他们打日本人，那时每一个战役都是一场恶战，每一场都要死很多人。国民党军队与日军在河北保定交战，不知打了几天几夜，孙老表和南蛮子都负了伤。南蛮子被抢救过来，孙老表失血太多死了。他在临死之前拉着你爷爷说："兄弟，我不行了，我……我求你一个事，你要答应我！"你爷爷不停地点头："我答应你，你说吧！"孙老表用力地出气，把孩子的事说了。当时你爷爷一听愣住了：从来没有听说他结婚，哪来的孩子？孙老表微张着眼睛说："我瞒着你一件事，我……我有老婆孩子，我死后你要去……"

孙老表说完话闭上了眼睛。这是好兄弟的临终遗愿，你爷爷无论如何要帮他实现。你爷爷跟部队请了假，带上他的骨灰盒去了江西。那时候是秋季，你爷爷找到江西南丰，那孩子正在门前跟一群伙伴玩。你爷爷打听孙老表女人的名字，那孩子一见穿军装的人，就撇下同伴跑回家。他抱着妈妈说，妈妈，有个军官来了！妈妈一听冲到门口，第一个反应是男人回来了。可当她看到你爷爷，她人就愣住了；你爷爷开口时，她就开始颤抖了；你爷爷从包里捧出骨灰盒，那女人一下子昏倒过去。

可怜的女人！她留你爷爷住一宿，第二天留下一封遗书，竟然投河自尽了！

那封遗书写了一个爱情故事：她跟孙老表同一个村庄长大，孙老表父亲早逝，家境贫寒，而她出身富户，父亲是个开瓷器店的老板，姓钱。可命运偏偏安排两人好上了。他们从小到大爱得死去活来，可钱老板不同意两人的结合。1935年，孙老表卖身顶替别人当了壮丁，临行前他们相会了，两人抱头痛哭，好一场生死离别，当晚忍不住有了关系。也许是承受不了离别的痛苦，也许是爱的绝望做出这种傻事。她因此怀上了你父亲。当时在江西南丰，一个未婚女子私情怀孕，而且出身大家庭，那要遭受多大罪呀！钱父一怒之下把女儿赶出家门，她住到一个远房亲戚家里。她忍受着巨大的耻辱，把孩子生了下来。她给男人写信，告诉他有个儿子。她盼着男人回来，居然盼回了他的骨灰盒。她投河自尽后，那个亲戚不肯收养孩子，你爷爷带上他回了部队。

你爷爷因为有个孩子，被部队留在了后勤部。当时部队驻扎在浙江的滨江河对岸，靠近我们家不远的一片山坡上。那时候我已结婚多年，男人是绸缎店老板的儿子，人说富不过三代，他家第二代便生出不肖种。我男人赌钱、吸大烟、玩女人，什么荒唐事都干过，有一次，他连赌多日输光家产猝死在赌场上。我跟他没有生育孩子。男人死后，我和婆婆住在滨江河畔的大房子里。

说起我婆婆也是苦命女人。她原来是唱越剧的戏子，因为长得俏唱得好，被我公公包养了。后来好不容易娶进来，也是人家的小老婆。夫人在的时候，她不知道受了多少苦。夫人死后没几年，刚要过上好日子，我男人就把什么都输光了！有一天，婆婆从街道上回来，衣服都弄脏了，脸上发青瘀血，她哼哼唧唧对我说，她在小巷的一个拐角处，跟一个当兵的撞上了，还撞坏了人家的东西。我问撞坏了什么，婆婆笑说是个玩具车。那当兵的买玩具干吗呢？第二天，你爷爷竟然找到我们家，他给婆婆带来伤药，还送一小盒礼物表示歉意。他坐在大厅上喝茶,有说有笑。他说他有两个结拜兄弟,他们打日本鬼子,打仗就像家常便饭,死亡就像做噩梦。大哥死后,他收留了他的儿子,又当爹又当妈的。我婆婆看他人不错,临别的时候说,欢迎你有空过来坐,把孩子带过来让我们看看。

认识你爷爷后,他经常带孩子到我家。他就是你的父亲,当时只有五岁大。小家伙刚来时还怕生的,我们带他到院子里玩,他似乎都无动于衷。婆婆拿吃的给他,逼着他吃东西,才慢慢地活泼开了。婆婆说,有个孩子真好,如果这是你生的该有多好!过后不久,那孩子也喜欢上我们家玩。他叫我阿姨,叫我婆婆"奶奶",嘴巴甜甜的,待在我们家不肯走。你爷爷把孩子留下,一个人忙部队的事去。有一天,我在河边给孩子洗衣衫,你爷爷对我说,孩子这么喜欢你家,干脆送给你,你帮我照看好他好吗?我说,凭什么?我又不是你家属。他说,你为什么不是?你们家没有孩子,我把孩子送给你们,我们就是一家人了!我打了他一下,用的是杵衣的木棒。你爷爷这个人呐,就是这样说话。他比我还小两岁,经过战争的磨难,人显得特别老成。他说过话后走了。临走时说,如果行的话,明天你家临河的窗户开着……

水南婆婆说到这里歇下来。她从柜子里摸出一对银手镯,把它们放在手上反复抚摩着。她说这是你爷爷第一次送给我的礼物,那时候银手镯最时髦了。她因沉浸在回忆中脸色变得红润起来。她笑着对花枝说:"女人家呀,都是命呢,有时候,一个选择,就是一辈子!可当你认识一个人,你有选择吗……"

那天晚上我跟婆婆商量,婆婆竟然同意了。她说你还年轻,不要为这个家守寡一辈子。她还说,一个出生入死的人,能够守信用带孩子,对兄弟这般有情有义,真的不容易呀。婆婆沉吟良久后说,只是你要想好,他是个军人,现在天下这么乱,你愿意嫁给军人吗?我当时没有想太多，我好喜欢那个孩子，我对婆婆说，我想照顾这个孩子，他应该有个妈妈呀！婆婆点点头回屋睡觉。第二天我把窗户打开着，且在窗台上摆上一盆花。我们举行了简单的结婚仪式，他在家住了几个月，他上前线去不久，我发现我怀孕了。

打完日本人，又打自己人。你爷爷所在的部队，在一次交战前夕竟然举军起义。他们的部队被收编到红军部队，不久又散落到各地去。

水南婆婆说到这里又停顿一下。她仿佛思路被什么卡住一样，突然沉默不语了。花枝帮奶奶又添了水，水南婆婆拿起杯子，手突然抖了起来，她喝了口水，停顿了许久，又缓缓说道——

那时候你爸爸十岁，你妈妈不到四岁。国民党打不过红军呀，几个大战役之后，残部随着老蒋渡海了。你爷爷收养的这个孩子，这时给我们带来灾难了。他的富绅外公，从未见面的钱老板，中华人民共和国成立前举家逃到台湾去。他们从江西先逃到福建沿海，在海边用钱雇了一只木板船，在一个有雾的夜晚偷渡去了台湾。有人把你爷爷告了，说他收留叛敌的孙子，且跟一个绸缎店老板娘结婚，形迹可疑，身份复杂，有里通外敌的嫌疑。你爷爷因此被叫去审查，他是国民党投降过来的，本身就有身份阴影，他被囚禁增添了这份阴影。他被关在一个房间里，度过五个不眠之夜，两鬓发丝全白了。第六天，他把皮带吊在窗上，伸长脖子结束了自己的生命。

"死有什么本事，活着才有本事！"

水南婆婆说到这里"嘎嘎嘎"笑着，她用手在脖项上比画，"用一条带子，打一个结，这样呼啦一下——就结束了！"这时候她的声音开始沙哑，她用劲地咽了咽喉咙，"可一切并没有因他死去而结束，我还得活着是不是？啊？是不是？我……我还得带两个孩子，一个十岁，一个四岁……"

"奶奶，你不要说了，你歇歇吧。"花枝把颤抖的奶奶平放在床上。她像哄孩子一样哄着奶奶，"我听明白了，奶奶，我知道，我听明白了，你歇歇吧，你的声音都哑了。"

水南婆婆躺在床上，眼睛瞪得大大的。花枝看着她的眼睛有点害怕。奶奶的眼睛空空荡荡，黑咕隆咚的，像一口废弃的老井。老井里装着一个既刚强又脆弱的人，一个在战场上死不了，在后方不明不白死去的人。"我从认识他到他死去，前后没有几年。他在部队和家之间来来往往，一起生活的时间呐，加起来不到一年。"水南婆婆用喑哑的声音继续叙说，"可他让我……陪去了一生！我这一生都为他守寡！我这一生都在遭罪中度过！"

老人说到这里咳个不停，她的胸部不停地起伏着，呼吸像风箱一样。"有时候……我想起来，不禁怒火冲天！他为什么不战死沙场，像那位战友那样，流尽最后一滴血，喘不过最后一口气？他死在空荡荡的房间里，在窗户上用裤带结束生命，这样死太冤枉了！也太不公平、太不值得了！天哪——"

"奶奶你不要说了，你的声音都沙哑了。"

水南婆婆没有听花枝的话，她像一个人对自己说话喃喃而语。她用沙哑的声音，说到后来为了逃避爷爷死后留下的阴影，她如何离开部队，长途跋涉，背着骨灰盒子，带着两个孩子，通过南蛮子暗中的调停安排，举家迁移到湖耿湾隐居起来。

中华人民共和国成立后南蛮子成为老干部，他一度在省城机关里当领导，曾经多次下来看望大嫂水南婆婆，交代地方上关照这一家孤寡老小。水南婆婆因此在村庄里身份特殊。"十年动乱"期间，南蛮子被打成"右派"下放劳动，后来不知去向，水南婆婆家与唯一的保护人失去了联系，她成了村庄里唯一的外来户，一个没有姓氏的家庭，一个依靠咒语保护孩子的女人！

水南婆婆打了花枝之后，脾性变得越来越暴躁。她整天总唠叨不停，动辄对花枝大动肝火。花枝做什么事，她看过去都不顺眼。"真是笨死了，瞧你又把手扎了。"刺绣的花枝扎到手，她一改过去怜惜的心肠，竟然出口大骂起来，"你妈年轻的时候比你强多了，她的针线活无人能比，虽然她也让我失望，最终走上不归路……"花枝把被针扎的手指含在嘴里，又遭她骂了一阵子。"你是吃奶的孩子？你吮手指做什么！"花枝默默地忍受着，一副低眉顺眼的乖模样，又惹奶奶生气了。"你怎么不做声？啊……你倒说话呀，你是聋了，还是哑了？"

牛画家再来村庄时，水南婆婆不跟他说话了。老人不停地用扫帚扫地，把地上的鸡打得都飞起来。"你奶奶怎么啦？"牛画家拉花枝一边说话，被老人家看到了。她停下扫帚叉着腰说："你们叽叽咕咕什么？是不是商量对付我？你们心里恨我，是不是？若是嫌我老不死的碍事，我……我走好了！"

水南婆婆丢下扫帚骂骂咧咧走了。她拄着拐杖走出家门，走在村庄的道路上。花枝在后面跟着她："奶奶，您去哪里？您想去哪里，我带您去好吗？"奶奶见她跟近了，抄起拐杖作势打人。水南婆婆不许花枝跟她，一个人摇摇晃晃往前走。花枝远远地跟着，奶奶竟然走到墓地上。水南婆婆上了墓场哭了起来。她丢开拐杖，跪在那孔墓穴前哭泣："阿坤呀，你这冤死鬼，我找你来了！"

"奶奶，你做什么？你这是做什么？"花枝见奶奶用手扒墓石，上前把奶奶抱住了。水南婆婆用力推倒花枝，动手拆起坟墓的门。那是几块没有上泥浆的石头，老人几下就把石头搬开了。老人探身爬进去，竟然抱出一只盒子。她用手轻轻地拂去尘土，把盒子放在草地上。

"这是你爷爷的骨灰盒，"水南婆婆突然脸色变好起来，"我背着这个盒子，拉着两个孩子，来到湖耿湾，算起来三十多年了！"

她抚摩着盒子深情地对花枝说："那时候你爷爷当连长，他身经百战，伤痕累累，走路脚有点跛，可身骨架好，精神儿足，看上去呀，真的如同一头东北虎，充满了英武气概！"花枝被奶奶吓坏了。奶奶古怪的行径超出了她的想象，花枝只知道拉着老人的手，傻傻地看着地上的盒子。

"你摸一下，紫檀木做的盒子，虽然颜色黑了，可黑里发红呀！"

花枝伸手抚摩着盒子，突然哭了起来。水南婆婆抱着孙女，用力地拍了盒子一下。"你把孩子吓哭了，你这缺德鬼！"

　　水南婆婆把盒子装回墓穴，重新堵住墓门。花枝看奶奶搬石头堵墓门，又熟练又有力气。"我一年都要上来看几次，当然我来的时候，你都不知道。"水南婆婆一边用石片塞缝隙，一边对花枝说："现在我要让你知道了，到我走不动时，你要上来照看它，堵住这些小孔隙，野物才不会爬进去。"

　　"这座坟墓是什么时候打的？"

　　"是我来到湖耿湾第三年打的，钱还是南蛮子给的，那时候你还没有出生呢！"

　　"这个死丫头，她把我的位置占了！"她转脸对花枝说，"到时候，你把我装在那个孔穴，跟你爷爷在一起。"水南婆婆突然怔怔地看着花枝，转过身来，跪在地上，她一边叩头，一边哭着说："花朵，奶奶求你了，求你保佑花枝活下去！我们家现在只剩下她一个人，她最听你的话，你要管她呀……"花枝抱住奶奶不放，她拉奶奶起来，可老人硬是不起来。"你要答应我！不！你要答应姐姐活下去！"老人用力地挣扎着她的搂抱，花枝满脸泪水，她用哽咽的声音说："奶奶，我答应……回去吧，不说这种话。"

　　"你给我跪下来！"水南婆婆突然大声喝道，"今天你要当着祖坟发誓：我要活下去，无论遇到什么事，花枝都要活下去！"

　　花枝慢吞吞跪下去，她朝坟墓叩了三个头，说："姐姐在天之灵听着，我花枝发誓，我要活下去，无论怎么活，我和奶奶都要活下去！"

　　水南婆婆终于满意地站起来。她们离开墓场下山，走了一会儿，看见牛画家气喘吁吁地跑上来。"你们让我好找，怎么跑到这里来了？"花枝说："你找我们做什么？这里又没有你的事。"牛画家说："怎么没有我的事？你奶奶是被我气走的，是不是？"水南婆婆停住脚步，上下打量着年轻人。"你是城里人，我们可是乡下孤儿寡母，你找我们玩，可要想好呀！"

　　"我……我不能找花枝吗？"牛画家看着花枝说，"我喜欢画画，喜欢到这里学画，花枝你说是不是？"

花枝说："奶奶，他是怕干重活脏活，所以背着画夹到处涂涂画画，既骗别人又骗自己。"牛画家说："我骗谁呀，我学画跟你学刺绣一样，都是一门艺术呢！"水南婆婆笑着说："你怎么把绘画跟女人针线活比，这不是自个看低了吗？"牛画家说："老人家这话我不敢苟同，艺术只分类别，从来不分男女。好的刺绣品比如苏绣刺品，比国画还贵呢！这是我爷爷说的。"

"又是你爷爷，你爷爷真伟大呀！"花枝掩嘴笑了。牛画家说话总爱拿爷爷证明自己，花枝故意嘲讽他说："你爷爷还说什么，他有没有教你干农活呀？"牛画家说："那倒没有，他要我向你们学习，虚心接受贫下中农再教育呢！"

三个人不知不觉到了村里。水南婆婆神态疲倦上床歇息，留下年轻人在院子中说话。花枝的牡丹图已经绣得快完工了，她把它拿出来给牛画家看。牛画家抚摩着刺绣品啧啧称赞："真想不到你的手这么巧，这要花多少工夫！"花枝红着脸说："我只觉得好玩，消磨时间增添乐趣罢了。"牛画家说："你绣好了卖钱吗？"花枝说："这还可以卖钱吗？"牛画家说："当然可以拿去卖，这在城里的店铺都见不到呢！"

花枝说："那你帮我卖，我绣了两个多月呢！"

过些日子，牛画家真的帮花枝卖掉那幅刺绣牡丹，给了花枝一笔可观的钱。花枝拿到钱惊讶地看着他："你拿哪里卖去？这么快就给钱。"牛画家说："我不是跟你说过，我家在县城巷里开了家字画店。我把你的东西一挂出来，没有三天就被人买走了。"

花枝的刺绣品居然卖钱，乐坏了水南婆婆。她戴上老花镜，又教给花枝几种刺绣的功夫。她们到集镇买丝线面料，绣出龙凤呈祥、福如东海、古典仕女等图案。牛画家还帮她们买回书，把老人和花枝的手艺，又带了几件到城里出手。他回来后兴奋地对花枝说："我爷爷喜欢你的刺绣，他说这种刺绣好多年不见了，想不到它又出现了，就如地方戏曲一样宝贝。"水南婆婆说："你爷爷可算个识货的人，真正的好手艺不会失传，只要有一个人会做，就有人想学。"

牛画家突然说："我今天是来告别的，两个月前我参加高考，考中了，过几天我要读大学去。"

　　水南婆婆惊讶地说："你要读大学，你不在这里插队了！"花枝说："奶奶，他前些天跟我说过了。人家是城里学生，现在可以上大学，他考上了，我们应该祝贺他！"牛画家说："现在全国都恢复高考了，我们都去考大学考中专，只是好多人由于辍学太久无法完整复习课程，到处找人补习。我考的是美术专业，比他们强多了！"

　　"你本来就是画家嘛，看来你平时没有白画呀！"

　　牛画家离开的那天，花枝陪他到了知青点。花枝走进石盘村山上那排房子，站在二楼的阳台上，看到湖耿湾的潮水正在涨潮。海面上波光潋滟，一片碧蓝。"我在这里三年，天天都可以在窗口看海，这个海湾真好！"牛画家边说边把花枝带到房里，"我是最后一个离开这里的，你看房间里乱得很呐。"花枝看到房间里打着四个床铺，牛画家住的床铺正对着窗户。花枝看到墙上贴满了画：有一幅画画湖耿湾，画中是大片凌乱而斑驳的滩涂，十几只搁浅的船。花枝问："你为什么不画涨潮而画退潮？"牛画家说："退潮的海湾更真实，你看这海滩和船只，它们充满了渴望呀！"

　　"船只怎么会有渴望呢，你说船还是说人？"花枝问。

　　"我让它有渴望它就有渴望，这个意思你明白？"

　　花枝点点头又摇摇头。她似乎明白牛画家的意思，可心里又把握不准。她在心里嘀咕道："有文化的人，说话就是不一样！"她还看到一幅画挂在墙上：一位女子站在河边草地上，远处画着三头牛。花枝一看女子眼睛，居然是画她的。花枝故意问："这张是画谁呀？"牛画家不好意思地说："胡乱画的，画不好，请多包涵。"花枝又问："湖耿湾哪有河流呀？"牛画家说："河流是我加上去的，再说我也没说画湖耿湾呀！"花枝说："你把它挂在墙上，不怕被人说呀？"牛画家嘿嘿地笑着："他们哪里知道谁是谁呀！"

　　房间里有不少书，其中以美术书居多。花枝翻到一套《芥子园画谱》，三本，彩色套印。牛画家说："这是清朝乾隆年间翻刻的，我祖上留下来的宝贝。我学画从这套书开始临摹，我临了很多遍呢！"还有一套《护生法集》。花枝喜欢那里面的图文，她慢慢地翻看着它们。牛画家说："这是丰子恺先生画的，由弘一法师撰文。弘一法师名叫李叔同，是著名艺术家，后来出家当了和尚，你知道吗？"花枝摇了摇头。

牛画家突然唱起来："长亭外，古道边，芳草碧连天……这个你听过吗？"花枝点了点头。"这首歌就是他写的。唉，你如果多念点书，那该有多好！"

两人正说话的时候，外面有人叫牛画家。牛画家说："他们开会欢送我，我得去一下。你帮我把书装起来，等我回来！"

"你等我回来呀！"牛画家走到门口，又回过头来说。

牛画家离开后，花枝呆呆地看着他的房间，和房间里属于他的东西。她坐在那里看着那张画，画里的牛和那位女子。那双眼睛好大呀，眼神忧郁，清澈透亮，又透着几分稚气。花枝看着画笑了，笑过之后，又叹了口气，脸庞突然红了。

花枝帮牛画家装好书，扎好被褥，收拾得差不多时，发现墙上还挂着一袋东西。她取下袋子打开看，里面用牛皮纸包着一捆东西。花枝想：这是什么宝贝？包得这么严实。她拿在手上掂了掂，放下来后，又拿起来打开看。这一看花枝傻眼了——

牛皮纸包着几件刺绣品，竟然都是花枝刺绣的。花枝把刺绣品包好放回袋子，掩上门走了。

花枝走在回家的路上，禁不住流下了眼泪……

二

队长这个人

夏天来了，湖耿湾上演露天电影。电影开演前，队长总要用喇叭喊话，有时是下派的工作组组长说话。场子中央的观众坐在凳子上，黑乎乎的四周挤成一排排人墙。场子上乱哄哄一片，谁都听不清自己说话的声音。谁也没有在意队长的喊话。放映员正在调试机子，几道光柱在黑夜上空飘荡，射向荧幕和天空的远处。队长喊完话，电影开演了。那时候的电影呀，战争场面迅速提升人们的血压，达到平时达不到的高度；爱情场面有一种停止呼吸的作用，然而表演实在太短暂。队长发现在所有的节骨眼上，村里人身上犯的乏力症一下子消失了。人们处在一种亢奋状态，场子上黑压压地挤满了人。黑暗中，一股酸溜溜、甜滋滋的味道正在飘荡，那是由无数的毛孔和汗腺分泌出来的气息。花枝与亚洲姑娘被人挤在人堆里，有一个身躯紧紧地贴着她，她的脸庞烧得厉害，却不敢往回望，吓得一动也不敢动弹……

　　队长喊完话回到楼上，他不太注意电影演什么，他吸着烟默默地沉思着。他是村庄第一个发现"疾病"蔓延的人。他管理村庄已经好多年了，村庄在他的手上，建立起一套前所未有的公平法则。作为村庄的领导人，他像一头牛一样照看着所有的土地，确保地里耕作的每个人都有饭吃；同时他又像一只狗一样，嗅着村庄里的动静，及时发现各种蛛丝马迹。他派精明的二郎和会记账的左撇子阿土猴，暗地里注意地主家两儿子，以及老害病的有富农身份的金彪，可是他们乖得像几只猫儿。大憨、二郎、左撇子阿土猴是队长的左膀右臂，也是村庄最出色的人物。队长在点名时，经常连成一串叫："大憨、二郎、左撇子阿土猴。"这三个人也就习惯被人排在一起，好像他们不是三个人而是一个人。队长不断地带领大伙学习文件，可是大家越来越不对劲儿。村庄集体化后期，人们对于劳动产生了怀疑。村庄里正在蔓延一种"疾病"。这种"疾病"没有什么症状，如果说有症状，就是干活时使不出力气。队长把它命名为"集体乏力症"。他发现先是几个人，然后是一批人都染上了集体乏力症。

只有大憨、二郎和左撇子阿土猴还没有犯上这种病。

铁匠大憨是一个脾气暴躁的人，他有水牛的体格，虎背熊腰，肱三头肌宽阔，肌肉一棱一棱的。他干活喜欢跟二郎较劲儿。夏天花生收获后，队里把花生荚运到榨油坊榨油，油渣饼是一种上等的肥料。铁匠大憨裸露着上身，在场子边的石板地摇动着巨大的石磙。那石磙少说也有八百斤重，大憨扎着马步摇动石磙，在油渣饼上碾压着。石磙在他的手下发出沉重的闷响，地板也微微颤动着，坚硬的饼块变成了无数的颗粒。突然，大憨猛地发出一声喝，那石磙越转越快，竟然转成了一只大陀螺！

场子上发出一阵喝彩，众人把目光投向蹲在地上的二郎。"上来呀，二郎！"众人发出吆喝。二郎吸着烟，翻了翻白眼，鼻子里哼了一声。

铁人二郎是个精壮汉子，他的成名跟击败大憨有关。他有一张瘦长脸，皮肤黑黝，眯缝的眼睛闪着利光。他缓缓站起来，双手啐了口唾沫，上前一把撸起石磙摇了起来。他摇着也把石磙转成了一只陀螺，可是看的人知道，他这只陀螺不同于大憨的那只陀螺。他不但转得圆，而且石磙能在地上绕圈走。石磙走过的地方，油渣饼像是被磨盘碾过的一样。二郎一口气转了两个来回，喝彩声比大憨大多了。大憨脸上露出难堪之色，他抱着两条粗胳膊说："我碾过的细颗粒，算个鸟！"众人见大憨不服，一齐怂恿道："比顶力！比顶力！"

村庄流行一种顶力赛，是拿一根粗木棍，一人一头挟在胯下，蹲马步往前顶。大憨的体重比二郎重，比顶力他可有胜算。二郎看了看大憨，欲撒腿走人，可围观的人把他拦住了。大憨得意地晃了晃头颅："怎么了，你害怕啦？"二郎缓缓地转过身来，看着大憨说："输了可不许急，谁急谁不是人！"

"嗵嗵嗵，比顶力啦！比顶力啦！！"

人们发出巨大的呼喊声。那时候队部经常举行各种比赛，人们在出工之前和收工之后，总爱挑逗青壮汉子比比力气，组织有特殊本领的人显示奇技。队长把这种赛事当作防治集体乏力症蔓延的有效方法，而加以纵容和鼓励。铁匠大憨是村庄里手腕力最大的人，他扳手多年的战绩几无对手。他在击败几乎所有人之后，得意之余，心中难免生出一丝孤独。"腕力比我大的人，可能还没有生出来。"他把两只手攥在一起，压着手指关节啪啪作响，"我只有左手扳右手了。"他的话引起一片哗然大笑！

阿信是村庄的五保户，他得过小儿麻痹症，落下了一只跛腿和两扇特殊的耳朵：那耳朵听不见前面的人说话，却可以听见后面的人说话。人们在同情他的同时，发现他是村庄里憋气最长的人。有一次，十只打满清水的脸盆被一字摆在围墙上。十个年青人在哨声中同时沉下脸去，其中就有被当作凑数人物的阿信。哪想到当九颗头颅起来的时候，阿信还是埋在他的脸盆里。当人们惊讶地把他从无法忍耐的时间里揪上来，阿信甩了一下头颅，看了看大家，生气地说："你们早都起来了，不出声，尽欺负耳聋的人！"

阿信从门后拿来木门闩，把它摆在场地上。顶力赛算是正式开始了。第一个回合，大憨的双脚在地上趽开两道脚印，还是不能把二郎顶过去。二郎咬着牙与大憨对顶，相持不久，大憨求胜心切，身体站高了，下盘开始变虚，给了二郎机会。二郎猛地发一声："起！"大憨被他撬起了，身体差点扑到地面上。众人发出一股海潮般的叫声。大憨赤红着脸大声叫道："换一边，我要换一边！"他发现自个输在地利上，二郎这头的地势低了，自个这头的地势高了。

大憨手托粗木棒等待再与二郎比，二郎还是那句话："输了可不许急，谁急谁不是人！"大憨说："哪有那么多废话！"二郎叫人拿来一条花篮带子，那带子七尺长，花边金穗子，他往腰上扎，吸一口气，往深里扎一圈，直把腰扎得细细的。二郎扎好后身体往下蹲，双手向前推托，在胸部"嘭嘭"打了两下，猛地呼出一口气。他接住木棒对大憨说："你先下力，我让你先下力!"大憨一声不吭，但谁都知道他被激怒了。他像一头公牛，铆着一股劲与二郎对决。他用劲时脖子上青筋直暴，嘴里发出呼呼的吹气声，可他还是撬不动二郎。"真是邪门了！真是见鬼了！"围观的人心里犯纳闷，他们不知道二郎使的是哪门功夫，一下子哑得说不出话来。双方相持良久，胜负已经一目了然。"二郎是铁人呀！铁人呀！"人们发出大声的呼喊，用脚使劲地跺着场地，扬起了一阵轻尘。大憨看无法取胜，突然停止比赛回身走人。他的脸呈猪肝色，呼吸粗得谁都听见了。他快快走了两步，突然回过头"嘿嘿"地笑着，说："你的功夫那么硬，怎么老婆肚子屙出来全是丫头片子？"

这话声音不大，可听的人入耳。铁人二郎也不上去追究，他慢腾腾走前两步，手中的棒子往空中画一道弧线，一家伙打在石墙上。只听"啪"的一声，木棒断成两截。二郎拨开人群，双脚抓地，埋头走人，磨牙的咯咯声清晰地落在身后。二郎径自回了家，树下玩游戏的孩子一呼拉全围上来，她们是清一色四个女孩子，"爸爸""爸爸"叫得脆响。二郎大声吼道："都给我死到一边去！"最小的美洲当场吓得哭了起来。

二郎老婆水瑛嫁到湖耿湾，成了民办夜校的女教师。这位负责妇女扫盲工作的媳妇，有一种疯狂的意志力：她把第一个孩子起名为亚洲，第二个起名为欧洲，第三个起名为非洲，第四个起名为美洲。晚上没有多少文化的二郎在她的身体上面劳动的时候，汗流浃背地问女人说："你干吗这样给孩子起名字，接下去是不是轮到澳洲了？"气喘吁吁的夜校老师在下面答道："只要你有力气，咱们还可生出南北极两洲。生孩子是一件多好的事呀，我要生它一个地球呢！"

可是这位女人生的全是女孩子，这让男人深感不满。村庄从开创之初，百年流传下来的观念之一是重男轻女。这一方面是祖辈留下的遗训，另一方面与婚俗习惯有关。二郎是村庄里的铁汉子，自从第四个孩子降生后，他就得了一块窝心病。他从人们的窃窃私语中，感觉到心里承受的压力；更从男人的戏谑笑骂之中，怀疑上自己男子之威风。他在队部喝酒时，多次拍着腹部说："这一肚子的鸟仔，怎么飞不出一只来！"他的女人夜校老师比较开明，她抚摩着睡梦中的小美洲，对男人说："女孩子也好呀，如果再生一个，咱们家就是五朵金花了。"男人一听这话急梗着脖子喝道："告诉你，孩子他妈，如果你胆敢再生出女儿，我让海啸把她灭了！"

"你敢！"女人说着出手推了男人一下，这招惹了男人心中积郁的怒火。二郎捆了女人一巴掌，女人揪住他打了起来，两人扭成一团，最后坐在地上抱头痛哭。"你这千刀剐的，我心里不是也凄惶着呢！我难道不想生儿子吗？"女人呜呜地边哭边说。二郎的祖上曾经是运货走南洋的船主，全家五兄弟人称"五虎将"，财富和势力都是远近闻名的。可是到了二郎父亲阿枣这一代，家境竟然日益衰弱，先是两次大的瘟疫夺走了六条男丁，再是民国的征兵运动有兄弟战死沙场。到了二郎这一辈分，只剩下寥寥无几的男丁支撑家族的门面。阿枣为了不受外人欺负，在二郎十五岁的时候，悄悄带他外出拜师学武，这事是瞒着全村的人进行的。到了二郎十九岁回来，已经是一条铁骨铮铮的汉子。二郎娶亲的第二年，他的父亲就走了，当时父亲看着刚满月的亚洲，久久没有闭上眼睛……

二郎在家待不住，踅到堂兄弟洪丹家来。洪丹是村里的理发匠，他把发屋设在厢房里。窗台上摆着一台收音机。他用一块毛巾把机身盖起来，只留一个调频按钮选择波段。洪丹剪一个头，就要走过去调选一下：新闻联播、天气预报、音乐节目和地方戏曲轮流听。"你跟党中央联系得紧呀，天下的事全知道。"转椅上身子裹在白布里的人说。那时候洪丹正揪住那人的耳朵，借着门口照进来的光，打理他耳朵里的屎垢。洪丹先在耳郭外用毛弹子轻轻地挠着，接着使几种不同的小玩意儿，在那个洞缝里进进出出。说话的人被他侍弄得全身发麻，龇牙咧嘴："你要弄死我了，你这手艺神仙教的？"洪丹说："人身上也只有一两处窟窿儿，玩起来快活呀！"洪丹的话惹人笑，可他偏不笑。他把清理出来的耳垢寄存在那人的肩头上。一袋烟的工夫，洪丹清理好了，拾起肩头上的胜利品伸掌晃晃，之后"噗"一口气吹出去，垢片像雪花一样地飘落在地上。

洪丹一边揉搓着那人的耳朵，一边说："闲话听多了长耳垢呀！"洪丹用食指弹着耳叶子，发出噗噗的响声。"我这间发屋呀，可是一台大收音机。上至党中央、国务院、中央军委的号令，中至县委、县政府以粮为纲、兴修水利的政策，下至方圆五里十八铺，哪家的女人被光棍睡了，哪家的母鸡生出双黄蛋，我哪一样不知道？"那人说："那我问你个事，听说湖耿湾有个怪老太婆，是个外来户？"洪丹说："你说的是水南婆婆呀，她来到我们村很多年了，现在跟村里人一个样。"那人说："听说她来历不凡，本事比谁都大？"洪丹叹了一口气说："本事再大也没有命大。这人呀要走什么运都是命呢！她家所遭的罪呀，几天说不完。怪可怜的一个老婆子，有点像皇帝娘亲住破窑洞！"

那人还要再做询问，洪丹不说了。洪丹脱下那人的白披布，让他到镜子前照看，那人伸着脸叫好，"嗬！这平头在你这儿才像个样。"洪丹说："我摸过的头比你蹚过的石蛋都多呢，你这张头脸长在当今屈辱了！我看你像样的日子还在后头呢！"那人说："真的吗，不许诳骗我，你还会看相？"洪丹说："看相可不敢，看人倒有两三分，前年我说林彪是奸相，有人还要告我游街示众，你看现在不都应验了。"

正说话间，外面闹哄哄拥进来很多人。"打起来了！金彪被锦地打了！"阿信第一个冲进来报信儿，左撇子阿土猴搀扶着金彪进了发屋。金彪嘴上挂着一串泡沫，脸上流着血珠子。他骂骂咧咧的声音淹没在一片喧哗里。金彪的老婆银锁翻看金彪的身体，尖着声音嚷道："翻了天了，真是翻了天啦！上湖的人以前欺压咱下湖的人，现在还敢打咱们，你们得给我家出这口恶气！"理平头的人是石盘村的，名叫阿七哥，他见情势不对起身回避，洪丹送走他后才了解事情的大致经过。

原来昨天金彪在店里买酒喝，喝着喝着突然哭起来，四两的酒量喝了半斤大白干，一袋子炒豌豆和一包咸鱼片配着喝。店员公元不让他喝下去，惹恼了正在酒兴上的金彪。"你管卖酒，我……我管喝酒。"金彪的舌头开始打结巴，话说得不流畅，他伸出一个瓷碗不放下："你怕我不给钱呀！来，打酒！"公元说："你喝醉了，我不能再卖给你酒，我还要做生意呢。"金彪把瓷碗在柜台上撞得"嘭嘭"响，一球喉结子在脖子上下跳个不停，"你做生意？只有你会做生意！告诉你，如果不是时代变了，这店还轮得到你开吗？"金彪伸出手在公元的脸前比画着，"你去问全村的人，如果不是我家水银评上富农，让我背着黑锅，哼，这个店还会是你开吗？"公元说："我听说以前有个章大爷，是有名的土财主，你家水银是什么人？"金彪说："你说章大爷？他一辈子只知道置田起房，中华人民共和国成立后落个地主身份，他知道什么叫做生意吗？"公元说："我是外乡人，不知道章大爷，也不知道你家水银，可我认得他家两兄弟，我看他们为人方圆规矩，不像你这样泼皮撒赖！"

金彪听公元说到锦天、锦地兄弟，突然"呵呵"笑了起来，他深吸一大口酒，用手抹了抹尖嘴说："你说别人我还敬他三分，你说锦天、锦地那双活宝，啊哈，他们在我金彪手上，还不是耍猴的料！"金彪借着酒意说到破旧运动的事，他说当年在摧毁菩萨像时，他是如何巧妙地瞒过那对兄弟。不知道谁把那话传播出去。

早上金彪在树下被锦地拦住了，锦地问："昨天你在店里说的可是真话？"金彪说："我说过什么话？"锦地说："你别装糊涂，你说当年抓阄毁菩萨，两张纸上，写的可是同一个字？"金彪眨了眨眼睛笑说："哪里的话，我写了一个上字，一个下字，是你大哥抓到上，他才先上去动手的。"金彪说着话就绕路走人，他走过两步回头，又对锦地说："不过这两个字，看上去也差不多，对吗？"

锦地终于缓过神来，摧毁菩萨像是被上级逼着干的，谁都怕遭报应呀，于是有身份的人只好抓阄，坏心肠的金彪居然敢做手脚！他好像发现钱包被偷一样地跳起来。"好呀，你敢耍弄我们！"他冲过去扭住金彪不放，两个人在大树下打了起来。金彪害季节性哮喘病，身体比锦地瘦弱，对打中他吃亏了，身上有几处乌青，脸面上也挂了彩。村医文风赶到时，为他检查了身体，平静地说："你没有骨内伤，不碍事的，伤口我已涂了黄药水，过两天就好。"金彪哼哼哈哈坐起来，他一把推开搀扶他的老婆说，"诸位兄弟，我今儿个把话留在这里，我金彪只要还有一口气，就要报今天的仇耻。你们是帮也罢，不帮也罢，生死是我个人的事，可脸面是大家的，他上湖人欺负咱下湖人，总得有个头呀，你们说是不是啊？"

众人把目光都落在洪丹身上。洪丹是下湖五服之内三十多户的说话人。当年围海造田、疏浚水渠都是他举的头。他曾经秘密发明过集体劳动中分段承包、按量计酬的另一种公平法则，从而提高了劳动工效三成。他还是村庄第一个在海边办石灰窑的人；第一个远赴西北山区烧柴卖炭的人。当他被当作不安分子抓去批斗时，一边画白脸，一边画黑脸，分别代表从事两种副业的不同结局。好长一段时间，洪丹成了一个是是非非的人，一个远离村庄回到从前的人。洪丹说，我是三国时关云长帐下的军报员，专门负责战争年代的军情刺探和军机密报，知晓天下分久必合、合久必分的规律。洪丹话说三国、传评水浒成了村庄所有人的业余课堂。他那间只有十几平方米的厢房，每天都塞满了人。有的是为理头发而来，有的是为听说书而来，有的纯粹是为凑热闹而来。他们坐在那里喝茶抽烟，听洪丹聊斋古今谈论天下；围成一圈子摆象棋，叠在一起呐喊助威。有时洪丹放下活儿伸长脖子探战况，随意抛下的一句话，居然救活一盘快走到尽头的死棋。

洪丹坐在木凳上，不停地磨那把弯柄剃须刀。柳叶片一般的刀子，在青蓝色的岩石上轻柔地滑行，流下来两行黑色的石粉水。洪丹拿起刀子用食指擦拭着刀片，指尖在刀锋上轻轻触碰着。洪丹拔下头上的一根毛发，贴近刀片吹了一口气，摇了摇头说："不行呀，这刀子还未到时候。"又埋下头轻轻地磨着，仿佛没有听到人们的说话。人群渐渐地安静下来，房间里只听见刀片的声音和不太均匀的呼吸声。

村庄从命名之初，以大水塘为界，习惯上分成上湖和下湖，虽然同属一个章姓，可还是有所分别的：体现在操办红白喜丧事上亲疏有别，碰上内外纠纷事故上态度有别。村庄组织设置时，充分考虑到这种民俗性。人员安排两边相对平衡，如上湖出队长，下湖就出副队长；上湖人当出纳，下湖就出会计等。下湖的副队长是左撇子阿土猴的父亲洪九，他在历次的农村运动中以口才好而闻名于世。在一次县上组织的斗争论辩会上，他舌战群儒，妙语连珠，三天三夜辩倒了全县多名一级理论员，赢得了一个"铁嘴"的称号。铁嘴洪九有一种特殊的本领，他能把一只拐腿的狗说得从地上跑起来，奔跑的速度超过其他的狗。他说鸡蛋里有骨头，人们在敲开蛋壳的时候，果然发现一副骨殖。有一次，他走过树下突然脖子沾上鸟屎，他抬起头来用一种口技跟鸟儿说话，那鸟儿居然飞了下来。最神奇的那一次是跟队长打赌，他们当时正站在山脚下，一方圆鼓鼓的石头居然被洪九说动了，大家亲眼目睹石头在高处摇晃，洪九因此赢得一顿肉包大餐。

制作肉包是在队部的食堂里，几个女人把肉包蒸出来的时候，队长又挑起了另一起打赌。队长说："我要在今天的吃包大餐上，决出谁是咱村饭量最大的人。不会吃饭怎么还能干活呢？相反，会吃饭的人怎么不会干活呢？"队长用相对说话法挑明吃包的意义，从而把大赛提高到一个更高层次。那一次，吃包大赛谁也不知道吃了多少。洪九在吃前提出了一条补充约定："只对个，不数个。"洪九说数个他到时会吃不下。他要参加的人同时开始，吃完一个再吃一个，这种比赛规则同阿信他们比憋气一样。"反正我们是要找出饭量最大的人，最大的人就是那吃到最后的人！"

洪九的逻辑性严密得让人折服。他们开始吃包比赛，吃着吃着，参加的人一个个退了出来，最后只剩下铁匠大憨和铁嘴洪九，分别代表上湖和下湖。洪九的儿子阿土猴没有听到父亲的交代，他目睹父亲的吃相，他眼看着已经吃到喉咙口，他怕父亲再也咽不下去，突然出声叫道："阿爸，别再比了，你已吃了十四个了！"阿土猴不合时宜暴露出来的会计天分，在关键的时刻闯下了大祸。洪九嘴里的肉包一下子大起来，他瞪着眼睛吃惊地看着儿子……他被人们搀扶起来时，一句话也说不出来。此后的十天里，铁嘴洪九变成了一个只喝水不吃饭的人，当第十一天他开始喝粥，突然发现说不出话来。他勉强说话的时候，成了一个吃吃的大憋子。

铁嘴洪九还挂着副队长的职务，此后实际上不理事了。村里算账和分口粮，劳动和开会，总是队长一人说了算。队长常到洪九家商量政事，洪九根本无法完整表达他的意思。洪九说话的时候，老是有词儿卡在喉咙里。"你……你以后别……别……别来了，我……我不当……当……当这个副……副队长！"洪九为了把话说出来，摇头瞪眼使尽浑身解数，往往让听话的人急得都跳起来。队长说："你别说了，我知道你的意思。"队长只好让他的儿子阿土猴，出任队里的会计。阿土猴天生左撇子，字写得有点别扭，可为人地道正派，且很听队长的话。他有常人没有的好记力，能记住三岁前的事；能双手打算盘，账目做得分毫不差；能利用物像的位置和形状记住场景；能利用放映法，记住每次开会每个人的话。"我就要这样的会计。"队长不止一次公开表扬阿土猴，他称阿土猴为公平秤，"谁说了话表了态，如果要赖不认账，我就叫阿土猴出来对质！"阿土猴成了队长的得力助手，他说的话每个人都相信，他的头脑是一架精密仪器。这架精密仪器永远记住父亲的耻辱，他隐隐约约觉得制造事端是队长和大憨，但他又难以确定谁才是罪魁祸首。队长和大憨都是上湖的人，他把这笔账记在上湖人身上。

"我恨上湖人，我讨厌上湖人！"当洪丹收起剃刀让每个人表态的时候，阿土猴只知道这样说话。洪丹问二郎，发现二郎的魂儿不在房间里。"看你走神的样，你在想什么呢？说出来大家听听。"二郎回过神来苦笑着说："我没有想上湖和下湖，也没有想金彪堂哥的事。"众人齐声问道："那你想什么呢？"二郎说："我想这偌大的一个村庄，大伙儿天天劳动，为什么年年没有饱饭吃？"二郎的话激起众人心中久蓄的困惑，大家叽叽喳喳，话题从此错开，引起金彪银锁的不满。银锁说："你们说到哪里去，难道我家金彪白挨打了？"二郎说："一个对一个，公平正道，金彪如果不服可以再找锦地打。他家锦天或是上湖的任何人敢助阵，我二郎第一个帮你们打。"金彪站起来，怏怏地走了出去。二郎说："瞧他那副熊样，真是败了下湖人的名声呢！"

银锁回到家里还是愤愤不平，她骂鸡骂狗把几只白鸭子全骂弯了头。当天晚上，银锁半夜爬了起来，把锦地家的一片南瓜全毁了。第二天早上，锦地的老婆穗儿站在地头破口大骂，声音传到村庄的每一个角落。穗儿是个大乳房的女人，她在一次为孩子哺乳的时候睡死了，居然把她刚弥月的小儿活活闷了。这事成了村庄第二大奇迹传到四面八方。"你再嘴硬，我让穗儿的大乳房闷死你！"男人们开玩笑说荤话，常把穗儿的大乳房搬出来。穗儿她呢，也以她的大乳房为荣。穗儿喜欢栽种南瓜赠送南瓜，她家的地里长满了圆滚滚的大南瓜。穗儿挺着大乳房，抱着南瓜走东家走西家，笑眯眯地赠送她的劳动果实，所到之处往往皆大欢喜。可是大大咧咧的穗儿，容易助长事物往另外一边蔓延，村里的女人看着自家男人盯着穗儿看，她们故意问："喜欢吃吗？"男人若说喜欢女人就吃醋了，男人若说不喜欢女人就吃惊了：南瓜是蔬菜，南瓜也是杂粮呀！

村里人谁都记得，南瓜曾经帮助他们度过许多饥荒岁月。可是这么好的南瓜，居然一夜间被人摧毁了！穗儿把能骂出来的话全骂出来了。当银锁忍不住奔向地头与之对骂。

两个女人一对斗阵的鸡。她们把一句话重复了无数遍，每一遍都用不同的声调表达不同的情景。可怜的阿信是村庄的光棍，他当时正蹲在南瓜地头的茅厕里。他实在忍不住这种语言骚扰，提着裤子从挡墙里站了起来。他用无限伤心的口吻，对都想把对方让给自己的女人说："说到要做到，做不到不算数的！"阿信的从天而降吓了两个女人，对骂声骤然停止，穗儿和银锁一东一西怏怏而行，她们没有顾及可怜的光棍汉的感受。这是阿信最为伤心的一个日子。事后他后悔当时蹲错了方向，如果他面对骂声是什么也听不到的，可偏偏他的耳朵听到后面的声音。这种声音牵涉到女人和自己，让阿信的心乱七八糟的。阿信一拐一拐回到队部，第一次跟母亲发了脾气："我不吃饭，我说过不吃饭就不吃饭！"母亲说："儿呀，你是不是病了？走过来让我摸摸。"阿信大声地说："我都这么大了，你还摸什么？你有没有老糊涂呀？"阿信索性面对母亲，再也不听老人的话。"吃饭有什么用，吃了饭还不是光棍一条？"阿信心里嘀咕着，躺在床上拉过被子蒙头便睡。

夜晚来临时，阿信趴在黑暗的窗外，看夜校班的学员读书。书声琅琅中，阿信看到飘浮在灯光中的脸都是那么好看。她们的朗读声好像歌唱似的。大乳房穗儿和银锁也在其中，好像没事发生一样地坐在座位上。"真是奇怪呀，白天吵得凶巴巴，晚上坐在一起读书。"阿信盯着穗儿的大乳房，越想越弄不明白，"女人到底是怎么样的一个东西？"阿信在心里细细琢磨着，"女人肯定是没有记性的人！"他相信她们对过往的事大都不留影子，不像男人那般会宿怨记仇，碰上仇家乌鸡眼上翻。阿信想，既然女人是不留影子的人，一定是很好相处的人，她们对摊上的事不会有多少计较，男人对她们也就不必太在乎了。阿信越想越甜美，发出了咕咕的笑声。阿信看到穗儿好像呼应他的笑声抬起了头，"鬼——鬼呀！那里有鬼呀！"穗儿突然指着窗户大声尖叫起来，"我看到外面有一张鬼脸！"女人们全都噤声张脸看，水瑛第一个冲出门外，她朝黑暗处喝骂时，阿信跑得无影无踪了。

阿信跑到田头洗了一把脸，坐在黑暗中听蛐蛐儿叫。夏天的夜空中星星洒满苍穹，阿信躺在那里看它们。阿信看到牛郎星、织女星，看到它们所在的银河系，心里不由发出一阵感慨："人家一年还相会一次，多少年了，我阿信还是一条光棍！"阿信恨天上的星星，恨地上的女人，也恨自己的大腿。他在心里骂，为什么腿残了，不把那东西也一起弄残，老天爷这是作践我呀！阿信在黑暗中伸手擦脸，发现自己居然哭了。阿信不知道在地头躺了多久了，他让身体在平坦的地上渐渐平息。阿信有一种无人知道的活法，每当他心里毛毛难受的时候，他就躺在地头上。有时是绿叶满垄的地瓜地，有时是禾苗青青的麦田，有时是一处偏僻的野地。他静静地躺在上面，聆听地里的各种声响，他的心就觉得舒服多了。"土地是我的娘亲，土地是我的女人嘛。"他睡在上面感觉不到时间，也就感觉不到痛苦了。这时，他听到女人的说话声。他支棱一下耳朵，证实是不是在梦里。"你先走呀，我……我方便一下。"阿信听到说话的女人是玉珠和穗儿，玉珠笑说："那我先走了，你这憋不住水的货。"穗儿在黑暗里走了几步，居然走到阿信藏身的地方。阿信吓得一动不动，他听见窸窸窣窣的解衣声，叽叽嚓嚓的出水声，他顺着风儿还闻到女人身上的气息。阿信坐了起来，阿信站在黑暗中，听见了女人的惊叫声。

"是我呀，穗儿。"

阿信说话的当儿，"扑通"跪在女人的面前。女人往后退了退，阿信一把抱住她的大腿。"阿信你疯啦。"穗儿站着一动不动。大乳房的穗儿什么事情没有经历过，她还在乎一个光棍阿信？阿信使劲抱住穗儿"呜呜呜"地哭起来，穗儿说："阿信你放手，你疯了。"穗儿不停地说着同一句话，声调儿却是越来越轻了。阿信趁机在女人的大腿上用脸磨蹭着，哭声里充满了无限的哀求。穗儿说："你这光棍，你还要怎么啦？快松手。"穗儿说的时候，把手放在阿信的头发上。"快松手，阿信，啊，听话阿信——"穗儿一哄阿信，阿信松了手站了起来，像一个听话的大孩子。"我知道你心里苦，阿信，可你得自己讨老婆呀。"穗儿说着就要离开阿信，阿信一把拦住她说："穗儿，今晚上的事不要说出去好吗？我住队部，还有老娘呢。"穗儿说："我不会说出去，可你千万不敢再对别的女人动手动脚，这样只有害了你。"阿信说："穗儿是观音娘娘呢。穗儿是天底下最好的人！"穗儿转身走了，身后阿信突然叫道："穗儿！"穗儿站住了。阿信走上前去，突然抱住穗儿，他伸手抚摩穗儿的乳房。穗儿让他摸了几下一把将他推倒，阿信坐在地上张大嘴巴直喘气……

村庄推广牲畜种群改良后，引进的小白猪比本地黑猪长膘快，饲养不长时间，小白公猪便作势骑到小白母猪的身上。这时候，一种叶笛一般的声音在人们的期待中响起："呜嘀嘀——"笛声中走来劁猪人黄清。黄清皮肤白皙，声音清脆，他戴着草帽，背着小药箱，拄着一根竹子，出现在村庄时，引起众多孩子的围观。黄清有一双纤长的手，他把小猪绑在脚下，水洗、消毒、剔毛、下刀，每一道工序都做得一丝不苟。黄清用柳叶片般的尖刀，切开小猪的肚皮，他用中指、食指轮番插进猪腹里探索，另一只手使一把长长的弯钩子，顺着指尖下到猪腹里，钩出两粒眼球大小的丸子。丸子在瓷碗里跳动时，村里的孩子发出了吁叹。黄清晃一晃刀子，瞄准开裆的小子说："要不要也来一下？"那孩子往后退一退，其他的孩子也往后退一退。黄清缝上猪仔的伤口，在上面涂上绿色膏药。

黄清捏着弯刀的修长的手，能让孩子们着迷，也能让村庄的少妇目光迷离。他的身上散发出一种激发情欲的气味，一种使女人心旌摇荡的雄性气息。许多把持不住的单身女人，往往成了黄清的俘虏。黄清对于自个的风流韵事既不夸张，也不避讳，他在散发香烟的时候，用无奈的口吻说："你们叫我有什么办法，我是阄猪的不是阄人的！"有人笑说："你再这么骄下去，总有一天会被人阄掉的！"黄清说："女人不骚男人不骄。一个巴掌打不响，鼓槌只有敲在鼓皮上，才会发出咚咚响。"几个男人使了一下眼色，围上来作势脱他的裤子。他们恨恨地说："我们让你咚咚响，你这个狗娘养的！"黄清死抱住裤头不放，一迭声求人告饶，直到他拿出了酒钱才得幸免。

酒是陈年的地瓜酒，它是从阿兰家的地里挖出来的。阿兰圆眼睛鲤鱼嘴，是村里的寡妇，脸上长满雀斑点儿。阿兰自从丈夫死去，犯上了夜游症，养成一种罕见的怪癖：她总是把家里的东西往地底下藏。先是收成不久的地瓜，阿兰把它们全藏到屋后的地洞里，接着是各色腌菜、豆腐乳，最后是自家酿的地瓜酒。阿兰是村庄的酿酒师，她用陶罐、沙瓮、泼釉矮壶、大瓶子、小瓶子装酒，各个封好口子，深埋于院里院外的地下。"让它们在下面吸地气，下次掘出来才香呢！"阿兰说。阿兰上有老人，下有一个孩子，老两口常夸她孝顺乖巧。公公阿万是个牛贩子，方圆几里相牛看牛小有名气。他从牛的牙齿、前后蹄足看牛的岁数，从牛的后臀部、前额头看牛的内劲。他是村庄最慷慨大方的人。他总是把儿媳妇藏在地里的陈年老酒，翻挖出来与人共享。"我那儿媳妇一根筋呀，自从我儿子死后，她老是把吃的东西往地底下埋。"金彪喝着他的酒，嗑了嗑嘴巴直夸道："这酒真好呀，你的儿子喝多了，会在地下长眠不醒！"阿万说："死人长眠，活人受罪。我儿子死后，儿媳妇愁苦着呢！"

村里人谁都知道，喝阿兰家的酒最多的还数队长。队长关心这一户孤寡人家，工作组进村时，队长安排阿兰做厨子，记的是十成的工分。队里每年有救济的名额，往往也有阿万家的。久而久之，村里生起了风言风语，他们在背后叫阿兰鲤鱼嘴："你看，队长一进入鲤鱼嘴就出不来了。"有一次队长喝酒的时候，突然擎着酒杯对阿兰说："阿兰，我有话对你说——"阿兰说："别再喝了，我公公都倒了。"队长说："我有话对你说，阿兰，你有没有听见外头人说话?"队长打了一下饱嗝看着阿兰："你听他们胡编些什么呀！如果咱俩有事倒也罢了，咱俩什么事都没有，我这心里就觉得冤啊！"阿兰低着头说："我是寡妇，是我坏了你的名声。"队长说："是我不该常到你家，让你受委屈了。"阿兰仍低着头说："我不怕，你怕什么呀！"队长叹了一口气，又干了一杯酒。阿兰抬头看了看队长说："不要喝闷酒呀，要喝我阿兰陪你喝。"阿兰在对面坐下，端起公公的杯子喝了起来，"要醉我阿兰陪你醉！"

队长被阿兰的决绝态度所打动，一时只顾端着杯子，眯着眼睛看着阿兰。阿兰被队长看得脸红了，她的脸一红，上面的雀斑便不见了。阿兰叫："喝呀！我喝了你倒不喝，是不是怕我呀?"队长放下杯子，从怀里掏烟卷起烟卷，手头扑簌簌直掉烟丝。阿兰掩嘴窃笑，他笑队长这么一个大男人，居然也有胆怯的时候。阿兰支探着身子，紧盯着队长问："是不是……不行呀！"队长说："噢——啊?"阿兰追着小声问："不行吗?"队长说："是有点不行，嘿嘿。我上了四十，还从来没有觉得自己行过。"阿兰扑哧一声笑了起来："我还来没有听男人这样说话。"队长说："我说的是真话呀。"阿兰放声说道："我说你行你就行，我让你行你就行！队长你信不过我呀?"

队长从阿万家出来后，已经是下半夜两点了。他发了一身汗，酒意全醒了，他晃着八字步从大路上走过，感觉村庄的夜色一片寂静。寂静的村庄在夜色中睡去，寂静的村庄也在夜色中醒来。队长仿佛觉得自己没有白活过，他为村庄操劳也被村庄尊重，他所做的一切都是为了村庄的人。村庄在他的手上成为一个大家庭，他是这个家庭里的家长。可是这个家也不好当呀，几十户人家几百口人，共同耕耘着这一片土地，生老病死，水旱风灾，哪一个时候不都有堵心的事？这些日子，村里老是发生莫名其妙的事情，银锁鸡圈里的鸡丢了，怀疑是穗儿家偷的，两个女人为此又大吵了一架，弄到最后还到土地庙点香赌咒。村里好几家的猪，一个晚上猪尾巴全被人割了，这是村民无论如何也想不到的怪事。同时被割的还有水南婆婆家门前的一畦韭菜。队长到派出所报案，所里的公安问他，是猪丢了还是猪尾巴丢了？队长说，不是猪丢了，是猪尾巴丢了。公安又问，猪没有丢，猪尾巴怎么会丢呢？你有没有搞错呀？说了老半天还没有把事情说个明白，气得队长回来时一路上骂爹骂娘的。

猪尾巴事件没有平息，又发生了大憨打架的事故。大憨打的是外村人公羊阜。那个公羊阜是个村医，也是个兽医，他医人医兽有时分得清，有时分不清，经常发生医疗事故，曾经被人骂也有被人打过。可这回大憨打他不是因为医疗事故，而是因为他家饲养多年的那只公羊。那是只狼狗一般的种羊，身体高大，毛皮灰白色，一对犄角又长又弯，四条腿站在地上生根似的。村里人家若有母羊发情，必得叫孩子牵着母羊到他家配种。可是事有凑巧，自从村庄推行牲畜品种改良后，引进的山地羊居然在同一个时间发情。周围两三个村庄，每天都有人拉着羊到公羊阜家。公羊阜是个爱羊如命的人，他眼看着一只只母羊排着队在他家圈子外候配，尽管每配一只他能收入一元钱，可还是不肯让他的公羊多配。"你看，它快吃不消了，过两天再来吧。"

大憨的老婆玉珠第二回拉母羊来，又被公羊阜挡住时，玉珠赖着不走。玉珠说："给我家的羊配吧，它都快过发情期了。"公羊阜还是说："你看，它快吃不消了。"玉珠说："你这人也真是的，我都来两次了，你还不让配，你欺负我家的羊？"公羊阜说："大嫂见外了，不是不让配，是它快吃不消了。"玉珠大声说："什么吃得消吃不消，我看它还骁着呢，你一放手它就扒拉上去。"两个人争吵起来，说话就容易省略，玉珠说："你到底给不给我配？"公羊阜说："我就是不给你配！凭你这个样子，我看了扫兴，我不配还不行吗？"玉珠愣了愣神，突然听出公羊阜的话有问题，她气得手指着他说：

"你……你说什么，你这狗娘养的竟敢羞辱我?!"

　　玉珠哭哭啼啼回家把大憨气歪了，他拉上羊一路踢着羊屁股到了公羊卓家。母羊的屁股流着一串稠状的液体，它发出的叫声充满了忧伤。公羊卓挣了配种的钱，当时正在门前石疙瘩小饮，他不认得大憨，一见人牵着羊就摆手："不配了，不配了，公羊吃不消，你请回吧。"大憨哪里还想跟他理论，他上去一把揪住公羊卓："你配也得配，不配也得配，公羊吃不消，你自个来呀!"大憨说着一撒手，公羊卓就一屁股坐在地上。公羊卓吃了酒，他哪里还肯让人这样作践，他从地上爬了起来，睁大眼睛扑上去。两个人在院子里打得像一对灰土鸡。铁匠大憨打了公羊卓不解恨，他搬起一块石头照准公羊砸下去，可怜的老公羊被击中腰身，一下子瘫了下去，那根惹是生非的物件耷拉着，在胯下一阵一阵地抽搐着……

　　劁猪人黄清吃了酒踅到阿万家，进了院门一迭声叫阿万。牛贩子阿万外出放牛，黄清坐在屋檐下说："吃你家的酒会死人的，这会儿我的心脏都快蹦出来!"阿兰手上沾满红黏土，她正在封一只陶罐的嘴，"不会划船嫌溪阔，不会吃酒爱逞能。"黄清说："你那聋婆婆最近好吗?"阿兰低着头，翘着个圆屁股对着黄清的脸，"能好到哪里去? 还不是躺在床上。"黄清看了看里屋，叹了一口气。一只狗蹲在他的面前"汪汪汪"地瞪着三角眼。黄清说："猪仔劁了吃饲还正常?"阿兰说："劁了自然正常，没有劁的才不正常。"黄清笑说："大嫂说话有趣，只是我在这儿坐了许久，没有个人理我真是没趣呀!"阿兰说："没人理你狗理你，它不蹲在你的面前吗?"黄清真的跟狗说起了话儿，黄清说："狗呀，你过来，你过来哟，我是劁猪的不是劁你的，你甭怕我。"狗"汪汪"两声算作回答。黄清说："狗呀，看你下身就知道你可怜，你最近一定没有个相好。"狗"汪汪汪"三声，趋前竟然趴在黄清的脚下。黄清在它的背上抚摩着，一边嘴上"喔喔"地哄着狗，一边把手伸到狗的下身去。黄清一摸狗的下身，狗便发出一种奇异的叫声。阿兰听到狗的叫声站了起来，她一甩手把手上的黄泥巴甩了黄清一脸："你这不要脸的，跟狗都干上了！"黄清摸摸脸上的黄泥，一把抱住阿兰的身子，他逼着她的脸说："你不理我？我看你敢再不理我！"

寡妇阿兰在黄清的怀里使力挣扎着，指甲尖在黄清的胸脯上抠出一道血迹。黄清一见红"嘿嘿嘿"地笑着，他拦腰一抱就把阿兰抱进房间里。他把阿兰按在床上，劈头盖脸给了两巴掌："我让你犟！你敢不理我！"阿兰使劲反抗，他压着她化去她的劲道，他用手抓住阿兰的手，嘴唇从阿兰的脸上亲下去。阿兰无力地挣扎着。当男人的嘴一吮吸阿兰的乳房，阿兰就不再挣扎了。阿兰发出一声呻吟，她紧紧地抱着男人，眼窝里的泪水放了闸门一般，在她长满雀斑的脸上奔流着……

狗在院子里发出一声长长的尖啸！

村里所有母狗同时听到阿万家的狗叫声，它们在不同的地方发出了不同的回应，使整个村庄都喧嚣起来。阿万家的狗逃出墙外，疯狂地奔跑在田野上。那时候的田野呀，长满了一畦畦的花生苗，它们开着满园的紫红花儿，正等待村里人锄草松土。可是空旷的田野上没有人，只有狗的叫声充满了骚动和不安。队长正在队部开紧急会议，大憨打了公羊皋，激起两个村庄的械斗，石盘村人纠集了几十号人马，要在晚上冲进村庄绑架大憨。这事是外村媳妇阿土猴的妹妹泄露回来的。大厅里聚集了一屋子的人，他们讨论了一段时间后，坐成三个不同意见的群体。一是主战派的人，它是由大憨、锦天、锦地等上湖年轻好斗的人组成的；另一群是主和派，它是由队长和阿土猴为主的阵营，他们团结了村庄的妇女和老人；最后一群是主逃派，主张大事化小，小事化无，一走了之。它是由金彪、阿信、理发匠洪丹等人组成。洪丹的老婆秀娥就是石盘村的人，那里好些人跟他家都有沾亲带故。洪丹说，村庄械斗是一时冲动，群情激昂维持不了多久。只要事端人避过这个风头，过后是不会有事的。队长本来也颇为赞成洪丹的意见，只是大憨这里说不通。大憨说，你们让我逃？让我像一只狗一样夹着尾巴当逃兵？亏你们想得出来！大憨说，事端是由我一个人挑起的，要死要活只有我一个人。大憨的两个儿子坚决站在父亲一边，大憨的老婆玉珠站在主和派一边，一家人说出两家话，会议当场陷入了僵局。

"哈哈哈，这么多人说话能不能让我也听听？"

水南婆婆和花枝突然站在门口。水南婆婆的出现迅速打破了这种僵局。"不要抽烟，不要抽烟！乌烟瘴气能想出什么好主意？"水南婆婆的话像一道咒语，房间里的烟统统都跑了出去。花枝进入房间带来了一股清新的气息。水南婆婆坐在队长的位置上，她干咳了两声说："你们这些人呐，没有事找事，有了事又都不懂事。我这老太婆真为你们担心呢！"队长把大家的话给她做了陈述，水南婆婆默默地听着，不时唔唔两声算作回答。"你们说了半天，我听来只有一个意思：打架嘛。"她停顿一下，又拉长声音说，"打架是什么意思？打架就是比力气嘛。你们既然想比比力气，我就帮你们找一个比比力气的机会，如何？"人们听不懂水南婆婆的怪话。水南婆婆突然站了起来说，"花枝，你跟我到石盘村走走。我好多年没有走出村庄了。"她拉着花枝就要与大家告辞。

大憨一把拦住她们："你们祖孙俩想去哪里？外村可不能去，要去也是我去，不能让你们去呀！"水南婆婆哈哈大笑起来："你们担心我们被抓，还是担心被他们吃了？"她轻轻拨开大憨的手，"两国交战，不斩来使。你们关起门来有什么用，得有人到他们村走动呀！"队长说："水南婆婆的话有理，打架也要打个明白，我们派人疏通一下，先礼后兵，总不会有错的。"二郎说："要去也得有个男人去，洪丹你去如何，你那边的亲戚多呢。"洪丹站起来说："是该我去，她们不用去。"水南婆婆突然大声地说："谁去都不合适！男人去更不合适！我们孤寡老幼，他们敢把我们怎么样啊？"

水南婆婆和花枝走出队部，她们的身影消失在大路上。玉珠看着她们的背影突然哭了起来。她的哭声有一种激活泪腺的作用，村里人同时都感到有一股温暖的液体，堵在他们不安的胸口。"她们家到底从哪里来，我们的村庄有这样的人吗？""啧啧，瞧人家那风度和气派，是见过大世面的人呢！""听说她是军官太太，偌大岁数了，还这么老辣干练！"人们纷纷议论着各自散开，一度失去的安全感又回到大伙心上。

水南婆婆到外村走动，狗见了全都"呜呜"地趴在地上。她们在一棵苦楝树下歇脚时，被井台上汲水的女人认出了："这位老人家是去年送豆种给我们的？"水南婆婆"咯咯"笑起来："怎么样啦，龙凤豆长得好吗？"女人哎哟哟地惊叫着，忙把水南婆婆和花枝请进家里。不一会儿，左邻右舍来了很多人，他们是女人、孩子和老人，没有一个青壮汉子。"你们家的男人呢？怎么没有见一个男人呢？"石盘村人支支吾吾不知道如何作答。水南婆婆说："我是来告诉你们一声，打架也得寻一个好机会，人家都布置好了，张着罗网等野兽，现在去不是找死是什么？"女人们紧张起来，吆喝孩子快去报信。孩子回来时，后面跟着一拨人。他们气势汹汹走了进来，一见堂上坐着一位老太婆和一个如花似玉的姑娘，一时不知道说什么好。花枝站在水南婆婆的背后，面带微笑注视着大家，她的笑容有一种朦胧意识的作用，更有一种软化心肠的力量。后生仔没有见过这般标致的姑娘，一个个只顾张着眼睛看她。"好了啦，坐下来，坐下来。"水南婆婆像主人一样，向众人打着招呼，"我老太婆闲着没事走走亲戚，一下子来了这么多人，我这张老脸呐，窘得都没有地方放了。"

　　女人和孩子们发出开心的笑声。公羊阜站在人群里，头上绑着一圈白纱带，他说话时一只手举不起来："喂，你们来干什么？快回去叫大憨的老婆收尸吧！"水南婆婆说："这位兄弟想必就是阿阜，你的手怎么啦？能不能让我老太婆看看？"这时候房间里众声哗然，大伙发出了愤怒的声讨。"这只手恐怕是要残废了，你们村的人有话不好好说，打人尽往死里打，大白天的没有把我们村放在眼里！"水南婆婆牵着阿阜的手左看右看，突然一用劲把阿阜的手提了过来，"别动！"水南婆婆猛然大喝一声，出手在阿阜的手臂上捏了起来，阿阜发出叫声。过了一会儿，阿阜不叫了。水南婆婆放下手，阿阜轻轻地甩了甩手臂，慢慢把手举到肩膀上。

　　"你的手是扭伤，现在没事了。"

　　众人发出了惊叹。过了一会儿，有个中年汉子闷着声音说话："老人家救伤之功我们莫敢相忘，只是这手好了，我们的心还没有好，你能治一治大伙的心吗?"水南婆婆哈哈大笑起来:"这位兄弟说话实在,这心不平,则万事不平。你们的人被打了,羊也被砸伤了,这事放在我们村,也会激起公愤。那凭你说事情如何才能摆平呢?"中年汉子说:"我们不要任何赔偿,我们只要揪出大憨,出这一口恶气。"水南婆婆问:"怎么一个出法呢?是一个对一个打,还是几个人打一个?大憨打阿皁可是一对一的,你们村庄不会一群人围打一个人吧!"众人无以为答。水南婆婆又说:"如果你们好多人打一个人,我们村庄的人怎么会袖手旁观呢?那岂不是:一个村庄对另外一个村庄打。这样人太多呀打起来挺麻烦的,谁胜谁负看不清楚。我看这样吧:你们既然心里有气,你们村出二十人,我们村出二十人,找一个地方比武。如果我们村庄输了,到时候红布从田头直铺到你们这里;如果你们村庄输了,我看让我老太婆做个主,这事就这么和了。"

"怎么一个比法呢?"众人问。

水南婆婆说:"当然是比力气了!我们找一根结结实实的绳子,来一场拔河比赛如何?"众人被这种匪夷所思的想法弄得有点糊涂,公羊皁挥着那只刚好的手尖叫起来:"不行的!万万不行!我们不要上了老太婆的当!她是来耍弄人的!"水南婆婆大声笑了起来:"阿皁呀,我看你就是一个孬种!大憨打你的时候,你难道是站着不动任他打吗?你不是也拼死打他呀,他的身上也有伤呀,你自己打不过人家,还要拖全村的人跟你去打架!"这时村里的女人站出来发表看法,她们说,咱村素来与湖耿湾没有过节,而且好多人家还是亲戚。水南婆婆是一个多好的人,她送给咱村的龙凤豆还在地里长着呢。老人们也赞同用和平的方法解决问题。他们说,过日子本来就不容易,何必拼个你死我活呢?

他们说话的时候,花枝一句话也不说。每当哪个人说话,她就看着那人的脸。她的眼睛盯着人家的眼睛,那人就不敢把话说得太过离谱。水南婆婆觉察众人的怒气正在消解,大厅里开始弥漫一股和谐气氛,她就寻机会离开了。她们离开的时候,天都已经黑下来了。外村的女人给了她们一把手电筒,还派出一条狗护送她们回家。她们刚跨入自己村庄的大门,看见道路两旁黑乎乎坐满了人，每个人手上都操着家伙。如果水南婆婆祖孙俩没有回来，他们是准备杀进石盘村去救她们的。

那些岁月的夏秋季节，湖耿湾天气燥热干风弥漫，人们就像野物一样地露宿。村庄在阴历年代，把地震的名称叫作"地牛颤动"。谣言像风一样四处走动，不安的种子播种在土地上。地牛的影子笼罩在村庄的上空。人们吃过饭带上必需品到海边。年轻的妇女支起了帐篷，男人和孩子就睡在沙地上。老人们不愿离开房屋，唯一的理由是生命出现了富余。"你们走好，我是黄土埋到脖子的人，活一天挣一天，还怕个地牛颤动？"孝顺的儿子站在床头不愿离开，做老子的声音大了："地牛不要颤动，我也会下去找它，我跑出去干什么？"男人们只好带着女人和孩子，离开房屋搬到野外去了。然而，这种搬迁多少个夜晚都是在喧嚣中开始，在平静中度过，在懊恼声中结束。黑夜结束，黎明来临，老人的坚守赢得了最终的胜利，大地还像往日一样坚固平稳。"是谁这么不负责任地乱谣传？天杀的没有良心的人，早该去见阎王爷！"村民们咒骂着纷纷离开睡觉的地方。他们在跟蚊子、蚂蚁和爬虫度过了夜晚之后，眼睛里充满了血丝，浑身感觉奇痒难忍。早晨醒来的时候，头发上沾满了露水，身上沾上一股泥土味，皮肤表面也起了疙瘩。

"什么时候可以回去睡呢？"他们问队长，仿佛自己的睡觉也交给了队长。队长说："你们想什么时候回去睡就什么时候，干活在哪里是我的事，睡觉在哪里是你们的事。"问的人心里不服："队长你怎么这样说话？我们不都是你领导的吗？我们历来是最听话的！"队长想了想，说："那好，你既然这样说，那就跟我吧——我睡野地你睡野地，我睡家你也睡家好了。"

许多个夜晚，队长都是在不眠中度过，他既没有睡家里也没有睡野地。他在人们睡觉之前，带着阿土猴执行一项特殊的巡逻任务。他们从这一堆人群走到那一堆人群，与村里的男女老少打招呼，提醒他们小心露水，注意虫蛇，提醒他们别忘了锁好自家的门。队长走过人群时，还会留下一句调皮话："夜里不许犯夜游，不准睡错地方喽！"男人们哈哈笑起来，女人们在他身后悄声说："好人队长呀，这村是你的，地也是你的，你爱睡哪里，我们都欢迎，我们会给你挪个热窝呀！"

人们睡过之后，队长坐在高处吸烟。他看着地上黑乎乎的人群，心里生出一丝悸动不安。他曾多次把村民劝说回去，多次又被无形的谣言击碎，周围的村庄轮流把地震的谣言传播着。当一个村庄平静下来，另外一个村庄又起了骚动；当骚动的村庄好不容易平静下来，第三个村庄又起了骚动。这种一轮一轮、没完没了的瞎折腾让人精疲力竭，也让队长充满了愤怒。队长对左撇子阿土猴说，咱们无论如何都得找到歪风的来源，风是从哪里吹来的，你非得把它揪出来不可！

阿土猴是村庄记性最好的人，他花时间打听每个人说话，他发现了一种奇怪的现象：谣言从最后一个人开始寻找，用顺藤摸瓜的方式往上追查，查到第三十个人，又回到那个人那里。"你是听谁说地牛颤动的？"他仔细地问人家，"你好好想想，那天是谁把这个话传到你耳朵里的？"他又进一步做诱导道："如果想不起来，那谣言的根就扎在你这里！"阿土猴一个一个地追查，查到第三十个人，竟然是光棍阿信。左撇子阿土猴异常吃惊："你是全村最耳聋的人，你怎么听来地牛颤动的消息？"

阿信交代不出下线，他红着脸说："我没有你的记性，我忘记了是谁跟我说的，反正全村人都说地牛颤动，我也跟着说呗！"阿土猴把阿信揪到队长面前，队长大声地喝骂他，阿信一句也没有听进去。阿土猴说："队长，他前面听不见，你要骂他得让他转身。"队长踢了阿信一屁股，阿信转过身来，才听到队长的骂声。阿信觉得委屈极了，可又交代不出是谁传的话，线儿在他这儿掐断了。队长逼急了，阿信犟脾气上来，他哼了一声，说："队长，你既然说是我就是我，我早就盼着地牛颤动，把村庄都震塌了才好！"

队长气得抡起手又放下手。他叫阿土猴召开紧急会议，让全村的人都集中在土场上。他当众进行了辟谣，批判了阿信不负责任的传播，反复强调地牛颤动纯粹是一件无中生有的事。"有人别有用心，制造混乱局面；我们要安定团结，不要搞阴谋诡计。如果上纲上线，这是两条路线的斗争！"队长停顿一下，又接着说："毛主席教导我们，犯了错误的人，只要能承认错误，改正错误，还是好同志嘛。这次就不追究了，大家要注意不传谣、不信谣，自觉分辨是非！如果没有接到上级通知，我们不要相信任何传言！不要乱纷纷搬到野外露宿！"那天晚上，人们默默地回到家里睡觉。

半夜里，不知谁在睡梦中大叫："地牛颤动啦！地牛颤动啦！"全村的人又像捅了蜂窝一样乱了套，他们急急忙忙从家里跑出来，全跑到田野上和海滩边，打听谁又传出了地牛颤动的话。他们大声说话的时候，发现对方身上竟然一丝不挂，对方也发现他一丝不挂，他们站在地头上，大声地骂着笑着，笑着骂着，抱成一团滚在一起。这期间，有人跌了一跤摔伤了脚，有人迷迷糊糊爬起来，竟然又睡到野地上。大憨的大儿子向月睡梦中听到地牛颤动，年轻人胆量足反应快，慌乱中从窗口往下跳，屁股居然坐在那只招惹是非的母羊身上，当场压断了母羊的脊梁骨！

光棍阿信不停地在夜晚的村庄闲逛着，他像一只狗一样游荡在黑暗之中，自从村庄传播"地牛颤动"的消息，人们成群结队露天睡觉，他就成了一个地道的窥私者。月光来临的夜晚，他偷偷爬上水南婆婆的院子，骑在树上守望着花枝的窗户。花枝是村庄里最美的少女，她散发出异香的身体出现在窗内。那些夏夜真闷热呀，燥热的阿信只有在树上才觉凉快。阿信看着月光笼罩着花枝，花枝在月光下无比美妙。花枝斜躺在床上，两只手合并枕在脑后。阿信的目光抚摩过她的身体，产生朦胧而激动的想象；当他的目光停留在花枝脸上，这种感觉便模糊起来。"天哪，她只是一个孩子，一个连睡觉都像婴儿的人！"这个少女有惊人的美貌和娇弱，它洞穿了阿信内心深处的幽暗，使他的心中惭愧不已。他慢慢地爬下树丛，为自己的行为而感到愧疚。然而夜色还是这么浓厚，阿信怎么也睡不着觉，他贴着墙根继续游走，他在一些窗口停了下来，窥视或者聆听窗户内的动静，他为与生俱来的生理缺陷感到烦恼——

我看到的听不到，我听到的是我看不到的！

他在牛贩子阿万家守望了几个晚上。第一个晚上，他一无所获，他在阿兰的房前轻轻地推了推门，房门是拴着的，里面传出孩子扎扎的磨牙声。第二个晚上，他看到队长拎着个猪蹄子找牛贩子阿万喝酒。第三个晚上，他听到房间里传出女人的哼哼声，他知道那是聋婆婆发出的呻吟；另一个房间里传出了阿万公媳吵架的声音。牛贩子阿万当时坐在椅子上抽烟，他显然由于过度激动而把水烟筒抽得嗒嗒响；阿兰蹲在地上切猪食，阿信看不到她的面容，却可以从她轻轻抽搐的肩头，看到她正在啜泣着。阿兰圆屁股窄腰身，她切猪食的时候，满头的长发倾泻开来，在灯光下发出黑黝黝的色调。阿信侧过耳朵听声音，听出吵架的起因是阿兰的满头秀发。阿万说："你是个寡妇，你留着长头发干什么？你整天还往头上抹油，你图个什么呀！"阿兰说："我留着长头发我犯了法？我招谁惹谁了让你生那么大的火！"阿万放下水烟袋把话往明里挑："你招谁惹谁该问你自己，哼！"这话放下后好长时间里，房间里是一地沉默。阿信刚要转过身看个究竟，房间里发出了阿兰的笑声。阿兰的笑声里有一种邪异的魅力："哈哈，我招谁惹谁该问你儿子，你该去问问你那狠心的儿子，为什么撇下我们孤儿寡母！"

阿信转过脸来听不见说话声音，他像看哑剧一样看见一出精彩的表演：阿兰双手拨弄着长发，脸上现出揶揄的媚笑，她挺着丰满的胸脯，朝公公阿万发出身体攻击。牛贩子阿万被儿媳妇阿兰逼到墙角。阿万扬起手，看俊俏的儿媳妇又不忍下手。他被阿兰逼得不停地往后退缩，那样子看起来异常古怪滑稽。突然，长头发阿兰做出一个骇人举动：她贴近身子抱住公公往后一带，阿万不由自主地跟着她栽倒在地上。"不许我找别人，那你来呀！"阿万在阿兰的身上挣扎着，他的手触摸到阿兰柔软的身子，他的脸上呈现出惊骇的神色。阿信听不见阿兰对公公说什么，他只看到牛贩子苦楚羞恼的脸。"你来呀！既然你知道了你来了！你不行吗？"阿兰用嘲笑的神情一把将公公从身上推开，她站起来弹了弹身子，整了整凌乱的衣服，一个人走了出去。阿信看到可怜的阿万瘫坐在地上，双手拽住稀疏的头发拼命地敲打着。

阿信也被这一幕击中了！

他怅然若失离开阿万家，踽踽走在乡村道路上。他摸索着来到海边，躺在地上用沙子把身体掩埋起来。沙子在他的身上抖抖索索地滑落，他的身体内发出了海啸声音。"我要死了，我要死了呀！"那时候他多么盼望来一场地牛颤动，把村庄和村里的人全都震昏了。他想地牛颤动的时候，他一定会奋不顾身往阿万家跑，他要从摇晃和坍塌中把长头发的寡妇从灾难中救出来。他会背着她往旷野处跑，用自己的身体贴近她，用自己的身体掩护她。那时候就让末日降临吧，让大地沦陷吧！村庄将裂开一道口子，把他俩都埋到地下去。他将拥有一个活鲜鲜的人儿，一个香喷喷的身子。他想自己再腿残耳背，也会把可人儿伺候得熨帖安逸，让她在自己的怀里云里雾里，花开花落……

他大吼一声从地上蹦了起来，他像一只疯狂的狗又趸到了阿万的院子。牛在圈子里发出"呼哧呼哧"的声响，黑夜把一切都笼罩起来。他蹑手蹑脚走到阿兰的门口，拿出事先准备好的刀片子拨起门儿。门儿里的闩子发出轻轻的响动，他贴着耳朵听里面的动静。他再拨时听到了阿兰的笑声。阿兰说："别老猫舐油似的，你想进来我开门呀。"阿兰掩着身子开了门站在门口，阿信的呼吸停止了。阿信一把搂住女人，嘴脸在她的身上拱着撞着，阿兰发出一声惊叫："你是谁？"阿信闷着声说："是我呀，阿兰。"阿兰一把推开阿信，她听出了阿信的声音，她大声喝道："阿信！你疯了！"

阿信又扑了上来，他下了力气将寡妇扑倒了。他骑在女人身上，这回他体会到了地震前的摇晃。他抱住女人在地上翻滚，女人挣扎的声音使他热血沸腾。突然，他的头脑"嗡"了一下，便什么都听不见了，既没有听到阿兰的叫声，更没有听到阿万在背后下手，他的后脑勺被猛烈地撞击一下，人便昏死过去。

阿信在女人身上体验了灵魂飞升的过程。他觉得自己的身体越缩越小，小到整个儿钻进寡妇的身体。那身体多么快乐轻爽，如一条白纱一缕轻烟，从一个黑乎乎的洞穴穿过去。阿信穿过洞穴，一切都改变了。他来到了另外一个村庄，见到了许多从前的人。他们是大憨他爹、二郎他爹、左撇子阿土猴的爷爷，以及长得很像花枝的花朵。花朵一见他便笑着说："你很能爬树呀，如果不是念你是村庄憋气最长的人，我早将你从树上撸下来，让你另一条狗腿也一起残废！"

阿信害怕极了，他拼命地挣扎着，慢慢恢复了身体的部分感觉。他惊骇万分，有一只手在他胯下抚摩着。

那时候牛贩子阿万家围了很多人，村医文风正在紧张施救，他往阿信的人中涂酒精下针扎，口对着口进行人工呼吸，手叠着手按压他的胸脯，可阿信还是不能醒转过来。老实人阿万吓得脸都变成灰色，他逢人便说阿信是因为偷窃才被他打的，他只往后脑上轻轻一棍子，想不到会打成这样。阿兰提着灯，一边抹泪一边骂："死了才好，这样的坏种死了才好！"然而不管他们说什么，大家的心思还是集中在阿信身上。文风累得满头大汗，他用尽学到的本领，还是不能救活昏死的人。"我已经尽了心，现在看他的造化。"文风拉起阿信的手摸脉，额头上打了一团麻结。

"要出人命了，这回真的要出人命了！"有人跑出去报告队长。有人悄悄地替阿万出主意："你为何不去请水南婆婆，看她有办法没有，真的死了人你得抵命呀，你可想到后果！"阿万慌忙跑到水南婆婆家敲门，水南婆婆拄着拐杖来到现场，她摸了摸阿信的鼻息，翻了翻阿信的眼皮，说："人还是有得救，只是须用特殊的方法。"水南婆婆把所有的人赶了出去，只留下阿兰一个人。她附在阿兰的耳边说了几句话，阿兰惊讶地摇摇头；水南婆婆提高了一点声音说："人命关天，孩子，你不妨试试看！"阿兰看着老人家点点头蹲在阿信的身旁，她果然伸出手钻进了阿信的胯下，她感觉全身冰冷的阿信，只有这个地方还热乎着，她抚摩着阿信哭了起来……

女人的哭声呼唤着阿信灵魂的归来，阿信一点一滴恢复着身体的感觉。无数生的欲望从胯下扩张开来，带着热力抵达每一处血液和毛孔。年轻的阿信本来具有猫的九条生命力，他天生的非凡憋气能力，又帮他缓过了最长的一口气。阿信轻轻地哼了一声，感觉已经完全恢复了，水南婆婆哈哈大笑起来。水南婆婆说："该死的救不活，不该死的就是不会死！"她俯下身子往阿信的脸上吹了一口气，阿信睁开了眼睛，他看着头发斑白的老人，眼里闪烁着一丝困惑。"你这不争气的人哪,是她帮你摸回来的。你带着你的欲望死,她揪住你的欲望活。"阿兰倒了一杯水,扶着阿信喝了下去。阿信喝了水看着心中的女人憨厚地笑了。

阿信的花心事件传开来,引起了女人们的惊慌。夜校扫盲班的学员忧心忡忡,她们害怕遭遇到类似的骚扰。有一天,水瑛找光棍阿信,她把阿信上下看了一遍说:"阿信,你想老婆,是吧?"阿信呵呵地笑着,他用手挠着头,吸了吸鼻子。水瑛说"可你太不争气,做事又龌龊不堪,谁敢帮你!"阿信还是涎着脸笑着:"你想帮我……娶老婆?"水瑛说:"我当然想帮你,不然找你做什么!"阿信指着自己的红鼻子:"我是阿信,又穷又残啊!"水瑛说:"你不要再浪荡泼赖,像一只死癞蛤蟆,这样对你没有好处。"阿信说:"可怎样对我有好处呢?"水瑛说:"你听我的话,就会有好处!"

水瑛把阿信拉到一边,往他的耳朵边说了一通话,阿信频频点头,末了将信将疑地对水瑛说:"那他会答应吗?"水瑛边走边丢下一句话:"你试试看嘛!"

没一会儿工夫,阿信去找队长,他对队长说想找事做。队长说,这太阳从西边出来,阿信也想找事做。他笑问阿信想做什么。阿信说,我想做大事,阿信见队长迟疑着又补充说,我做了大事才能娶到老婆!队长一听更乐了,说,你想做什么大事?阿信说,你不是派飞歌去学做沼气,我要跟他去学做沼气!

沼气使用是当年最时髦的一种技术,队长在推广沼气时启用了两个特殊人物:一个是光棍阿信,一个是异乡人飞歌。异乡人飞歌是大憨家的上门女婿。这个耍武艺的后生若干年之后来到村庄,先是拐跑了大憨家的养女琦琦,后与琦琦结婚留在村庄。飞歌成了大憨家的上门女婿后,在院子里的树下悬挂一只大麻袋,他往麻袋里塞满木屑和沙子。天刚蒙蒙亮,飞歌早早起来打沙袋。飞歌打沙袋的时候,发出"嗨!嗨!嗨"的叫声,声音惊醒了爱看热闹的孩子。这是冬天的一个早晨,大憨家的阿三向星看姐夫练身子,眼睛里充满无限的神往。飞歌把孩子拉到场子上，教他一套长拳的招数，向星居然学得有模有样。"这孩子是练武的坯子！"飞歌对大憨说，"你若让他跟我学，不出三年，我保准让他学到不少本领。"大憨白了飞歌一眼："什么本领？跟你卖艺去？"飞歌说："也不能这么说，武艺在身，做什么都好。"大憨重重地喷出水烟筒的锅灰，一粒火星激射到地上的污水上，"嗞"一声便熄灭了："你有武艺，那你能做什么呢？"

　　飞歌在村里确实做不了什么事。他懒于干农活，对烦琐的生活细节漠不关心。他经常在村子里游荡，从上湖走到下湖，最后在海边久久地溜达着。在田里干活的人，看着异乡人拖着长长的影子走在村道上。他们停下手头的活儿向他打着招呼。飞歌总是抱拳拱手作揖，一副走场子的架势，惹得人们一阵轻笑："这种人哪里是田里扒食的，瞧他在村庄能待多久！"飞歌的身后跟着一条狗，有时还有两三个孩子。他们穿过田野来到海边，在沙滩上嬉戏着。那时候的海滩呀，平展展像一条黄金带子，无边的海平面是另一面蓝色的大鼓。飞歌来到海边眺望着大海，仿佛听到遥远处传来阵阵的鼓声。"咚咚咚""嗡嗡嗡"，间或发出"哗啦啦"的喝彩声。飞歌蹲在礁石上，仿佛看见师傅黑头在大鼓上跳跃着。孩子们在沙滩上奔跑翻跟斗，激起他浑身的血液在胸腔里奔突着……

　　年轻人，这样闲着不好，我派你活干如何？队长对飞歌费了不少心思，最后决定让他去镇里学沼气技术。那时候村子还没有拉上电灯，村民使用的能源是草木藤叶，队长到镇里开会，全镇正在推广沼气技术。队长要飞歌到镇里学做沼气。飞歌说，这个沼气我知道，你派我去学得给我一个助手。队长说，给你助手可以，你要谁呀？飞歌说，谁都可以，我只是要个帮手。水瑛听到这个消息，就向队长推荐阿信。水瑛以女人特有的诚恳和细腻向队长陈述此事，她从光棍的家庭开始说，说到他的花心事件，说到民办夜校和扫盲班的女人们。她说谁都不是天生的坏种子，你给他一块赖土壤，他就长成了病苗；你给他一块好土壤，他可能就苗壮成长。队长说："你想锈铁变黄金呀！"水瑛高兴地站起来："那你同意啦？"队长笑着向她挥挥手……

阿信跟飞歌到镇里培训回来，红红的鼻头上闪耀着光芒。人们看到光棍阿信变了，他说话口气跟从前不一样，连走路的姿势也端正多了。他们最早在队长家做沼气试验。队长说，我不带头谁带头，你们就在我家的猪圈外挖坑吧！队长叫了几个帮工，按照他们的指点在地里挖坑。阿信在施工时，俨然成了一个人物。几天过去后，沼气池初步建成了。那是一个形状像大瓦瓮的深池子，村里人围在池子旁边看，他们如何也想不出来，这个大粪坑池子能发出火光来。飞歌砌成池子并用砂浆打平后，往池子外接上几根长长的管子，连接到屋子里的沼气灶、沼气灯上。这是一些让人焦急等待的日子，村里人把粪池里的屎尿全倒在队长的沼气池里，队长家两头大白猪，每天屙出来的屎尿流入池子里。阿信隔天就在队长家看一次沼气池，他吸吸鼻子，像一只狗一样在地上嗅闻着，他查看池子有没有密封好，等待沼气池里的屎尿发酵起来。

　　七月初八晚上，阿信和飞歌点燃了沼气灯。当时全村人都集中在队长家，他们想亲眼目睹这个历史性的时刻。村庄自开创之初历经百年，火的形式从最初的天上流星坠落，到木头干草的燃烧，从汽油灯蜡烛火的照耀，到这种沼气发电发光，走到一种让人无法想象的化学燃烧过程。光棍阿信在做沼气的过程中，表现出从未有过的智慧和热情。他在回答各式各样疑问时，说出了一大堆学到的新名词，引起妇女们的敬佩和赞叹。这种从来没有过的事真实地发生了，让光棍阿信迅速地昏了头。阿信说："现在什么事都得改变看法，大米加红曲酿酒谁都知道，大便经发酵烧火点灯，你们就不知道了。"他见众人没有作声，继续发挥他的想象力，他晃着肩膀说："哈哈，将来有一天，说不定放出来的屁，可能都会发光呢！"阿信在说这个话的时候，正好在沼气燃烧之后，人们守望着那盏紫蓝色的沼气灯，发出了一阵阵喝彩。当时飞歌正在调试开关，他想让沼气灯发出更大的光芒，反而把灯火给弄灭了。人们一下子坠落黑暗之中，发出一阵惊叫。房间里一股恶臭的气味迅速弥漫开来，所有的人仿佛被阿信施了魔咒一般，闻到一股难以忍受的气味。房间里一片黑暗，屁臭的味道越来越浓，咒骂声不绝于耳。可怜的阿信等到飞歌终于又把灯火开亮，早被人骂个狗血喷头。

"你这个乌鸦嘴！你再敢放屁，把你拴到牛圈子里去。"

"往他嘴里塞牛粪！塞牛粪！"

队长让飞歌打开沼气灶，他想用沼气灶的火烧水冲茶招待众人。沼气灶打开的时候，房间里的灯却暗淡了。飞歌说，这沼气池发酵时间不长，提供的沼气能源有限，灶开了，灯自然会暗淡下来。人们一边喝着茶，一边看着那盏幽蓝的灯光，沉浸在一种难以言说的喜悦里。谁也没有注意到，被众人唾骂的可怜的阿信，这时候悄悄地溜出房间，一拐一拐地走在通往队部的路上。

阿信在队部的牛圈子旁哭泣。他用树枝发疯地抽打圈子里的牛背。自从他的牛倌被队长撤换后，他就对这几头畜生窝着气。他的心里一窝火，就把牛儿当作泄气的对象。可是那几头牛好像他的好朋友似的，总是一任他用鞭子抽打。它们站在圈子里一动不动，慢慢地做着反刍，最多"哞哞"地叫两声，用尾巴扫扫可怜的阿信，发出"呼哧呼哧"的声音。阿信用完了力气，心里的郁闷消失了大半，他突然走进圈子里，可怜起被他鞭打的牛。黑暗中，光棍阿信抚摩着牛的身子，抱住牛的脖子用脸磨蹭着。他对牛说着话，他说，牛呀，在这个村子里，只有你对我好，只有你不欺负我。他在牛的面前骂全村的人，发出属于自己的愤懑和诅咒。牛仿佛听懂阿信的话，用黏乎乎的鼻嘴轻轻地拱着阿信，还伸出舌头舔舔打它的那只手。

村庄推广沼气技术成熟后，使用面逐渐铺开，家家户户都在房前屋后挖坑，请飞歌和阿信建沼气池。村民从队长成功的范例中，看到一项新能源的生产过程。光棍阿信和异乡人飞歌成了最为忙碌的人。他们到每一家指导建设沼气池，安装管道和点燃沼气灯。但是人们很快就发现，要使用沼气必须提供足够的原料发酵，牲畜和人的粪便加上地里庄稼，如蚕豆秸秆的腐烂，还是不能满足那口大大的池子的生产，他们就开始泄了气。"原来我两天屙一次屎，现在我一天屙两次屎，池子里生出来的火，他妈的还像鬼火一样！"

最让村里人不能容忍的是沼气的使用，还是一个颇难待候的活儿。一会儿亮了，一会儿暗了；一会儿开着，一会儿灭了。灯火灭的时候，难闻的气味扑鼻而来，把蓬蓬燃烧的好心情浇灭。这时候，飞歌和阿信便要跑来跑去，及时解决用户遇到的问题。村里的老人开始骂年轻人赶时髦玩花样，他们说，几千年来，我们都是一路举着火把过来的，木头燃烧的火多干净多香呀，点着油灯的夜晚多么安谧多熨帖呀，你们尽想这种新名堂，弄得空气都脏臭了！年轻人一边修理着活儿，一边嘟哝着反驳说，你没有看队长家吗？他家的灯火多亮呀！老年人说，那亮什么？我白天走到他家还闻到一股味道，那是物质发馊腐败的味道呀！

被老人骂的队长这时候日子过得开心舒坦，他已经走到权力和威信的顶峰。村庄全面推广沼气池，使他成为镇里的先进典型；他成功地使用沼气，又使他在村民面前显尽了风头。村里不时要接待上面来的参观团和各级慰问的领导，队长家的沼气灯在夜晚闪耀着赫赫的光芒。队长在农闲时节或无数个寂静的夜晚，不停地在家里的沼气灯下，吆朋喝友，吃吃喝喝。村里人谁都知道，队长喜欢吃狗肉，喝陈年的老酒。光棍阿信、屠宰手九吉、八弟，专门负责队长的吃喝。他们窥探着田野里游荡的狗，捕捉哪一只无主的外乡狗，纠集几个年轻人用特殊的方法进行捕杀。有时把狗骗到院子里，关上院门用棍子活活打死，有时用两扇门把狗脖子夹断；有时盯上饥饿的狗利用食物诱杀它们。最好看的是使用套子吊杀，狗被套子套住脖子，高高地挂在大树下，四条腿一蹬一蹬的，树底下的猎杀者在地上跳跃着，发出狂野、刺激而快乐的欢呼声！

村里很少有人知道，队长除了爱吃狗肉之外，还有一个局外人难得看见的癖好。队长吃完狗肉喝好了酒，舒舒服服地躺在床铺上，让村医文风给他烧制一种特殊的药水。那种药水装在大瓶子里，文风轻轻倒出一汤匙，架在桌子上的茶杯上。接着用火点燃了汤匙里的药水，药水发出淡蓝色的火焰，火焰在汤匙边缘舐着。于是，随着火焰的燃烧，房间里便弥漫着一股香气。火焰熄灭时，香气愈发浓郁。队长坐了起来，吸了吸鼻子，微笑着对文风说："你也来一点？"文风用针管抽干汤匙底的药水，对空喷出一丝液体，用清晰的声音说："肚子疼的时候，我也喝一点，这几滴……是烧给您玩玩的。"文风边说边示意队长扎紧手腕，队长露出粗壮结实的右手，用左手箍紧右肘，让文风往血管上打针。文风抽出针头的时候，听到队长用沙哑的声音说："人老了，身子骨散了架。他妈的，你这个药液还真管用，针头刚抽出来，这鼻腔就有一股气溢出来……这会儿真舒服呀！如果能这样死了才好呢……"

文风收拾药箱子，把剩余半瓶樟脑酊留在桌子上，还留下一根针筒几个针头，交代了几句卫生常识后说："您歇着，我走啦。"

队长眯着眼躺在床上，挥了挥手说："你走好呀……哎呀，我忘说了，这半年的管理费你……"队长没有说完整的话，文风知道他的意思。

队长躺了一会儿就起床了。这时候的队长晃着身子出了家门，感觉全身舒坦脱胎换骨，那身体轻飘飘的，走在路上脚板离地似的。他轻哼着样板戏：

临行喝妈一碗酒，
浑身是胆雄赳赳。
鸠山设宴和我交朋友，
千杯万盏会应酬……

队长唱得有板有眼，他哼着歌走到土场上。人们看见队长纷纷站起来，队长站在他们面前开始训人，训人声越说越大，震得树叶子簌簌抖动。可村里人看到，脚板离地的队长在训人时，居然没有扣裤子，裂开的裤口可笑地豁着。他抖动一下大腿，那裤口便豁开一下，大家轻轻地窃笑着。"你们笑什么？"队长问了三遍，大伙只是笑，谁也不敢说话。花枝站在人群里，她突然指着队长说："队长呀，你的门开着，你关了它再骂吧。"队长发现裤子开着，连忙低头扣纽扣，居然找不着一粒扣子。找不着扣子的队长朝众人嘿嘿笑说:"还有一道门,乌鸦飞不出来的。"

全场发出哄然笑声。笑声停了,队长又骂:"这年头无人敢说真话!我要奖励敢说真话的人。从今以后,放牛的活归花枝干了!"

花枝是个单纯姑娘,她无遮无拦的话,无意间竟然当上了牛倌。队里有几头牛,最先的牛倌是光棍阿信。阿信不怕脏活累活,只怕那头暴烈的"火牛"。那是一头直角黄牛,额头上有一绺像火焰一般的红毛,力大无比,脾气暴躁,顶过多人,谁接近它心都犯怵。阿信几次惹恼了牛,被追得没命地逃。有一次被逼到一处死角,他以为这下完了,牛吐着白沫向他冲来,可牛角临身的瞬间突然收住了。原来阿信吓出尿水了,牛闻到人身上的尿臊味,不停地打着喷嚏走了。后来,队长把阿信的牛倌撤了,换上了寡妇阿兰。阿兰女人家,放牧割草,牛圈子收拾得干净,倒是个细心称职的人。

可前些日子,阿兰在山上放牧出了事。火牛把一个男人顶了。那人是有名的二蹓子,他在床上躺了多日,留下一道缝了六针的伤口,也留下了话柄和绯闻。队长问阿兰:"山上树茂草长,他去偏僻地做什么?"阿兰说:"我怎么知道做什么?"队长说:"火牛是不会平白无故顶人的,定是他在那里做什么,招惹了火牛才被顶的。"阿兰说:"那你去问他呀,不然问牛也行。"阿兰说完话走人,队长拦住她:"人家在背后说闲话,你把这事交代清楚再走。"阿兰扬起脸,盯着队长说:"我不说又如何?"队长说:"不说别当牛倌了!"

"哼,谁稀罕!"

队长把牛倌换了,村里人议论说,队长是好人,体恤照顾孤寡人家,把这个轻活给了花枝;也有说队长一时气急,过一阵子还会换人。只有很少人知道,队长换人其实早就心里有底。

大年三十除夕夜阿信发酒疯,把他家里的铁锅给砸了。在他家玩牌的人架着他往牛圈走,把他绑在火牛的栏柱上,往他的嘴巴塞牛粪,可他还是骂不绝口。阿信骂天骂地,居然把队长也骂了!年关过后,队长的喉咙老是沙哑，他找文风开药，且歇了烟酒，可嗓门还是开不了。队长停止了说话三天，到了第四天，他突然摔掉手中的杯子，蹿上前揪住阿信大骂："原来你一直让我喝夹生水，黑心的人你怎么不在壶里下药呀！"队部的茶水是阿信烧的，他挣扎着矢口否认："我胆量再大也大不过你队长呀，我娘俩素来赖你照顾，怎么会做出那样的事？"队长说："我不是瞎子！你还敢诳我！"阿信说："他们也喝呀，怎么没事呢？"众人忙过来把两人拉开，队长气得发不出声音，只用双手抓着喉咙，像吃了苍蝇似的。

队长突然病倒了，全身像被人暴打一顿处处生痛，喉咙肿得口水都咽不下。在人们的记忆中，队长从来是不生病的。每天太阳起来，队长也起来；太阳下山，队长和村民从田野里归来。天下雨了，地歇了，人也歇了；人歇了，队长也歇了。人们已经习惯听从队长的吆喝，没了主意找队长，有了主意也找队长。可队长突然间病了，村里人鱼串着来到了队长的家，看队长躺在床上直哼哼叫着。他的老婆在耳房里熬药，房间里弥漫着一股浓郁的药香。队长住在老屋里，墙是用混合土打的，由于年代久远有些地方塌了圈。队长的家是一个沾满灰尘和烟迹的古老洞穴，生病的他像一头负伤的怪兽，发出了"咻咻"的喘息声。队长喝药的时候，喉咙里冒出一串灰色的烟雾，好像水泼在烧红的铁器上。"你们窝在这儿做什么？"队长用沙哑的声音说，"我一时还死不了，我正为这事发愁呢。"

队长躺在床上，经历了不安烦躁到平静的心路历程。那些养病的日子，他似乎发觉病痛从另外一面看，也是一个不坏的东西：它像一道墙，隔开了外面纷纭复杂的世事；它像一塘水，使眼中的一切都变得清澈透明；它更像一块试金石，能证实许多平时难以弄清的事物。村里人来了又走了，把虚虚实实的情感留下来，给他一个无尽的想象空间。他渐渐发觉他具有神奇的听力，能听见大路那边走过来的脚步声。每来一个人，他的听力便增长一点敏锐性；每走一个人，他的听力距离就扩大一些范围。慢慢地，队长可以准确地辨识出每个人的脚步声：大憨的水牛一般的足音，阿土猴的野狗一般的足音，弯勾的猫一般的足音。他们走的时候，那种声音会随着他们散落在每一个角落，只要集中注意力，他就能够捕住他们在村庄的任何迹象。他对于自己的这种非凡能力守口如瓶，如同一个人在野地上无意发现一处宝藏一样。然而他毕竟是一村之长，他有他的虚荣心，他不时便泄露一点给女人看："快去烧水，洪丹和阿土猴两个人要来了。"女人刚伺候他吃完药，双手正帮他披被子，她困惑地看着男人说："你跟他们约的？"男人说："没有呀！"女人说："这会儿他们来做什么？"男人说："你不要问那么多，快去烧水泡茶，顺便弄一点吃的，说不定还要在这儿喝两盅呢！"

洪丹和阿土猴果然来了，后脚金彪也来了。金彪手上提着两瓶酒。队长的女人吃惊不小：她怎么也想不到他们说着话，居然在她家喝起了酒！他们说，队长是不喝酒才生病的，只要唤醒他肚里的酒虫子，什么病都会好。他们吵吵闹闹、吆三喝五对酒，根本不把床上的人当病人。他们走后，女人对男人的非凡预见力异常担心，她把它看作是生命的一种征兆，跑去和水南婆婆说了。水南婆婆说，人只有生命异常的时候，才未卜先知呀！你要小心他这种病。女人说，他的病什么时候能好？水南婆婆抬头看了看天，含糊地对女人说，也许有一个人，只要见到那人，他的病可能就会好转……

队长的女人回家，心里一直猜测谁会为男人消灾。她想到队长病前是与阿信结怨的，也许阿信来了，解开队长的心结，说不定他就病好了。她去找阿信说话，阿信一口答应下来。当光棍迈着重轻不一的步子走在大路上，队长对老婆说："我想睡会儿，谁来了都不见！"女人不知道，那时候队长最忌见的人就是阿信。女人见了阿信，愁皱着眉头摆手示意队长睡了。阿信轻轻地走到队长床前，站在地上问队长的安。可是队长始终都在睡着，他不理阿信的心意；他的脸埋在阴影里，阿信也看不到。

队长想见的人没有出现，他的病一直拖延到清明节。

清明节前一天，水瑛带着一帮女人去看队长。她们叽叽喳喳、喧喧嚷嚷，在队长家说了一大堆的话。队长的女人哭了起来，用奔流的泪水洗刷着心中的委屈。女人们被哭声感染了，纷纷陪着队长女人抹眼泪，她们没有注意到，有一个人始终处于事态之外，以一种漠然的表情观看剧情的演示。她的眼睛没有掉一滴泪，她的脸庞呈现出一种少有的孤傲。她跟着大伙进入队长的家，只对队长说了一句话，队长就从床上坐起来——

"你的病也该好了，村里的地等待播种呢！"

队长的女人狐疑地看她，突然指着她对众人说："你们看她的眼睛没有一滴眼泪，她的心硬着呢！"

那女人撇了撇嘴冷笑说——

"你好歹还有一个病男人，我没有男人多少年，谁陪我哭呢？"

寡妇阿兰说完话先行离开队长家走了。

阿兰从队长家出来，走过水南婆婆家的院子。她看见老人正在擦拭一把鸟铳。她不知道那把鸟铳的用处，她看到老人端着鸟铳，站在院子里对着天空瞄准。阿兰自从牛倌被队长撤换之后，对这户孤寡人家有了忌恨。阿兰站在院墙外，探着头看着水南婆婆说："阿婆，你在忙什么？你在擦枪呀，是要打鸟还是要打人？"老人正把铳枪的铁器部分用油纸不停地磨擦着，她头不抬地对寡妇说："我要擦去这层锈斑，让它恢复到原来的光泽。"阿兰用嘲讽的口气说："可它是把废枪，你擦得再亮，也打不出子弹！"

水南婆婆终于抬起头，她瞪了阿兰一下："你懂什么？最好的枪不一定要打出子弹。去年我擦好它后，用它瞄准一只鸟，我扣动扳机吧嗒一声，那只鸟应声落地！"阿兰嘻嘻笑着说："阿婆，听你瞎编的！那是一只呆鸟吗？"水南婆婆端起枪，在手中做着瞄准的姿势，嘴里发出枪响的声音："呵呵，你知道那只鸟，为何应声落地？"阿兰笑着摇了摇头说："我是个笨人，我哪知道呀？"水南婆婆说："哼，你当然不知道！"她突然把枪瞄向院墙外的寡妇，大声地对寡妇说："你进来！你进来我告诉你。"阿兰乖乖地走进院子，脸上现出恼羞之色。"你做什么？阿婆，不要用枪对着我呀！"水南婆婆顶着寡妇的脑门，哈哈大笑："吧嗒！吧嗒！那是一只被霰弹打过的鸟，它伤愈后留下了恐惧呀！"

这时候，花枝从楼上下来，她看到奶奶用枪对着阿兰，上前一把抢下奶奶的枪，把它丢在地上："奶奶，你疯了吗，瞧你端着枪对人，多不好呀！"

花枝忙跟阿兰打招呼，端出凳子请阿兰坐，可阿兰站着不坐。阿兰又着腰说："你奶奶真有本事，又会施咒语又会使枪，谁见了都怕呀！"水南婆婆突然说道："哼，谁如果敢欺负我们，我现在不是用咒语，我要用这把枪打死他！"

阿兰快快地离开了院子。水南婆婆从地上拾起枪，一边擦着枪，一边又唠叨着回忆起过去。"你爷爷那时候当连长，整天就喜欢擦拭枪支。他说枪擦亮了，用起来有神，带在身上心里踏实。"水南婆婆停顿一下叹口气，"一个一辈子枪不离手的人，最后竟然用裤带结束自己的生命！"花枝说："你不要老说过去的事，你都说了多少遍了；你也不要用枪对人，阿兰是个寡妇，她也是个可怜的人。"

水南婆婆突然哭了起来："你们姐妹俩一模一样。当初你不让我用咒语，现在你不让我用枪。你心地善良，可谁善待过你们？啊——你给我说说看，谁善待过你们！"花枝要拿开水南婆婆的枪，可奶奶抱着枪不让她拿开。

花枝无奈地摇头叹息，丢下奶奶上楼去了。

那年夏天，湖耿湾出了很多糗事，春天小麦得了黑疽病，盛夏高温袭人，大旱降临到村庄的土地上。村里人不得不白天挖池塘，夜晚与外村人争水。那水是从遥远的水库流过来的，水流经过石盘村的地段。大憨在与石盘村争水时，被阿阜他们打了。公羊阜纠集几个人，用绳子先把铁匠大憨绊倒，扑上去把他打了一顿。队长带人去解救时，大憨早被打得头破血流。阿土猴对队长说："你给我几个人，我把阿阜绑回来见你！"队长说："现在大伙正跟天斗，不要再人斗了。如果老天爷还不落雨，明年等着挨饿吧！"

"你说这仇不报，大憨白挨打了？"

"君子报仇，十年不晚。"队长看了看阿土猴等人，"我现在特别想二郎，如果有他在，我这心就安稳，他不在你们先忍着！"

队长拖着疲惫的步子走了。他走过池塘竟然走到水南婆婆家里。老人忙搬椅子请队长坐，可队长不坐椅子，他一屁股坐在石臼上，身子靠着墙说：

"阿婆，最近村里真多事，我都有点扛不住了。"水南婆婆倒了一碗清水给队长喝："这天旱人怨，你这队长不好当呀！"队长说："阿婆，如果我不当队长，湖耿湾要交给谁来当家呀？"水南婆婆说："现在正是多事之秋，你再苦再累得先当着，等过了这阵子，再找个合适的人！"

队长捧起碗咕噜咕噜喝水："合适的人，哼，哪里找去？不是太憨就是太冲，可用的人又都出外了。"他抹了一下嘴巴，咳了两声，"最近我累死了，我可能快不行了，哪一天我倒下了，你要帮大伙出主意呀！"

水南婆婆说："请你不要说这种话，你当队长是大伙的福分！我们家一个外来户，这么多年来，你一直照顾我们孤寡老小。"队长说："你到湖耿湾已经多少年了，虽然你是个外来户，但乡亲们还是能善待你。我这个当队长的，不管吹东风吹西风，我都守着做人的道理！还好你眼界高肚量大，有的婆娘鸡肚子眼，你也不跟她们计较，你还给村里出了好主意，做了不少善事，我代表全村谢你呢！"

水南婆婆听了队长这番话，突然哽咽着对队长说："我这老太婆没用呀，你们不嫌弃我就好，哪还指望你谢我呢？我这下半生都在湖耿湾，你们能把我当村里人看，真是我的造化！"队长说："我们本来就把你当村里人，你应当知道，不管你家什么来源，也不管谁当这个队长，只要大伙不抹良心，不会真欺负一个外来户！"队长说完话站起来告辞，他用手按住脑门说："这些天我老发低烧，吃感冒药还是不见好。这人上年纪了，什么屁毛病都变难缠了！"水南婆婆把他送到门外，安慰队长要多加休息。

第三天，队长被人送往医院了。

水南婆婆在队长住院之时，给花枝说了一个梦。她说她梦见村庄地震了，海水从沙滩上漫上来，淹没了所有的田地。村里人在水里挣扎着，竟然全变成了鱼。花枝说："你整天想七想八，尽做这种没有来由的梦。"水南婆婆说："不信你等着瞧，最近天上的星星一颗连着一颗飞，地上就要出事啦！说不定又要打仗啦！"花枝说："打什么仗呀？你别胡说了好不好。"水南婆婆说："我胡说吗？队长都快不行了，他可能活不长了。"花枝说："他前天到咱们家，不是还好好的。"水南婆婆说："前天他脸色灰暗，一脸疲倦的样子。今天已被人送往医院，听说好多天吃不下了。"花枝惊讶地说："怪不得上午在路上，大憨和阿土猴急匆匆赶路，原来是赶往医院去呀！"水南婆婆说："这种病送到医院，恐怕也是没有办法。"

许多日子过去，队长从医院回来。人们看到他脸变瘦了，身子仿佛也瘦了，只是那肚子看上去，还是那么难看地腆着。队长挺着大肚子，出现在家门口，缓慢地踱着方步。人们看到队长每迈出一步，仿佛都小心翼翼，充满着深思熟虑。大憨和阿土猴出入队长家，他们按照队长的话暂时管理村里的事。人们照样出工照样收工，一天该做的事照样做。他们在劳动时难免议论到队长的病。他们一说到队长的病，就不停地摇头叹息。"都是喝酒喝坏了，他还喜欢吃狗肉，不得肝病才怪呢！""你懂个屁！光喝酒吃肉怎么得肝病，他打樟脑酊上了瘾，那种东西跟吗啡差不多呢！"

队长早已离不开樟脑酊了。他以前几天玩一针，玩的次数多了，每天都要玩一针。有时一天还玩两针。那种药水装在瓶子里，烧起来像白酒，火焰蓝蓝的，火苗儿很温柔，气味弥漫开来，有一股樟脑的芳香，还有一丝茴香的甜香。队长的家总是弥漫着这种芳香。哪天没有这种扑鼻芳香，哪天他还受不了呢。文风起先到他家烧制扎针，队长身体不行后，女人拿扫帚赶文风，把祖宗十八代都骂了。女人被队长喝住。队长说是我让他配的，你骂他做什么？女人说，这是什么东西你不知道吗？你不要命我还要这个家呢！队长的女人要死要活，闹得队长没有办法，只好暗地里买药，自己偷偷地打起来。队长趁女人不在家，烧起樟脑酊刚要打，队长的女人突然出现了。女人盯他盯得死紧，多次发生抢夺打闹事件。女人被队长打得满脸乌青，她跪在地上哭着说："你都病成这样了，你还打呀，我的天呐！"队长拉着长声说："反正已经病了，打跟不打都一样，倒不如……打一针舒服。"队长把药水烧好，一股香气弥漫开来。队长挽起胳膊找血管，可手臂上没有血管。队长往小腿下找、往脚上找，只要找到血管能让药水进去，他在香气里微眯着眼睛，脸上挂着一丝朦胧的、淡淡的微笑。

女人摇摇晃晃走出家门，竟然一脚跌进大水塘里。还好当时塘里的水不深，女人在众人搭救下上了岸。女人坐在岸上哭泣，声音像一首歌一样。女人被水瑛领回家里，换了衣服喝了碗姜汤，突然呆愣愣看着窗说："天哪，我还不能死！家里有四个孩子，他迟早总要死的，我死了谁照看他们。"

自从那天起，队长女人像是换个人，再也不阻止男人扎针了。男人有时找不到血管，她还会帮他扎手腕。后来是扎脚和腿部。女人用一条灰色布条子，扎男人的手和腿脚。有一次，女人见男人在哪里都扎不到血管，提议说不然往脖子上扎，脖子上血管粗呢！男人看了看女人，叹了口气说，好吧，只是找到了血管，你得帮我下针，脖子上我看不到呢。女人说，好吧，血管浮起来，我帮你下针。女人说着用灰条布子扎男人的脖子。男人脖子上的血管浮起来。女人越扎越紧，男人脖子上的血管全浮起来。男人喘不过气来，喉咙里发出古怪的声音，一张脸充满了血红，张着眼睛看着女人。

女人没有松手，她把男人扎得死死的。男人起先挣扎着，男人不再挣扎了，女人才松开手。松手的女人看着男人，突然"哇啊"哭了起来。女人边哭边拼命施救男人，她抚按着男人的胸脯，翻过身子拍打背部："你不能死呀！你死了我怎么办呀！"

男人竟然活转过来，他喘了一口气，不停地咳嗽着，嘴巴里咳出一口血痰。女人抱住男人的身体，泪水像珠子滴在他脸上。男人在她耳边悄声说："你不是好女人，是好女人……再用点力气！"

队长从医院回家的那些日子，是村庄最动荡不安的时候。那时候外面的村庄开始分地。人们成群结队走到田头，重新用皮尺丈量土地的面积，重新登记户口和劳力。大憨、阿土猴一直对队长隐瞒着真相，他们怕队长操心。上面通知开会，阿土猴先去应对着。阿土猴回来后，人们把目光都投到他身上。阿土猴说："你们急什么啊？没有看到队长正病着呢。再说咱们村的集体生产，不是也挺好的嘛。你没看队部墙上挂满了旗子，你们哪一年真饿过肚子。再说呐，队长也没有亏待过咱们！"村里人被会计数落几下，纷纷埋着头散开了，只有阿信还黏着屁股不肯走人。阿土猴转过身子，久久地看着光棍阿信："光棍，我知道你想什么，这承包制不是分田分地，集体的财产还保留着，你不用怕没有地方住。只是今后你要吃饭，只能依靠自己种地了。"

自从那天开始，阿信经常出入队长家。他知道这集体是队长建立起来的，只要队长他活着，村里就不会把地分下去，大伙还是合伙劳动集体种地，他就可以住在队部不用操心了。阿信住在队部已经很多年，他和娘住着两间房子。他帮大家做个小厨子，开会时煮茶水，夜深了做下酒菜，出工收工吹哨子，人们已经习惯了。阿信他也习惯了。阿信不知道今后的日子怎么过，阿信更不知道如果集体解散了，他和他娘要住到哪里去。

当可怜的队长肚子越来越大，人越变越温顺安静，方步越踱越慢的时候，村里人不敢再上他家了，只有阿信天天去探望他。阿信站在队长面前问寒嘘暖，帮队长女人给队长擦洗身子。阿信发现队长瘦得太过分了："队长啊，我的好队长啊，你可不能再瘦了！再瘦下去呀，只有一个肚子了。"阿信抱起病恹恹的队长，突然呜呜呜哭了起来。队长说："阿信，你别哭了，你一哭我也想哭了。"队长在哭声中流下两道浑浊的眼泪，泪水像黄土一般颜色。

最后一些日子，是在夏天燠热难当中度过的。村里人在路上看见阿信远远地躲避开来，阿信身上有一股恼人的樟脑酊味。那种味道在他经过的地方飘荡着，给人带来一种死亡的气息。当队长无法下床时，浓郁的樟脑酊味竟然在整个村庄弥漫着。嗅闻到樟脑酊味的人哈欠连天，老人和孩子竟然还流下了涎水。人们在燠热的天气中无法睡在家里，大家纷纷搬到户外和野地。湖耿湾的海滩边，又躺满了露宿野外的人。村里人躺在沙地上，看着广阔无边的星空，久久无法入睡。他们回忆起"地牛颤动"的日子，谣言像风一样四处飘荡，队长和阿土猴在人们睡去后，一片一片地巡视察看，一个一个追寻谣言的来源。最后，他们在叹息声中发出了议论——

"队长这个人，打樟脑酊打坏了！"

"队长这个人，当队长当坏了！"

水瑛和她的女儿们

水瑛回娘家探望当校长的父亲，她从父亲的学校拿教学工具，包括布黑板、粉笔、本子和铅笔，还有用于刻写的蜡纸。水瑛的教材有小学一至三年级的旧课本，也有自己编印的辅导材料。水瑛在煤油灯下刻写蜡纸，有时候刻不完，便叫花枝帮她刻。花枝的字写得工整漂亮，她刻写的蜡纸无人能比。她们在夜晚把材料刻好后，白天再拿到小学校油印出来。水瑛经常请花枝做此类的事，久而久之，花枝成为她的助教。水瑛有事无法开课，她也请花枝帮她上。花枝上了几回课，听上去还像模像样的。她虽然年纪尚轻，但站在台子上庄严肃穆，教学态度十分认真，从而获得学员们的尊重。她们把水瑛叫作大老师，把花枝叫作小老师。水瑛的女儿嘲笑花枝说："你当老师了，跟我妈一个级别，那我们可以叫你小妈妈吗?"

　　花枝说："你再贫嘴，我割你舌头。"

　　亚洲吐了吐舌头说，"你来割呀，小妈妈!"

　　亚洲是个十五岁的女孩子。她月经初潮的那一天，正在地里跟母亲收割麦子。夜校老师看着女儿脚踝上有血迹，停下手中的刀子嗔怪道："干活小心点，看你把脚踝都割破了。"亚洲弯下身子卷起裤子，可是那血丝是从大腿上流下来的。亚洲站在那里一动不动，突然"哇啊"一声哭了起来。水瑛紧紧地抱住女儿，她给女儿上了一节女性卫生课，交代亚洲当月事来的时候，她应当如何去对付。那年夏天，花朵投水事件之后，夜校老师狠一狠心，突然停止了最大女儿的学业。她对亚洲说："女儿家识字就好，家里孩子多，我种地又教书，实在没有法子呀!"

亚洲与母亲抗争了几日，方法是采取一种消极抵抗。亚洲始终保持沉默，像个木头人，既不说话也不发脾气，弄得水瑛没了辙。水瑛要男人拿主意，二郎看了看女儿，用一句话就断了她读书的念头。二郎说："你是老大，你如果想再读，那欧洲不能读了！"欧洲比亚洲小两岁，她拉着姐姐的手说："姐姐，你读我不读，我来照看妹妹们。"亚洲看了看欧洲，突然掩脸跑出家门。她跑到水南婆婆家住，陪伴花枝度过那段痛苦时光。她们在月夜里紧紧地拥抱在一起，听窗外的蟋蟀鸣叫着。"我不能再读书，我恨死了！"花枝说："你妈还想生孩子，她是顾不到你们呀。"亚洲说："有时候，我……我真想死，像你姐姐那样死了！"花枝把她抱得更紧，她的泪水滴在亚洲的头发上："我也想呀，不知想了多少回了。昨晚我梦见姐姐了，她全身湿漉漉的，坐在水塘边的石头上唱歌呢！"亚洲说："你姐姐唱歌真好听，如果她还活着，我真想跟她学唱歌呢。"花枝说："咱们可去找她，她可疼我呢，她一定会教咱们的。"亚洲沉吟一下说："我不去，我害怕呢。"花枝从床上坐起来，她理了理鬓发，对亚洲说："你不去我去，一个人去好了，我找姐姐去。"当时正是深夜，亚洲看着花枝走出门口消失在黑暗之中。她害怕极了，大声地哭起来。哭泣声惊醒了水南婆婆。老人家跌跌撞撞冲在水塘边，操起木杖对着湖水使劲地打，湖水溅湿了水边的花枝。月光笼罩在湖水的上面，湖面上雾茫茫一片。花枝转身走了回去，一声不响地又睡下去。水南婆婆把房门反锁上，才上自己的房间睡觉。当亚洲抹着泪水依偎在花枝怀抱里，她听到花枝散发着香气的胸口，有水流漫过冰冷的湖坡，直淹到她们住的地方。

　　水瑛的四个女儿，像她手中的粉笔一样洁白修长。她们在村庄有一个显著的标志：最大的亚洲后脑束着一条马尾，走起路一甩一甩的；老二欧洲梳着两管羊角辫子，笑起来一脸的孩子气；老三非洲好像应了她的名字，个儿瘦而黑，却有一口白玉般的美牙。她的头发被编成小小的三束，光溜溜的让人喜爱；最小的美洲才六岁，整天擤着两串鼻涕，眼睛有一半时间是湿的，她的头上竟然有四条细细的龙须儿，每条根部都绑着一根红丝线，看上去像刺绣的花纹一样。夜校老师每天用三分之一的时间劳动，三分之一的时间教书，三分之一的时间打扮她这几个宝贝女儿。有时实在太忙，她用连环梳头法实现她的愿望：她只梳理美洲的四条龙须儿，让亚洲来梳理欧洲的，让欧洲来梳理非洲的，亚洲自己梳理自己的头发。这样省去四分之三的时间。村里人说，水瑛这般喜爱女儿，第五个一定是女儿了。可等来等去，水瑛的肚子还是没有挺起来。水瑛说，这肚子呀，生男生女它还没个决断，只好让它先空着……

　　小美洲的第一颗门牙松动，刚好是非洲最后一颗乳牙的脱落期。一大早，水瑛包了六个鸡蛋拉着孩子到了水南婆婆家。水南婆婆正在取井水漂白粿，她利用太阳折射在桶里的水光查看非洲的牙齿。"这孩子好牙呀，将来不笑还罢，一笑惊人呢！"水瑛说："这颗乳牙晃动了好些日子，我担心再不拔会长重牙的。"水南婆婆伸出食指探了探牙齿，进去取出针线盒子。她戴上了老花镜，抽出一根白线，在一端打了一个套结，便端起非洲的下巴张口往里套。非洲看见脸长在镜片里，惊讶地发出叫声。水南婆婆扶住她的下巴说："你看哪，屋脊上老猫背着小猫呢！"非洲张眼看去，恍然间牙齿便没了。水瑛说："先含着血别吐出来，憋紧你的嘴，待会儿再用盐水漱。"水南婆婆拉着非洲站在屋檐下，举行一个丢牙仪式："把脚站齐整，我数一二三，你就往屋顶上丢。"非洲摸摸那颗牙齿，狠命往屋顶丢上去。早晨的阳光晃眼花呢，非洲看到光线儿在空中飘。她感觉一团红太阳被她含在了嘴里，她低头把血水一口啐了出去。

　　"姐姐，我没有看到你丢的牙齿。"

　　小美洲的嘴吮着一根草茎，在回家路上提出疑问。非洲伸出小手掌给她看，美洲惊讶地抬起头说："你真没有丢掉呀？"非洲说："这是最后一颗牙齿，我要留着它呢。"美洲说："你留一颗老牙做什么？"非洲说："这是我嘴里掉出来的，我要留着它做纪念呗！"美洲看了看走在前的妈妈："你可别让妈知道了。"非洲说："知道又怎么样，我的东西我自己做主。"小美洲说：

"你没有照她说的做，妈知道会打死你。"非洲抬腿踢飞一块石子，大声地对妹妹说："妈才不管咱们，她整天想的全是生弟弟！"

那时候水瑛怀孕四月了，她的腰变粗了，从背后看已经是一位准孕妇了。水瑛的妊娠反应异常严重，先是接二连三地呕吐，接着嘴巴感觉寡淡得飞出鸟来。水瑛一天能吃半碗腌酸菜，却对什么食物都提不起兴趣。"这样下去不行呀，会饿了肚里的小子，你当为他把饭咽下去。"二郎下水塘摸螃蟹，到海边买海鲜，变着法子伺候妊娠的女人。女人看着男人说："如果我生不出男孩儿，你的心意白花了。"男人说："我有信心，你怎么能没有信心呢？你就为我争这口气！"女人叹口气说："生孩子能像捏土人多好，我们想怎么捏就怎么捏。"男人说："这回怎么捏，也要捏一个有柄的。"

水瑛挺着大肚子当老师，扫盲班的学员越变越多，夜晚成了女人们的聚会场所。好多婆娘上课时，顺手把孩子也拉上，这班办起来乱纷纷的。读书声、孩子的叫声和母亲的骂声此起彼落，吵得水瑛上不了课。水瑛说："这里到底是夜校还是托儿所？你们能不能把孩子留在家里？"妇女们嘻嘻地笑着说："老师呀，是你先破了规矩，你看你带着孩子教书，我们不能带着孩子读书呀？"水瑛抚摩着肚子说："再过两个月，我就要生产了，你们这么不珍惜学习时间，到时候谁来教你们呢？"

女人们突然意识到问题的严重性，她们停下课业，叽叽喳喳地议论着。她们突然发现生活中不能没有这个夜校，更不能没有水瑛老师。童养媳贝贝和琦琦当场哭起来。夜校教她们识字，更给她们一种自由快乐的时光。水瑛老师的每节课，都充满着朴素的温暖，这种温暖在的时候还不觉得，这种温暖如果不在了，他们就有孤独和悲伤。水瑛的所有课程都是根据需要自行设置的，她不但教语文和算术，还教历史和地理。她教她们的时候不是分开教的，而是合在一起穿插着教：一堂课从语文开始说到历史，从历史的纪事年代运用到数学，最后在两张地图上结束。童养媳贝贝有无限的想象力，她对历史的纪年感兴趣，她听水瑛解说公元前和公元后，对时间的设置产生一种怀疑：时间在一条道上走，会不会绕了一圈又走回来呢？水瑛说，在人类历史的长河中，我们只不过是一滴水而已，你想那么远做什么？贝贝说，公元前和公元后，不都是时间转来转去转出来的吗？你说我们跟公元前的人有什么区别？我们现在活着的他们早已活过了。婴儿皱着一张老头脸，活到老的人性子像孩子一样，时间绕了一圈又走回来，我们活着等于没有活过呀！

有一天，水瑛从小学弄来一个地球仪，她转着花花绿绿的地球仪对学员们说，这就是我们生活的地球呀，地球是圆的，每天它从东往西自转，每年它还围绕着太阳公转，春播秋收，夏旱冬寒，我们都是这么转过来的。学员们被老师无限拓展的时空概念弄得头都大了。她们怯生生地围着地球仪，伸出手摸着说，"你说我们的村庄也在这个地球上面，那我们为什么不会从上面掉下去呢？""你看哪，它还倾斜着，多危险呐！""老师，你骗我们是吧？这大地怎么看都是平的，连海平面也一望无边，地球怎么会是圆的呢？"水瑛被她的可爱学员弄得大声地笑起来，她说地球好大好大呢，上面还有七大洲四大洋，一百多个国家，每个国家有几千、几万个我们这样的村庄呀！

"那他们的村庄也跟我们的村庄一样吗？他们也种地养牲畜生孩子养孩子吗？"

水瑛不知道跟这些女人说什么。她是村庄最有文化的女性，也是除了水南婆婆外，村庄里最有见识的女性。她创办夜校扫盲班，最初动机其实十分简单，她只想让这些连钞票都不识的女人认得几个字，看得懂最简单的东西。可教到后来，她越教越上了心。每当她站在讲台上，她就有一种从事启蒙教育的自豪感。这些女人在她眼中像地里的旱作，多么需要水分的滋润呀。她们生长在村庄，在村庄生儿育女，最后老死在村庄，一辈子没有走出村庄一步。她们对于外面的事物充满了好奇，对于抽象的东西理解力又差。她不可能教她们太多，可她又无法不把知道的东西教给她们。这种两难的处境决定了她的教学方法。她向水南婆婆多次请教有关教学安排，水南婆婆说，她们都是你的姐妹，你不但要教她们认字懂文化，还要教她们明理有信心。水瑛因此尽心善待她的学员，在她体贴入微的教育下，女人们会写各自的名字，同时也认识了村庄的事物——通过文字的认识和话语的转换，使动植物有了名称，使每种现象有了比喻，并赋予它们应有的生命。"这是一件多好的好事呀，它带给我的喜悦如同看着沙地上长出种芽一样。"水瑛在心底里感慨万千，她身为女人最能体会女人的苦衷。她多次对学员说："我教你们说普通话，就是要让你们走出去，走到一片开阔地带！如果你们只说方言，那就只能停留在村庄里。如果掌握了普通话，就会走得更远看得更多！"

许多个晚上，水瑛停止了授课，她在桌子上摆上一台收音机，把音量调到合适的高度，让声音不停地传播着。"这是标准的普通话，它是由北京人说的，不像我教你们的读音，还有一股子地瓜腔呀！"女人们说："我们喜欢听北京人说话，可我们也喜欢你的地瓜腔！"水瑛说："这算什么话？我听人家说话，这心里都感动得直掉眼泪！我们跟北京人比，简直就是土拨鼠！"女人们齐声唱道："我们是土拨鼠！我们是土拨鼠！""我们爱土拨鼠！土拨鼠也爱我们呀！"

五月的第一个星期天，水瑛迎来了教学以来最特殊的一堂课。天刚擦黑，学员们便齐齐整整坐在教室里。她们穿上只有节日才穿的衣服，每个人头发梳得光溜溜的，脸面上一副庄严的神情。水瑛站在讲台上，她那抑扬顿挫的声调，一点也听不出她内心的激动。她把目光巡视着她的学生，最后落在靠墙一排的旁听者身上。他们是队长、工作组组长、乡干部小谢和县教育局下来的两位同志，他们带着赞许的神情认真地听着她的课。水瑛先教学员们朗读那首古诗——

锄禾日当午，汗滴禾下土。
谁知盘中餐，粒粒皆辛苦。

诵读三遍后，水瑛问："谁来说说读这首诗的体会？"教室里一片寂静，原来预先安排答题的贝贝，这时候临时怯了场。她勾着头埋在臂弯里，一双眼睛老鼠似的与老师对瞪着。水瑛又提高点声音问："谁来回答老师的提问呢？"水瑛微笑着说："没有关系呀，你们把知道的东西说出来就行了。"这时，大乳房穗儿突然站了起来："老师，这四句话就是写给咱乡下人看的，意思像光头上的虱子，有什么好说的！"学员们全笑了起来。水瑛也笑着说："古诗就是好懂好记，平中见奇，回味无穷，说出人想说又说不出的意思。你们说是不是呀？"水瑛又出了几道算术题，让学员们上黑板做笔答。最后水瑛朗读了一段课本默写，她把她们的纸张收上来，交给县上下来的同志手上。

"我的学生就是这个水平，你们看吧！"

教育局的人看着卷子，激动得说不出话来。他们你看看我，我看看你，最后把目光停在水瑛身上。"这些女人都是你教的？"水瑛笑说不是我教的，还能是谁教的，你们又没有派人来。"她们识字，会算术，听得懂普通话，还会朗读古诗？"水瑛说："你们不是都看到了，这有什么奇怪的？"他们再问的时候，水瑛忍不住想坐下来。她抚摩着突出的肚子说："我可以坐下来吗，我这腰腿酸胀得厉害呀！"

水瑛说着就坐了下来。那是一张旧竹椅，它承载不了水瑛的身体重量，发出"咔咔咔"的声响，突然把她给放倒了。水瑛滑坐在地上，感觉身体又沉又重，笨重的身体发出了疼痛。她痛苦地叫了起来。女人们发出了呼声全围了过来。她们在老师的身边站成一道人墙。水瑛不停地呻吟着，男人们被挡在人墙外。水瑛大声叫喊的时候，男人们被请出了教室。

澳洲落地的叫声传得好远呀！

队长陪上级客人走出村口，澳洲的哭声还在他们的耳畔响着。五月的第二个星期天，队长拿着报纸到二郎家，二郎光着身子在院子里劈柴，斧头砍在树桩上发出"叮当"的声响，柴片像子弹一样闪射。队长进来时，二郎不理他，他一斧子下去，有一枚射中队长，在额头上起了疙瘩。队长放下报纸，一声不响捂着疙瘩走了。

队长走后，玉珠和穗儿等女人进了院子。她们提了东西来看望老师，发现了那张报纸，看到写有老师名字的标题下的文章，发出了惊喜的叫声。她们冲进房间大声嚷嚷道："老师，你的名字上了报纸，这下我们要出名啦！

村庄要出名啦!"水瑛头上绑着白巾,一双眼睛红肿着,她支撑着身体接过报纸,脸上露出欣慰的微笑。在她们的怂恿下,水瑛把报纸从头到尾念了一遍,她的声音好几次被学员们打断了——

"写得真好,这些破烂事儿,写成文章还真好听!"

"老师,再念一遍,听一次不过瘾呢!"

水瑛再念了一遍报纸。澳洲发出了哭声,哭声像小猫似的。水瑛放下报纸抱起孩子。"这孩子命苦,她爸自从生后一声不吭,说要把孩子送人呢。"水瑛抹着眼睛说:"几天来他只会说这一句话:送人!送人!可孩子好像听懂似的,他爸一说,她便哭了。"穗儿接过孩子抱起来逗着,嘴里喃喃说道:"臭丫头呀——送人啦!"孩子"哇"的一声哭了起来,女人们惊讶地你瞪我、我瞪你,突然发出"咯咯"的笑声。她们反复试了两次,两次都弄出孩子的哭声。她们改口说:"不送啦,不送啦,宝贝的孩子尖尖肉呢!"孩子就止了哭声笑着。水瑛说:"你们看,这样的孩子叫我怎么送人呢?"

五月的第三个星期天,二郎突然失踪了。村里没有一个人知道他去哪里。水瑛的四个女儿分别往东西南北四个方向找了一天,傍晚回到家中报告了相同的结果。水瑛挣扎着从床上爬下来,她端着一方镜子,坐在家门口,坐月子以来的第一次梳理。她在镜子里看到一张脸,她朝那张脸笑了一下,放下镜子去灶房生火。"你们怎么没有用连环梳头法梳头呢?还是不是妈妈的女儿!"水瑛拉着风箱发出威严的声音。四个女儿一个挨着一个,排成一列坐在屋檐下,慢慢地梳起了头发。水瑛说:"以后你们就是没爹的孩子,可没爹还有妈呢——不管怎么着,我们都得活下去,还要活得好,你们听到了吗?"

"我们听到啦!我们听到啦!"四个孩子朗声唱道。她们不因父亲失踪而烦恼。她们用连环梳头法梳头的时候,脸上呈现出快乐无忧的模样。她们知道爸爸是被澳洲气走的。爸爸嫌弃澳洲小妹,她们可不嫌弃呀!她们轮流照看澳洲小妹,甚至还为妈妈生她而暗暗高兴。"如果生个儿子,他会骑到我们头上！现在大家都一样，我看才好呢！"小美洲和非洲在暗地里窃窃私语，她们还讨论到一个细节问题："姐姐，她到时候梳头，是不是梳五条小辫子呀？"非洲说："那是妈妈的事，她爱怎么梳就怎么梳，只是妈妈帮澳洲梳头，你的头没人梳了！"

端午节到了，水南婆婆采了一筐菖蒲、艾草等香草，送给水瑛煮了一锅香汤让孩子们洗澡。绿色的汤水发出浓郁的香气，水瑛试了试水温，把澳洲轻轻放在木盆里。"孩子，让我用香汤洗你的胎毒，也洗去你命运中的晦气！"红红的澳洲在水中快活地蹬着双脚，发出小野兽一般的叫声。水瑛的四个女儿围着木澡盆观看。她们发现小妹妹长得好丑好丑呀，妹妹的身体沾满草汁的颜色，一个人活像一条大菜虫。妹妹被妈妈用温水冲洗了一遍后，才恢复了白嫩皮肤的颜色。"妈妈，这里还有一片，你看没有洗干净呢。"眼尖的美洲指着妹妹的身体，水瑛抚摩着澳洲的屁股说："这是蝴蝶做的斑记呢，妹妹是蝴蝶化生的，将来保准长得天仙一般！"

"妹妹蝴蝶生的，那我们是什么生的？"

"你们是什么生的，脱下衣服洗洗看就知道了。"

女儿们果真在身体上寻找各自的印记：最小的美洲在肚子上找到一只虫子，老三非洲的腋窝下有一条鱼儿，老二欧洲不肯让妈妈洗香汤，她在当晚睡觉时，却缠着姐姐帮她查看身体。亚洲在她的身上看来看去，没有找到明显的标记，最后居然在脚底下发现了一块斑点。"这是什么呀，姐姐？"欧洲端着脚板不满地弄着那处斑点，"我的脚下长着黑斑呢，看上去真像老鼠屎！"

亚洲说："我看像一只金龟子，你是金龟子化生的。"

欧洲一骨溜爬了起来，扳住姐姐的肩膀翻着衣服说："我也看看你的，你身上长着什么稀罕物呢？"亚洲扭着身子不让妹妹看，她成长的身体是一个秘密，像一处宝藏一样，不能轻易示人。可是被姐姐看了身子的欧洲不满，她执拗地嚷嚷道："你看了我的，我也要看你的！"亚洲把她推到一边："是你叫我看的，我才不爱看你的丑模样。"欧洲叫："你才丑，你是个丑八怪!"欧洲说什么也要看姐姐的身体。她把手伸到姐姐的腋窝下挠痒痒，两个人在床上抱成一团，发出咿咿呀呀的叫声，吵得楼下的水瑛发出大声的呵斥。

夜校扫盲班出了名，吸引了众多的参观者。县里组织一场有一百多人参加的现场会，他们是由县乡村三级干部组成的。水瑛作为重点人物被请去做典范发言，她是继章洪九之后村庄出现的又一名人。多年之前，队长陪洪九上县里比赛，击败多名一级理论员，获得一个"铁嘴"的称号。今天他陪水瑛去镇上，坐在镇礼堂的戏台上，不停地给她壮胆助威："你要大点声，不然下面听不见。再说做报告，越大声越有震撼力呢!"水瑛说："我只会实话实说，我可不想吹牛吹破天，把人弄成个大憋子。再说呀，家里还有一大帮孩子，等着我养她们教她们呢!"

水瑛坐在戏台上，手里拿着几张稿子，一双眼睛只盯着纸上的字。这个法子是她临走之前水南婆婆教的。那天她到水南婆婆家，对村庄最有智慧的老太婆说："阿婆，我一想到上镇里发言，这心就慌得厉害，你有法子帮帮我呀?"水南婆婆笑说："这个好办呀，你坐在台子上，把下面的脑袋当作田里的西瓜，你就不慌了。"水瑛说："不行呀，会场上高音喇叭像响雷，人的眼睛像闪电，到时候我会昏死过去!"

水南婆婆只好教她另一种方法：眼睛不看人只看稿子，把稿子的第一句默念六十六遍。水瑛念到五十九遍的时候，感觉心里不慌了。轮到她发言，她大声把稿子往下念。那是一份精心准备的稿子，里面凝聚着她多年的情感和心血，她不但声音念得响亮，而且还读得声情并茂。水瑛说到村庄不识字的可怜的女人，说到从教"一二三、人手口"开始，利用夜晚教学，把黑夜变成一片闪闪发光的星空。她的发言激起三次雷雨一般的掌声。"多么不容易呀!"主持人用动情的声调渲染会场的气氛。他说水瑛因为献身于扫盲事业，摆脱琐碎，不畏辛苦，公而忘私，居然还把孩子生在教室里。"她不但是一位好老师，还是一个独自抚养五个孩子的母亲呀!"水瑛听到有人说到她的孩子，眼泪止不住潸然流下。她给孩子别出心裁的起名，也引起听众莫大的兴趣。

　　散会时水瑛被人围住了。那时候她的泪水止住了，可是乳房憋胀得厉害，不停地往外溢奶水，胸脯上湿了两大片。水瑛捂着乳房说："求求你们，我要回去奶孩子！我孩子这会儿饿哭了！"她在队长的帮助下逃了出去。当时给人们留下滑稽无比的印象。几天后，水瑛捂着乳房的照片，竟然被人登在报纸上。它是那个年代最真实的一张照片，从而被写进了农村教育史。村庄从教育入手，好像找到了文明的源头。此后陆续进行的改革有医疗卫生、计划生育、土地制度、用工制度和殡葬改革等，它们组成一幅浩繁的卷宗，被收进了村庄的百年史。谁都没有注意到，这部浩繁历史的第一页，居然被一个捂着乳房逃离会场的女人翻了过去。

　　水瑛回家当晚美洲出水痘，被高烧热昏头的孩子，不停地在梦中叫妈妈和爸爸。村医文风给孩子用了药，吩咐水瑛注意观察和保护。水瑛守护着孩子，度过两个不眠之夜。第三个晚上，孩子终于睁开眼睛，看着妈妈说："我梦见爸爸了！爸爸买了好多东西回来，他还到床边摸我呢。"水瑛不停地抚摩着孩子，频频点头称是，泪水滴在孩子的手背上。孩子动了动皲裂的嘴唇，笑着说："爸爸过些天就回来，他一定回来呀，我知道的！"水瑛点点头说："一定回来的，你病好了，他就回家了。"

　　二郎失踪的最初日子，水瑛回娘家求告父亲。当校长的父亲尽往好处想，他说二郎离家出走，不外乎是你生了澳洲。可生男生女是两人的事，不是你一人的事，他知道这个道理后，就会回到你的身旁。几个月过去了，校长的预言宣告失败，他对女儿抱着歉疚，于是狠狠地骂二郎。可骂是解决不了问题的，校长见多识广，他带水瑛上了一趟县城，竟然跑到公安局报了案。校长说："我们没办法，公安局总有办法，他们不是常通缉罪犯吗，我们通缉这个混账东西！"警察看了看校长，对水瑛说："你们是家庭矛盾，他又不是嫌疑犯，发通缉令行不得。我已做了登记，你们回家等着，有消息通知你们。"

水瑛和父亲回了家，过了一些日子，他们没有等到消息，又进城找公安局查问。警察在接待了多次之后，开始失去耐心："我不是说等消息吗？你们老来做什么？"校长说："可我们等不到人呀，你帮我们想想办法。"警察说："你家丢了人，叫我们想办法。你说我们有什么办法？"校长说："你怎么这样说话？"

校长竟然和警察大吵起来。

水瑛赶忙跟警察道歉，她拉父亲离开公安局。父女俩走过两条街，父亲才平静下来。父亲坐在街道边的阶梯上，掏出烟抽了起来。父亲平时不抽烟，他为了找人，口袋里总装着烟，一碰上人就敬烟。他抽了一口，看了一眼女儿说："你这样守活寡，到底守到几时？你还带着五个孩子！"

水瑛突然哭了起来，她伏在父亲的身边抽泣，把父亲给哭烦了。校长突然站起来，跺着脚大声喝道："光哭顶屁用！我们自个想办法！"

校长回家后，要了二郎的照片，印了一大沓寻人启事。他在启事里画像，许诺给发现者重金酬谢。他没有顾及水瑛的反对，把寻人启事到处贴。他把启事贴到集镇上，还贴到县城里。水瑛拦不住父亲，她看着父亲的背影，用无限伤心的口吻说："真成通缉犯了，这回丢人丢大了！"

二郎失踪的第二年，终于有了消息。

水瑛突然收到一封信，她看到信大哭起来。哭声惊动了村庄的女人们。她们围着老师反复地读那封信，最后因为对信存有疑问，一起上了队长家。队长接过二郎的信，信呈现一种陈旧的颜色。从落款看，信是在一年多前写的；可从邮戳看，是刚寄出去不久。这种明显的时间误差，被队长一眼看穿："二郎早想给家里寄信，只是没有找到时机出手，这信被耽搁了！"女人们不解地问："什么事会耽搁寄信呢？"队长说："当然是男人的事，男人出外做事业，哪能顾到婆婆妈妈的事？只是走时没有说，是有点过分了！"水瑛抹着泪水说："这样的人死了才好！没良心的，死了才干净呢！"队长说："这信写得好好的，你不用担心。他说过一阵子寄钱回来，你的日子好过了。"

过了几天，水瑛果然收到汇款单，这事在村里又起了小小的轰动。晚上全家人围着烛火看单子，好像那单子里藏着密语似的。好多天水瑛舍不得兑单子，她把单子掖在身上，仿佛贴近男人的体温。水瑛伺候孩子们睡下，静静地坐在灯下写回信。水瑛说，你走后，村里发了一场大水，水塘里的鱼游到咱家的水沟里，我和孩子们抓呀抓呀，只抓到五条手掌大的小鲫鱼，一条手腕粗的河鳗，抓到手又让它跑了，闹得我夜里做梦老是梦到它呀！水瑛写到抓河鳗羞涩地笑了。她本来有很多话想对男人说，可她知道男人识字无多，写多了看起来吃力，最后还是打住了。

　　水瑛将信寄出后，掰着手指头数日子，等待男人的回信。可男人好像压根儿没有收到信似的，没有给她一点回音。每过一月两月，二郎只往家寄钱，起初一段时间，全家人还是会为收到汇款单而高兴，每收到一张单子，水瑛总要回一封信。后来，水瑛让孩子们写回信，她想男人收到女儿的信，该会回信的。她有多么想得到二郎的消息呀，哪怕只是片言只语，也足可安慰人心。可男人再也没有寄信，水瑛的不满开始暴发出来。她写了一封信，说你到底什么时候回家？如果你总是不回家也不写信，你就不用再寄钱了。我们没有那些钱，也不会饿死的！

　　水瑛想她一生气，男人一定会回信。可男人就是不回信。水瑛再度坠入痛苦之中。这种痛苦与原来的绝望不同。那时候男人没有消息，水瑛只当作意外事件，当作一桩悬案搁置一旁了事。现在水瑛有了男人的消息，追思和牵挂一直伴随着她。它就像一道永远解不开的算术题，扰乱了她平静的生活。当水瑛再收到汇钱单子，愤怒已经使她失去控制了，她把单子嘶啦两下扯毁了，交代邮差以后有单子，写上"查无此人"往回退。邮差是个黑脸年轻人，他骑着一辆绿色自行车，见水瑛气昏头同情地说："大姐，你怎么这样死脑筋呢？他不给你声音，你可找他去，照上面的地址找他去！"水瑛说："这一桩我想过，可我一个女人家，从来没有出过远门，我到哪里找他去？"年轻人说："你别小瞧自个，古代孟姜女千里寻夫，你连一个千年前的女人都不如！"

水瑛坐在家门口，呆愣愣望着村庄的道路，那条路在黄昏发出一道白光。水瑛仿佛看到大路的尽头，走来多年前的陈郭二瞎，他们拄着拐杖，在风中互相搀扶着走近村庄。从一条路走到另一条路，从一个村庄走到另一个村庄，从一个黄昏走到另一个黄昏。水瑛想，那是一对多恩爱的夫妻呀，他们永远在一起，谁也不嫌弃谁，谁也不离开谁。眼瞎了心却亮着；日子虽苦可有歌声相守。而我竟然连个瞎眼老太婆都不如，这活着还有滋味吗？

　　此后的许多日子，水瑛常常听不到人的叫声，一件东西放到哪里，过会儿便找不到。水瑛的几个女儿，抱怨妈妈常叫错了名字。夜晚上夜校教书，女人们看着她日渐消瘦，心疼地对她说："老师，这样下去不行呀，你得想一个法子。"水瑛说："我有什么法子。活着真没有意思呀！"夜深了，水瑛从床上爬起来，借着天窗的月光，照看自己的身体：她的身体还是丰腴和柔美，结实的乳房，浑圆的腰身，一双腿又长又直。水瑛站在地上，踮脚摆出一副姿势。她抚摩着扁平的腹部，圆弧的盆腔，心想居然生了五个孩子。正在她暗自得意的时候，墙上镜子突然发亮了，她看到她在镜子里，皮肤一片一片地掉落，丰腴的身体化成水往下淌，顷刻间变成一副骷髅。水瑛发出恐怖的叫声，她光着身子跑到户外。她走到水塘边，听到有人坐在石头上唱歌——

　　　　月光光，水汪汪，莲花开水中，
　　　　心上的人儿呀，我在水之滨……

　　花朵在月光下发出白玉的色泽，她浑身湿漉漉的，对着水瑛发出微笑。花朵笑的时候，有一股寒意直逼过来。水瑛问："你怎么坐在这儿？你奶奶到处找你呢。"花朵说："她找我做什么？她是不是派你来叫我回去？"水瑛顿了一下又问："你找到阿古了吗？"花朵用手轻轻地拨水，看着手掌上的水滴往下掉，娇痴痴地说："阿古？阿古我找不到呀，你知道他在哪里吗？"水瑛发现花朵有点犯痴呆症，她想走近前拉她，花朵惊慌地摇着手："别过来！

别过来！水很冰冷呢，你不害怕吗？"水瑛眼看着花朵倾斜着掉到水里，她伸手一拉可还是迟了，只听"扑通"一声，花朵落水了！

水瑛尖叫一声醒转过来。她一只手冰冷冰冷的，她记得刚才抓到花朵的手腕，寒意像电击一般传遍全身。第二天早上，水瑛将昨晚的梦说与水南婆婆听。水南婆婆一声不响，她在房间里、院子中走来走去，一会儿找到几样东西：一棵芦荟、两株蓟花和一扎棕丝，她把它们绑在一只竹筛上，再用网兜套上。"这个是避邪罩，你把它挂在房门上，可保不生噩梦。你想你的男人，为什么不找他去？"

那年秋天，甘蔗像海洋一样翻滚着绿浪，水瑛提着一个包袱，穿着水红色衣服，打着蓝色围巾，穿过浓密的甘蔗林，向着乡镇车站走去。陪送她的人是花枝姑娘。她们默默地踩着路边的杂草，走过晨光初现的田野，向着远方走去。凌晨五点钟，水瑛吻别了五个梦中的孩子，忍着泪水不让哭声惊醒她们。她把孩子托付给水南婆婆，跟队长告了假，开了一张证明书，怀揣着二郎唯一的信走了。队长说，我给你开一张证明书证实你的身份，你按信封上的地址往前走，找到了男人是好事；如果找不到男人，你就照着我给你的证明书，坐车往回走到家。水瑛说，找不着我不回家了！队长说，你可不能这么说，不管遇到什么，你都要给我记住，咱是乡下女人，村庄就是咱的家呀！

村庄种植甘蔗后，搭上一辆没有回程的车子。村里每年必须完成下达的种植任务，与糖厂签订生产合同，把几乎所有的水田都种上甘蔗。甘蔗是喜水的作物，天旱的时候，为了保持足够的供水，村里人要戽水抽水，大举劳工兴修水利。村庄在很多年里，每年都会得到两面锦旗：一面是糖厂赠送的，作为蔗糖基地的表彰；另一面是县政府授予的，是村庄最大的荣誉。县长下来的那一天，村里像过节一般热闹。只见一串车队卷着尘土来到村庄，车门打开的时候，下来好多人。他们走过小学的操场，接受举着红旗的学生高呼口号的列队欢迎。县长是个圆脸秃顶的矮胖老头，他走到队伍的最前边，轻轻地挥着手，脸上露出宽厚的笑意。他跟队长握手时，队长双手捧着他激动地说："你是村庄有史以来见到的最大的官！"县长说："不对呀，我们不应该叫官，我们是人民的勤务员。"

勤务员县长作风果然与众不同，他不进布置好的队部听汇报，而是率众先去了甘蔗田察看。一望无边的甘蔗地茂盛壮观，发出沙沙的喧哗声音。密密麻麻的甘蔗耸立在田地上，无数的根扎在黑色的泥土里。村里人看着县长进入田地，看他站在田头挥着手说话，钻进甘蔗地查看甘蔗。县长像一块磁铁一样，他走到哪里，人群被吸到哪里。人们围着他转来转去。县长仿佛有无边的神力，连甘蔗都用叶丛摇晃招手。

美洲等一帮孩子趁机撒野，他们撵着狗跟在后边，从一块地到另一块地，从一处沟壑跳到另一处沟壑，发出小野兽一般的喘息声。美洲发现在所有的人中，县长是唯一没有把影子留在地上的人！"真是奇怪呀，他怎么会没有影子呀？"美洲跟上去想看个明白，她被队长一把拽住，队长喝道："你这小丫头做什么疯跑？"县长看见美洲急红着脸，一副欲言又止的情状，示意队长松手。队长松了手，美洲怯怯地走到县长面前，用小手指着地上说："你看，你都没有影子呢！"县长看看地上，又抬头看了看天。那时候太阳光艳明亮，县长的秃顶上闪着亮光，他微笑着牵着美洲的手说："你看，你也没有影子呀！我们矮个子，当然没有影子呀！"

田地上发出一串笑声。

美洲听水南婆婆说过，没有影子的人是有神力的人。她突然问县长："你有神力吗？"县长没有听明白，美洲大声说："我听水南婆婆说，有神力的人没有影子，你有神力吗——像孙悟空一样，不然你怎么会没有影子呢？"县长哈哈大笑起来，他抚摩着美洲的头说："这个孩子可爱，头上梳着这么多条小辫子，怪不得花花脑筋多呢！"他俯下身子和蔼地说："你看我有神力吗？我当然有呀，你想见什么，我变一个给你看看？"

美洲看了看众人，眼睛盯着县长说："你有神力，变一所新的学校如何？我们的教室下雨天老漏水，什么时候说倒就倒了！"

田野上一下子静了下来。

县长的手悬在头顶上，他久久地看着美洲清澈透亮的眼睛，呵呵地笑着问队长："这是谁家的孩子？"队长抓过美洲吼道："还不给我滚回去！"县长挥手阻止，他拉着孩子说："好呀，你带路，我们看看你的教室。"县长突然问美洲说，"你刚才说的水南婆婆是什么人？"

"你连水南婆婆都不知道，她可厉害呢！她会念咒也会讲故事呀！"

美洲一边随口说话，一边带县长参观了教室。那是一座破旧的教学楼，土木结构，黑瓦灰墙，景象让人惨不忍睹。县长当场批评了随从的人，果断表态说，再穷不能穷教育，再苦不能苦孩子。县长在队部停留了好长时间，临走时他拍着队长的肩膀："你行呀，你们村的孩子行呀！"队长窘得话说不清楚，他只一迭声鞠躬道谢，把县长送到大路口。县长临进车门，突然用手挠着裤裆说："等等，我还有一档事没办呢。"县长边挠裤裆边走进甘蔗地里，示意后面的人不要跟上来。人们站在田边，看县长进了甘蔗地深处，好长时间才钻出来。他出来后，抚摩着肚子说："真舒服呀！今年的甘蔗又是一年好收获！"

县长走后队长到处找美洲，美洲早跑得没有影子了。美洲领着县长参观完学校，看他带着人进队部开会，她就一溜烟跑到水南婆婆家。水南婆婆正在桌子上和水擀面，她抬头问："话说了？""说了。""会开了？""开了。"

"那我们中午吃擀面啦！"水南婆婆"咯咯"地笑着说。

甘蔗在田地上疯狂生长，孩子们得了严重的蛔虫病。无数的蛔虫在肚子里穿梭爬行，在屁眼里挠着痒痒，扰乱了他们的消化功能，使他们既分不清饥饱，又在梦中发出"咯叽咯叽"的磨牙声。文风上夜校请水瑛配合他的驱虫运动，他给每个学员分发宣传单和一种黑白药片，让孩子白天吃一片，黑夜吃一片；吩咐所有的母亲监督孩子饭前洗手和便后洗手。孩子们蹲在地上，翘着屁股用劲地屙呀屙呀，屙出一堆又一堆的蛔虫。狗儿见了还会蠕动的虫子，伸长前爪轻轻地挠着。水南婆婆很快又发现了孩子们的软牙病，她在拔牙时，为没有找到好牙而叨唠不休。更让她生气的是孩子分不清甜苦区别。他们吃糖的时候捂着嘴叫"苦呀！苦呀"，在吃药片的时候却大喊"甜死人啦！甜死人啦"，弄得大人哭笑不得。最使老人头疼的是在春夏之际，村庄总要流行一阵子疖腮病。这种土名叫"毒股"的病通过风来传播，能在短时间内让腮帮都红肿起来。文风有点招架不住，他在给孩子扎针的时候，总是交代大人说："还是找水南婆婆画圈吧。"孩子们一手捧着疖腮，一手被母亲拉着到了水南婆婆家。水南婆婆给每个孩子都画黑圈，一天画一次，直到腮帮恢复到原来的形状。这种流传在民间的疗法，居然有它的神奇功效。

小美洲的疖腮长在左边，她画了圈睡在花枝的床上。初夏的蝉在水塘边的樟树上不停地叫着，听上去像一曲没完没了的催眠曲。水南婆婆端着一盆衣服去了塘边，家里只剩下看书的花枝和百无聊赖守着妹妹的非洲。非洲看着憨憨地睡觉的美洲，突然拿过笔悄悄地在脸上画了起来。她边画边笑，边笑边画，把美洲的一张小脸画成了一个戴着眼镜留着胡子的老头子。花枝见床上的小老头吓了一跳："你疯啦，这样画你妹妹醒不来的！"非洲笑问："真的？你可不许骗我。"花枝赶紧抢过非洲手中的笔，丢到装着清水的脸盆里。笔在水中洇开一朵黑色的花朵。花枝捞起笔又塞到非洲手中："你刚才怎么画的，现在还怎么把它画回来，用清水把脸上的墨收回来！"非洲接过笔吃惊地看看花枝，看看睡眠中的妹妹，怎么也不信花枝的话。"你可不许骗我，她怎么会醒不来呢？"她大声地呼唤着妹妹，可任她怎么叫，妹妹还是睡得死死的。非洲用手摇她，她也没有任何反应。

非洲这下真的慌了，她颤抖着手执笔收墨迹。可画时容易收时难，她抬头对花枝说："拿湿毛巾擦拭行吗？"花枝说："不行呀，笔有笔神，毛巾是擦不掉的！"非洲只好耐心地收墨，一下又一下，急得汗都出来了。过了一会儿，美洲开始发出哼哼的叫声，她挂着墨的脸现出痛苦的神情，可就是无法从睡梦中醒过来。可怜的非洲吓得哭了，花枝叫她先照看好妹妹，一个人跑了出去。水南婆婆回来的时候，妹妹还在哼哼地叫着，看上去像濒临死亡一般。

"快翻开孩子的衣服，看她身上有标志没有？"

　　美洲的肚子上有一只虫子，非洲扒开衣服把虫子亮出来。水南婆婆拿过笔沾上黑墨水，轻轻把那只虫子描了出来。那是一只漂亮的毛毛虫，小小的，在肚脐眼的下边卧着。水南婆婆口中念念有词，用榕树叶片沾上清水，不停地在美洲的脸上洒着。美洲渐渐地安静下来。一刻钟工夫，美洲大叫一声从梦中醒了过来。"啊啊！一个老人压在我的身上，压得我透不过气来！"水南婆婆搂住孩子，示意她们不要说话。"那是梦魇缠人呢，不用怕他哩。"她拉美洲起来洗了脸，吩咐孩子在痄腮病好前不要照镜子。姐妹俩离开后，花枝问刚才的事故，水南婆婆说："人睡着的时候，灵魂像风一样游离飘荡，它回来的时候，如果找不到原来的相貌会出事的。你们千万不敢瞎胡闹呀！"

　　花枝想到死去的姐姐，问哪里可找到姐姐的灵魂。水南婆婆说，那要找到一个灵魂附身的人。从前的附身婆"大厝陈氏"故去多年，现在还没有出现这样的人。"不过一定会出现的！"水南婆婆用肯定的语气说，"不安的魂灵多了，总得找到一张说话的口。"花枝说："姐姐的灵魂如果想说话，我真愿意当她的附身婆！"水南婆婆说："傻孩子，这附身婆不是想当就能当的，得有那种因缘呀！"花枝说："什么叫因缘？"水南婆婆说："因缘就是缘分嘛！死人和活人沟通，得有那种缘分！"老人说着不由得哭了起来。"你姐在哪里，我也想知道呀。我常在夜晚看到她坐在床前——我分不清那是在梦中，还是在现世里。有时候，我会活在不同的世界里，如果不是你叫我，我还不知道哪个世界是真的！"

　　老人的这类怪话花枝见怪不怪，自从姐姐花朵死后，老人经常处在一种神思飘忽状态。老人神思飘忽的时候，会把花枝当作花朵呼唤，她就愿意当作花朵应答。"花朵呀？""哎！""你帮奶奶把萝卜干收起来。""好咧，奶奶！"两个人一问一答，有时能够保持好几组对话。在这凄凉而喜悦的对话中，香姑娘花朵回家了。香姑娘花朵和奶奶快乐地笑起来。当老人终于怀疑把花枝弄错时，花枝说："奶奶，你没有错呀，我就是花朵呀！"水南婆婆说："那花枝呢？"花枝说："她这会儿疯出去啦！"

水南婆婆愤愤地说："哼，一会儿待她回来，看我怎么收拾这个小蹄子！"

在地震来临之前，水瑛是村庄走得最远的女人。关于这次冒险的旅行，没有在村里人的记忆里留下多少痕迹。农历十二月十六日，水瑛从遥远的地方归来，两个月零十天的出行，她的脸长出一层新皮。她背着大包小包，带回红枣、糖果、饼干等村庄常见的东西，也带回火腿肠、核桃、葡萄干等村庄从未见过的东西。孩子们吃着她带回来的东西，兴奋得吱吱叫着。她们从母亲身上闻到一股陌生的气味，一种异地的食物和沿途的风尘混在一起的气味。她们吸着鼻子寻找记忆中的熟悉的气味，可那种气味似乎变得非常虚无缥缈。美洲将火腿肠一口咬下去，被妈妈打了一下嘴巴。

亚洲冷冷地站在一旁，她在等待妈妈的目光。可妈妈始终埋着头不看她，妈妈从包里取出一样又一样东西，仿佛那是一只取之不尽的魔包。最后水瑛掏出一只布袋子，她摇着布袋子问："你们知道这里面装着什么？"不等孩子们猜测，水瑛把东西全倒出来，只听"哗啦"一声，无数的玻璃弹珠在地上跳动起来，撒落在房间的每一个角落。孩子们拿着玻璃珠子到太阳下，珠子的光使她们的眼迷幻起来，隐约可见里面闪耀着无数的细线。她们把这种透明的珠子分送给所有的孩子。孩子们玩着珠子着迷，在地上挖洞，趴在上面玩一种弹珠游戏，弹着珠子进行入洞比赛。当村里人对水瑛的外出表示好奇和关心，水瑛回答他们每个人的询问只有一句话——

"你说外面呀，像孩子们玩的玻璃弹珠一样！"

当村里人问到在外的男人，水瑛笑着说道——

"你说他呀，像玻璃弹珠映照出来的人影一样！"

水瑛对外出详情只字不提，它像一个哑谜一样吸引村里人的猜测。她们从水瑛衣袂下飘浮的香气，猜测到她可能经历的一切。从水瑛平静若素的神态，怀疑她隐藏着某种事实。一些日子过去，这种猜测被另外的事物所代替，因为二郎老是往家里寄钱，小学校动工的那天，队长收到一笔相当可观的捐款。队长在校门内立了一块石碑，上面刻着一串名字，二郎的名字排在第一位。水瑛并没有因此而感到荣耀或满足，她反而常生一种茫然若失的感觉，坠入一种孤单无依的情结里。"阿婆呀，现在只剩下你一个人了。"水南婆婆看着她，拉着她的手说："水瑛，心里有话说出来好了，想哭，哭好了。"水瑛当真流了眼泪，她说："全村的人都问过了，你为什么不问呢?"水南婆婆说："你想说自然会说，不想说就不说，哪用得着我问呢?"水瑛哭得更厉害了，她向水南婆婆哭诉外出的非凡经历。

水瑛有严重的晕车症和水土不服综合征。她坐上车子，分不清东西南北，人好像在空中飘，肚子像海洋翻滚，吐得一塌糊涂。在火车上，她一连吐出三条绿色的蛔虫，吓得两个城里的孩子当场尖叫起来。三条蛔虫往座位底下的地板爬，闹得一节车厢都骚动起来。那样子像车厢里爬着三条蛇。孩子的母亲对此表示了强烈的不满，她们叫来穿制服的列车员，打扫了地板上的呕吐物，可是蛔虫不见了。她们要求列车员抓到那些虫子，否则她们只有换到别的车厢去。"我们不跟吐绿虫的人坐在一起，孩子这会儿吓得脑门都热起来!"好心的列车员不停地劝慰她们，他们趴在地板上找虫子，发动全车厢的人一起找寻，可哪里还有虫子的影子呢?

那时候水瑛像死人一般，伏在窗前昏昏欲睡，她的鞋被踢到坐椅下，身上散发出一股腌酸菜的气味。可无论人们如何寻找，还是没有找到蛔虫的足迹。这事到了火车进站的时候，喧嚷为一场车厢风波。车上的人和列车员发生了争执，列车员在百般寻找不见的情况下，对事件本身的真实性产生了怀疑。他们从同情乡下女人出发，对两位母亲进行了批评，教育她们不该欺负晕车的人。然而目睹蛔虫的女人哪肯罢休，她们联合起来骂水瑛和列车员。水瑛在一片吵闹声中醒过来的。水瑛趿着光脚大叫："你们不要吵了，再吵我把肠子吐出来给你们看!"水瑛对着两个孩子咧了咧嘴，吐了吐长长的舌头，吓得两个孩子当场又哭了。

三只蛔虫藏在鞋洞里，从而躲过了一场全民大扫荡。

水瑛的水土不服症表现为神秘的便秘症。最初的许多日子，水瑛怀疑这是旅行途中发生太多事故导致身体上了虚火，她的胃烧得厉害，吃下去的东西好像失踪的羊，连个脚蹄印也没有留下来。"我难道是一只牛虻吗，是一只没有屁股只进不出的牛虻吗？"水瑛强迫自己屙东西，她怎么也不会相信食物会在身体里消失了。可一连多少天了，她都没有屙东西。到了后来，水瑛不敢再记住时间了，因为她发现越是记日子，心里越焦急，越是屙不出屎来。当她忘记了便秘症，才能让那种久违的排泄感回到记忆里。

便秘症上升为一种心理上的焦灼感，它所带来的苦楚是难言的。水瑛一天要蹲三次厕所，每一次所花的时间足够煮熟一锅干饭。用餐之后，水瑛总想上厕所呼唤她的排泄感，可站着的时候还有点意思，蹲下之后便子虚乌有。水瑛抚摩着吃得饱饱的肚子，心里充满一股莫名的恐惧。"我成了饭桶了！一把火在桶底下烧呀！"水瑛咒骂那把鬼火把什么都烧干了，把她的身体烧得不听话了。她在丈夫身旁待了一些日子，可她发现与她丈夫的生活已经大不如前。她久违的渴望没有得到应有的满足。当她实在无法忍受这种恼人的症状，她对男人说："我想回去，孩子们等着我过年呢。"

回到家后，恼人的症状竟然不治自愈。水瑛喝上家乡的水，身体里便鼓荡着一股活力。水瑛为此而困惑不解，她把这种奇怪的病症归到水土上，她把夫妻间不协调归到年纪上。她在诉说的过程中，请教水南婆婆一个问题：女人多大年纪才算老了？水南婆婆说，女人的身体是一个永远的秘密，她有点像一把铜铸的锁，对上号再生锈也会开，对不上号再锃亮也开不了。水南婆婆的话其实只说了一半，她没有说出对不上号的真正原因。她只对水瑛说，身体是受心灵控制的，可有时候，我们的身体会觉察到一些微妙的连心灵都没有觉察的变化。比如我这脚上的膝关节，还有这个脑门，它们像天气预报一样，对下雨刮风有惊人的准确的反应……

老人捶着膝盖，凹陷的眼睛闪耀着一丝光。

这种光照射到水瑛内心深处最虚弱的部分。水瑛想，到底是什么破坏了她与男人之间一度拥有的和谐？异地的水土真的不养她吗？可她又想回来，即使再适应异地的生活环境，她也不可能长久留在那里。水瑛在承认这个事实的同时，心里总觉得郁闷不堪，这种郁闷像风一样不时拂过她的心头，给她带来无尽的忧虑。偏偏她又是一个心性极强的女人，她在村里人和孩子面前，还是一副从前的样子。她甚至表现出无比幸福和满足。她只有在水南婆婆家，才能吐露出一点真相，心里得到某种倾诉和发泄。

水瑛哭过一场轻松多了，她慢慢地走回家。她看着太阳下的村庄，发现她的家正在发生变化，村庄也在发生变化，这种变化像日头飘移，日头下的人虽然感觉不到，可转眼间一天便过去了。村庄原有的安静、闲适逐渐消失了，代之而来的是骚动不安。村里人开始不满足于现状，他们像突然发现隐疾一样，陷入某种痛苦和惶然之中。男人们开始离开田地，纷纷出外打工去了。女人们学会彼此比照，把不满和牢骚发在男人身上。队长发现强劳力越变越少，他们跟着二郎去远方打工。队长无法阻止他们外出，只好向他们征收务工管理费。队长用收取的钱又盖了几间房子，以此壮大集体经济。队长再给阿信一间房子，使他能与母亲分开住。光棍阿信虽然有了一间房子，可他还是没能娶到老婆。他相亲多次，人家不是嫌他跛脚，就是说他住在队部。他站在绝望的边缘上，开始干涉狗的生活，他与村里的孩子用扁担扛狗。那狗屁股连着屁股，在他家的菜地里表演双头兽。大憨的大儿子向月与父亲吵架之后，晚上竟然跑到田地里点火，把一片快收成的甘蔗烧光了，人也突然失踪了。寡妇阿兰第一个发现蔗田失火。那时候夜已深了，她尖着声音把整个村庄都叫醒了。只见浓烟滚滚火光冲天，大火把半边天都映红了。人们木然地站在田头，看甘蔗在烈火中被烧成焦黑，田地上一片狼藉，一种甜滋滋的焦味弥漫在村庄达三个月之久。大憨在儿子失踪之后，把准备为他结婚的钱赔偿了公家的损失，玉珠为此把一盆水泼到身上，坐在地上号啕大哭。

四

异乡人
飞歌

童养媳琦琦是十八年前玉珠从车站的花丛中捡回来的。她有一只小荷包，里面藏着一颗骰子和一张描绘着古怪图案的生辰图，当时用一根红色丝线挂在脖子上。玉珠无数次诉说那次奇遇时，老是唠叨一句话："这孩子命贱，我把她抱起来，她还朝着我笑呢！"琦琦是个腼腆的女孩子，她依偎在养母的身旁，聆听着自己的身世仿佛在听故事。村庄从那一代开始，形成一个抱养童养媳的风俗。这种风俗同家家户户养猫养狗一样，有一种根深蒂固的喜好。大憨家的风水与二郎家的反着转，玉珠几次身孕生下来的全是男孩儿。玉珠腾出一只乳房哺育琦琦，老二向日那时候刚满周岁。那时候，村里人看见玉珠坐在家门口，敞着前襟一左一右搂着孩子喂奶，她家的黑狗蹲坐在脚前面。从刚会走路的时候起，琦琦就是同兄弟们混在一起长大的。琦琦知道自己的身份，从小处处让着她的那些兄弟，小小的心思细腻，是养母的一件贴心棉袄。玉珠不但对她视若己出，而且还有点掌上明珠的疼爱。转眼间琦琦长成了大姑娘，身段子曲线分明，脸庞儿黑里透红，出落得亭亭玉立。冬季天寒地冻，琦琦她穿着单衫，像野地里的花儿，脸儿越冻越见红润，散发着一股勃勃生机。玉珠看在眼里疼在心里，很早就有把她与儿子撮合在一起的意思。可当她提起这件事，向月不加思量冒出一句话，一下子把她给噎住了："这怎么成？她是我妹妹！"

　　"她是个好孩子，她哪一点配不上你？"

　　"妈，我没有说她不好，可她是我妹妹呢！"

　　"你知道她是你妹妹，就不该把她往外推。她是我一把屎、一把尿拉扯大的，她的命苦着呢!"

"妈——"向月跺着脚走人，留下母亲一个人抹眼泪。当天晚上，铁匠大憨让儿子站在面前，正式对婚事摊牌说："你大了，我和你妈想把你的事给办了。"

"……"向月别着头站在那里，他生满绒毛的髭唇紧紧地闭着，一双眼睛盯着窗外。大憨抽着烟看着大儿子：他天生的卷发像无数的问号悬在头顶，有一股与生俱来的叛逆意味；他的皮肤有一种黄油的颜色，在暗淡的光线下闪耀着光泽；他的身骨架与自己的相仿，而个儿比自己还高出一节。两年之前，向月就是队里的全劳力，这个沉默而温顺的小伙子长得相当帅气，村里村外的姑娘喜欢他的不少。可怎么样的姑娘也不好与琦琦比，琦琦是可怜的弃儿，琦琦是他们看着长大的，琦琦是没有身世依靠的孩子，他们说什么也得给她一个好归宿。铁匠大憨盘算着他的心事，抽着烟用低沉的语调说："家里兄弟多，你早一点成家，早一点替我们分担呀!"

"我不结婚，我现在不想结婚!"

"家是穷点，可你的婚事我琢磨过了，该有的东西都会有的。"

"我不想结婚!"

"这算什么话?"大憨加重一点语调问，"你说，你不想结婚想干什么呀?"

"我不想结婚就是不想结婚，没有干什么。"

大憨叹了一口气，他又装一撮烟上烟筒，点火后抽出一口耐心地问："是不是心里另有人了?"

"我的事我自己做主!"

"心里有人你说出来，没有人——"大憨搁下烟筒沉着声音说，"你得听我的!"

儿子把目光从窗外收回，茫然地看着老子。他毛茸茸的嘴唇哆嗦着，眼睛里闪着一道泪光："我心里没有人，我也不想结婚，谁要结谁结!"

倔犟的儿子让大憨下不了台，大憨第一次听到这种叛逆的话，气得破口大骂起来。父子俩大吵了一顿。气头上的大憨出手扇了儿子。向月逃到户外的田地上，躺在黑暗中对着天上的星星发愣。那时候田野里安静极了，只有风的手在轻拨着甘蔗叶子，发出簌簌的声响。向月悄悄地流着眼泪，聆听黑暗中寂静的虫鸣。他的脸还火辣辣的，而身子渐渐冷了下来。他摸出一包烟和一盒火柴，他把最后两根烟吸完后，一根接一根地划着火柴玩。他看着火柴棍儿在黑暗里蹿着火苗，最后扑棱棱熄灭在田野里。他一根又一根地划着划着，眼睛里突然幻化出一只火炉。他想起小时候，他家祖传的打铁铺子。他在铁铺里拉风箱，用小小的手拉动风箱煽动炉火，听父亲和爷爷叮叮当当的打铁声。爷爷是一个名铁匠，他最疼爱大孙子向月了。他常抱着向月到处玩，让向月骑在脖子上，在院子当中学马骑。他最想念他爷爷了。爷爷临终之前，还拉着他的小手，微笑着慢慢闭上眼睛。他看着爷爷的眼睛，爷爷的眼睛多像即将熄灭的炉火，星星点点，闪闪烁烁，若隐若现。他被炉火迷惑了，心里喃喃地说着话："多么好听的打铁声呀，多么猛烈的燃烧呀，铁器在火炉里融化了！""爷爷呀，你在哪里？我好想你呢！"当向月把最后一根火柴划着，他点燃身旁的一堆干草，干草烧起来，顷刻间火就蔓延开了，火爬上甘蔗的枯叶子，一条条像飞舞的蛇腾空而起……

向月焚烧甘蔗当晚便离开村庄，他在出走时叫醒弟弟向日："我要出去打工，你先不要告诉爸妈。"向日搓揉着眼睛问："为什么啊？"向月说："不为什么，他们如果担心，你就多安慰点，我一到那边，就写信回来，你明白吗？"向日还是没醒过来："哥哥，我不明白。"向月按着弟弟的肩膀说："等我站稳脚跟了，你也一起去！"

"哥哥，我不去打工，我要去参军！"向日终于清醒过来。

不满十八岁的向日做梦都想参军，冬季征兵的时候，他瞒着父母悄悄到镇上报名，可体检的第一关就过不了。他腋窝里的狐臭有一股烂芦荟的味道，衣服刚脱光就被淘汰出局。向日回家把腋毛全剪掉了，变成一个举止古怪、闷声闷气的小伙子。让玉珠伤脑筋的是孩子从此染上一种洁癖。他总是不停地洗澡，一天要洗两三次，提着井水关在浴室里不出来。有一天，玉珠以为儿子在浴室睡着了，她拿着衣服从窗口悄悄地探头看，突然惊讶地合不拢嘴：孩子成熟得太惊人了！孩子的身体让她想起自己新婚的那些日子，她看见大憨身体时的慌乱和心跳。她害怕儿子会为这种早熟而犯起病来。她把她的担心，用一种委婉的方式向丈夫说起，并提出属于一个母亲的建议。铁匠大憨意会女人的想法，他说，那你去问他吧，我可不想到时说不拢，又跑了一个儿子。

向月离家出走不久有了消息，他到二郎的工地寄信回来，把好伙伴丰年也招去了。丰年是阿土猴的弟弟，脸上长满了青春疙瘩。他临走时找到琦琦，把信给琦琦看了。向月信里写有对琦琦的问候，还有让琦琦与向日结好的意思。琦琦看了信，抬起头对丰年说："你帮我捎一句话给他：天下男人死光了，我也不会嫁给他们兄弟！"

从此以后，琦琦夜里老做梦，梦见一些似曾相识的场景，她不知道在哪里见过它们。她想呀想呀，终于想到与那张古怪的生辰图有关。她在房间里翻箱倒柜，找她小时候的随身物。那是一张发黄的牛皮纸，上面有她的出身时辰和名字，它们被写在一扇花窗的空格里。很久以来，铁匠大憨和玉珠始终无法弄懂随身物的含义，他们把那颗骰子当作一个小玩具，把花窗里的一行字，看作是生身父母对琦琦的一种纪念。今天琦琦想起它们了，琦琦找呀找呀，终于找到荷包儿，她把它默默地攥在手里，倚在窗前望着窗外……

玉珠站在门口，看着养女的背影："琦琦！"琦琦把荷包塞进口袋慢慢转过身来。玉珠看着琦琦的脸，吃惊地问："孩子，你怎么啦？"

"没有什么，妈妈，"琦琦凄凉一笑，用手抹了抹红红的眼睛。

玉珠盯着她上下细看："你看什么？来，拿给我看看。"琦琦从口袋里拿出小荷包，玉珠一看便愣住了："你大了，还看从前的东西做什么？"

"我就是想看看嘛——"琦琦从包里取出那张纸，把它放在桌面上。她看着上面的图案和文字，手里握着那粒骰子，神思渐渐变得恍惚起来。她觉得这些旧物有一股魔力，一接触上它们，心里便黏黏的直想哭。她的心一动，突然把骰子投了下去：骰子发出骨头的声响，翻滚着旋转着停在一点上。一点是红色的，四点也是红色的，其他四面的点数全是蓝色的。琦琦看了看骰子，在心中默念着她的事，又投了下去：骰子跳跃着、旋转着滚开来，最后停在四点上。琦琦连续投了几下，突然拍案惊叫起来："妈妈，这粒骰子古怪，它跟我通心呢！我在心中默念几点，它就停在几点上。"

玉珠说："听你瞎说，把它收起来吧。"琦琦说："你不信吗？我试给你看——"琦琦嘴里念着三点，骰子就停在三点上；再念着五点，骰子就停在五点上。玉珠也感觉到古怪，但她不想让孩子陷在这上面。她说："你别玩了，你收起来吧。"琦琦说："说不定我能通过它，找到我出生的地方！"玉珠正色说："你是命苦，可孩子呀，自从你到这个家，我们也没有亏待你。"琦琦拉着母亲的手说："昨天晚上，我做了一个梦。"玉珠问："你做什么梦？"琦琦说："我梦见我走到一个地方：那里有一条长长的路、一堵长长的墙，墙里面有香樟树、竹子、花窗和倾斜的屋顶……"

"孩子，你梦这些古怪的东西做什么？"

"我也不知道呀，可我老做这个梦，我想会不会跟我的出生有关？"

"你会做重梦？跟你的出生有关？"玉珠吃惊地问。

"我梦中的那扇花窗，跟这张图上画的一模一样！"琦琦扬着手中的纸张说，"这是生我的人画的吗？他们为什么生下我，又把我丢掉呢？我真想把它给烧掉呀！"

玉珠猛然愣了愣，突然抢过骰子和生辰图，把它们藏进荷包里。"这是你生身父母留下的唯一属于你的东西。你当留着它，它会保佑你平安的。"

"你做这种梦，也许是你看了图呢！"玉珠说。

"哐！哐！哐！"

锣声响起来，撞在石头墙上，回音尚未落定，锣声又来了，叠响缭绕，余音茫茫。

琦琦拉着小弟向星去队部看热闹，那天来了两个耍武艺的男人。土场上已聚满了人。琦琦找了一个空隙带向星挤进去。只见场子中央横着两张木凳子，两只木箱子打开着，一旁放着刀枪剑棒和零碎道具。一个后生上身赤膊，腰扎黑带，足蹬布鞋，绕着场子敲着铜锣："哐！哐！哐！"锣声在人圈里反而暗了，失去远处的回响。一个中年男子看上去是当家的，身上披一件短褂，坐在长条木凳上吸纸烟。有人在人群里起哄，"黑头，是黑头！"中年人听了从木凳上站起来，他冲全场拱拱手，咧咧嘴大声说——

"各位父老乡亲兄弟姐妹，我黑头人丑人缘好，走到哪里熟到哪里，哪儿都会碰上朋友捧场……"

锣声停了。黑头脱了外褂，下身黑绸长裤，上身尽显肌肉棱子，后背宽厚，腰部熊实，好一副身架子。他从包里拿出一方白布铺在地上，上扣三只铁碗。那后生也在一旁伸拳踢腿练习架势。黑头摆好道具站起来介绍他自己。他的声音洪亮，句句押韵，声声入耳。他说方圆三百里五百姓，人人都知道他的名。就是城里南门大桥头地面，五虎、六将、十三煞神，也无人不敬他。他说一句，拍一下胸膛，话说多了，把胸膛拍出了一片红。他说江湖人瞧得起我黑头什么？凭一张好脸面？一手好功夫？不是，都不是！他摇着手嘲讽说，脸如黑锅底，功夫三脚猫，五短身材，一身横肉，婶娘们看见都会呕吐！大伙笑了，他偏不笑。话说到节骨眼，他总是给人留下悬念。他的话越说越多，话题越拉越远，竟然离了先前的话题。听的人不知道江湖人瞧得起他什么，只是一直跟他听下去。"哐！"突然一声锣响，人们醒过神来，表演开始了——

那是三只铁碗，后生一只一只翻过来让人看，又扣在白布上。有一只碗的下面扣着海绵球。铁碗换来换去，后生叫众人瞧准了猜碗，好多人都猜在中间碗。后生比画一下，往旁边一拨拉，吹一口气，喊一声"变"，铁碗翻开，球儿竟然跑到旁边的碗里。

人群里发出了惊呼。琦琦大吃一惊，她一向眼儿尖，又站得近，却没有看出来白球换碗了。接下去几次反复，她老是猜不中。黑头喊："谁猜中的有奖喽，你们看好呢，三只铁碗，一方白布两双手，会跑到哪里去?"大伙嚷嚷起来,三只碗都有人猜,琦琦想,这回他们必输一回,哪想到铁碗翻开下面全是空的!黑头没有给人深思的时间,而是走上前来朗声唱道——

"各位父老乡亲兄弟姐妹,戏法是假,功夫是真。我这位小兄弟呀,小时候在少林寺拾柴舂米,扫地做饭,跟少林高僧学得一身武艺,现在给大家亮几招⋯⋯"

那是一套拳路,闪转腾挪,刚猛有力,霍霍有声。琦琦的身前站着小弟向星,她把手搁在向星的肩膀上,搂着他看演出。向星头上长个疙瘩,前天她拉他上洪丹发屋理了个光光头。她抚摩着弟弟的光头,感觉好玩极了。这时,黑头转身在架子上取下一把长枪,发一喝声,那后生接了,又表演了一套枪法。枪法后又表演棒法,后生表演的棒法引起一片喝彩。轮到黑头上场了,他表演硬气功,只见他裸着上身,稳扎弓步,往胸部绑一条铁线,打牢结子,铁线深深地勒进他的肌肉里。黑头慢慢运气,身子往下蹲,右脚在地上一跺,又是一跺,发一声喝,铁线居然绷断了!黑头拾起地上的断铁线,拿给众人验看,人群里发出更大的喝彩声。

向星激动地跳了起来,光头撞上琦琦胸前肉乎乎的东西。向星转脸冲着姐姐笑,姐姐穿一身碎花衣衫,脸红红的,一双眼睛闪着乌光,她伸手在光头上打了一记栗暴,一只手按住肩头,向星便安静不动了。这时黑头停止了献艺,兜着圈子又卖起了嘴皮子。这回是双簧唱,黑头说一句,后生跟着重一句,好像那声音也有影子一样。两个人先是江湖套话:"在家靠父母,出外靠朋友。有钱的帮个钱场子,没钱的帮个人场子。"接着是神吹海侃,宣扬他们的武艺、药品和功德,无非兜售一些跌打损伤药、蛔虫药、胃病药、壮阳药,都说是祖传秘方,单家独有,灵验无比。说得有棱有角,让人直想掏钱出来。可是村里人没有那么容易把钱掏出来,他们是经了世面的人,此类表演看过不少,没有一两个绝活,是不会轻易掏钱买药的。

终于等到了铁锤开顶。琦琦的手死按着向星的肩骨,把向星更紧地搂在怀里。这时村里人都来了,场子上黑压压地站满了人,有的人爬到高高的树上和墙头。人群里鸦雀无声。后生扎着马步，半蹲在地上，双手合十，头顶垒五块方砖；黑头叉开双腿，双手抢一只大铁锤，在空中挥了几下。向星的头顶在姐姐温软的胸部，他感觉姐姐的心跳怦然有声；铁锤抢起来，姐姐的心跳停了；铁锤砸下去，姐姐发出一声惊叫，按住他的手用力地掐着他的肌肉，使他感到无比疼痛。只见后生头顶的砖头裂了，碎块纷纷落在了地上。后生站起来，绕着圈子一路拱手。当他走到向星的面前，瞧了瞧向星身后的姐姐，向星看到姐姐的脸更红了。

人们开始买药，第一个掏钱的是阿土猴。黑头兄弟长、兄弟短的，叫得亲热，把阿土猴拉了出来，站在场子中央。黑头在他面前做着姿势，提身吸气，下蹲马步，抢起右拳，在自个胸前霍霍打了两拳，叫阿土猴在他的身上试试。阿土猴憨憨地笑着，阿土猴不敢。人群一片哗然，黑头再叫时，阿土猴敢了。阿土猴在黑头身上打了两拳，不轻不重，有点试探虚实的样子。黑头佯装恼怒站了起来："我说这位兄弟，你是早上没有吃饭，还是压根儿瞧不起我黑头？"黑头用激将法，阿土猴真干起来了。他捏紧拳头，比画一下，照准黑头的腹部猛力一记冲拳，只听"噗"的一声，黑头居然纹丝不动。阿土猴吹吹拳头回身又是一拳，紧接着飞腿力踹一脚，身子竟然往后反弹过来，摇摆晃动，站立不稳。阿土猴乍现羞恼之色，黑头站起来连忙拉着他说："兄弟，不敢再打了，大哥会被你打伤的！"

阿土猴"嘿嘿"地笑，好像拾回一点脸面下了场。

"不过伤了有伤药啊……"黑头伺机又做起了广告。广告的时候，人们提着的心暂时放下来。后生用铜锣端出膏药，绕着圈子收钱卖药。琦琦也拿出钱，她不敢上前买药，而是怂恿弟弟帮她买。可人太多了，向星也不敢站出来，头上又吃了一记栗暴。后生见状站了过来，他接过琦琦的钱，递给了琦琦膏药。向星看见姐姐取药时，手背被后生抚摩了。

最后是金喉吞剑。琦琦搂着向星，胸部怦怦撞着，向星的胸膛也在怦怦跳着。只见黑头半蹲马步，仰脸缩脖，双手捧着短剑，将尺把长的剑，慢慢插进喉咙，徐徐直送下去。琦琦估摸着剑的长度，它会插到黑头的腹部呀！

她吓得一动也不敢动，仿佛只要她一动，黑头就会出事了。那剑越吞越短，黑头的喉咙发出咕咕响，她想到猪被宰时的情状，忍不住闭上了眼睛不看了……

退场的时候，向星跟几个孩子站在一旁不愿离开。黑头蹲在一边吸烟，身上湿湿的，后背发出一种光。后生在收拾道具，他看见向星招手叫："小家伙，过来！"向星怯生生地走过去，帮他拾起地上的枪。后生拉着他的手问："几岁了？想不想学功夫？"向星点点头，后生朝前一记长拳，差点打到他的脸面上。向星后退了一步。后生笑了，向星也笑了。后生突然在地上拿起大顶，头朝下冲向星扮鬼脸，之后就是两个空翻，身手之敏捷，是向星见都没有见过的。

"小家伙，方才站你身后的是你大姐吗？"

向星点点头又摇摇头，琦琦是妈从城里捡回来的，爸妈说要配给哥哥的。这些向星不会告诉这个陌生人。向星只是把眼睛盯住铁碗里的海绵球，说："你能把那个球儿给我吗？"后生摸摸向星的光头，给了两个海绵球，一个蓝色，一个红色。向星接过球转身撒腿奔跑，他想跑回家拿三只铁碗，也学着变戏法呢！

"阿星，你疯了！"

向星在屋角转弯处撞上人，被姐姐一把捉住了。琦琦背着一只篓筐，手上拿着一把镰刀。向星见了姐姐伸出手掌让她看，琦琦用手指夹起海绵球，在弟弟的光头上又打了一记栗暴。那天晚上，两个艺人在场子上搭起帐篷，黑暗中有夜鸟飞行，留下扑棱棱的声音。后生坐在朦胧的月光下，轻轻地吹起笛子。笛声清脆悦耳，曲子委婉缠绵，吸引了好多纳凉的人。向星睡觉的时候，笛声还在夜晚的村庄飘荡着。第二天早上，向星被大憨从床上揪起来，那笛声还在梦乡里袅绕。他被父亲揪着耳朵，大声斥骂，还是说不清几时回的家，更不知道姐姐是几时离开他，离开这个家的……

琦琦失踪之后，玉珠又把一盆水倒在身上。

玉珠浑身湿漉漉地坐在门槛上哭泣。"我养只猫狗还会认人看家，养了个大活人想走就走，连个招呼也没有，这是什么世道人心！"她骂童养媳琦琦没有良心。"天哪，这家不留人，男人跑女人也跑，到底是咋回事呀？"大乳房穗儿等邻居女人劝她，她一把泪水、一把鼻涕地哭诉道："你们说，你们看呐，这孩子我几时亏待过她？知道的说她跟人走了，不知道的还以为是受了我虐待呢！"

大憨差人追寻那两个江湖艺人，他们追查了十几个村落，可哪里还有他们的影子呢？事情折腾到第三天，大憨父子泄了气，向日说："我看别找了，她要回就回，不想回让她走算了！"玉珠从床上爬起来，她圆瞪着红眼睛问："你们是说，一个大活人就这么没了，像空气一样蒸发了？"大憨说："那有什么办法，该找的地方都找了，儿大不留人，何况她还是我们的养女。"玉珠说："好呀，你们不找我找，我一个人找去！"她边气哼哼骂人，边换上新衣服带上包裹儿出门，"活要见人，死要见尸，她就是烧成灰，我也要把她给找回来！"

"你上哪儿找她？"向日问。

"我进城找她去！"玉珠气哼哼嚷道，"十八年前我能把她从城里捡回来，今天我也能把她从城里找回来，不信你们瞧。"玉珠娘家大伯在城里工作，进城找人是有歇脚的地方。只是偌大的城市，一个乡下女人上哪儿找去？大憨说："要去老二跟你去。"玉珠看了看儿子向日，摇头说："不用啦，她见了你的好儿子，说不定反而躲起来呢！"向日吐了吐舌头："那你一个人去好了，只是妈呀，我提醒你到时候，别把自个弄丢了！"

此后的许多天里，铁匠大憨家上演了一出连环追人的戏剧：大憨在女人多日没有回来的情况下，差老二向日进城找去；向日去了也如泥牛入海，没了声音。铁匠大憨把祖宗三代都诅咒了。中秋节那一天，他丢下家里最小的两个儿子，叫上阿土猴、阿信一起上路。他们找到玉珠大伯家，大伯说玉珠几天前在他家住过，他也帮她找过，只是这种找法犹如大海捞针，他劝玉珠不如回去守株待兔好。"天哪！"大伯吃惊地看着他们说，"我以为她早回家了，她还没回家呀？"大憨说他的儿子也进城找人，大伯更是把眼睛瞪得大大的："他没有到我这里，我没有见过你儿子呀！"

大憨痛苦地抱着头蹲下身体……

三个人沿着护城河的石街走，石街通向南门的大桥头。桥面地摊上，摆满了卖种子的、卖药材的、卖针头线脑的，大憨在卖刀具的摊子前蹲下来，随手拿起两把刀看着。"这刀怎么卖？"卖刀的抢过他手中的刀，"哐当哐当"地敲了几下。大憨问："这刀卖吗？"卖刀的不出声，只对敲着刀子。阿土猴看着卖刀的人，悄声对大憨说："他是个哑巴呢！"卖刀的哐哐哐哐敲了四下。大憨说："一把四块？太贵了！"卖刀的挥刀往地上砍去，刀子吃进垫木深处，刀叶片颤动不已。他见买家还不信服，举起另一把刀，又往一块石头砍去，火花溅起，石头上留下刀痕，那刀口居然丝毫不损。"唔，是把好刀，三块钱行不行？"卖刀的又哐哐哐哐敲了四下，一下比一下重，把要说的话，全敲在那刀上。大憨看了看阿土猴，伸手往怀里掏钱，阿土猴封住大憨的手，突然平伸出七个指头："两把七块钱，七块钱！"

卖刀的举刀大声击了一下。

大憨把刀子分给他的两个随从："这是南门大桥头地面，我空手还行，你们得有件防身的器件。"阿土猴笑说："我们是来找人的，不是来打人的。"两个人把刀子掖进怀里，扭着身子过人。阿信喜欢人多，遇上女人家，他本性难改，混在人堆里乱挤，不时惹来愠脸白眼。大憨伸手在他的屁股上掐了一下，阿信身子往上一蹿，阿土猴大声笑说："你把他的裤子脱下来，他才会老实呀！"

"我肚子饿了，我要在这儿歇呢。"

在卖蒸包的车摊前，阿信吸着鼻子不肯走人。大憨掏钱买了几个，三个人坐在桥头的老榕树下吃了起来。他们坐的是凸出的树瘤子，那树丛披覆的地方，足有村庄小半个场子大。"真是邪门了，城里的榕树也比乡下的大！"话音未落，只见前面不远处一阵骚动，有人喊："打起来了！打起来了！"阿信瞪着眼睛站起来，被阿土猴一把攥了下来："别多事，小心你胯下的蛋！"

125

可前面的人圈子越围越大，好像打斗进入高潮。大憨一口吞下大半个包子，哑着喉咙说："瞧去，我们瞧瞧去！"他们走近人群，踮脚也看不见里面的人。有围观的人退出来嘀咕道："那孩子真是犟种，瞧他被人打的。"大憨听见心里一动，他大喊一声吆喝同伴挤了进来，只见地上扭着两个人，看上去打得都没有力气了。

"向日！向日呀！"

大憨上前拉起儿子，另一个见势不妙就要走人，阿土猴一把扭住他，阿信照准那人的腹部就是两个拳头。"他偷我的钱包，我寻他两天了！"向日嘴角溢着血，他把一口血沫吐出来。大憨扶儿子起来，看一眼被阿信刀架脖子的人，叫儿子动一动身子。向日稍微动一下身体说："我没事的，只是饿得慌呀！"

四个人进了临河的小店，点了几个家常菜，闷头闷脑地吃起来。向日边吃边说起被扒窃的事，原来他进城时被人偷了钱，身无分文不能行动。"我认得那家伙，如果不是饿了两天，他哪是我的对手？"阿信说："你慢慢吃，吃饱了长大了还可找他打，我已帮你把他的脸做了记号。"大憨说："吃了饭我们得快撤走，这里可不是久待的地方。"阿土猴说："我们得找人呀，还有两个女人在城里呢。"

正说着，一团黑影把门口的光挡住了。向日他们抬头看，大门外站着一拨人，足有七八个，个个手上都掂着家伙。那个与向日打架的人捂着脸，尖着声音叫道："就是他们！他们的手上有刀！"阿土猴他们全站起来，只有大憨还端坐在那里，他的手抓住方桌的两只脚，微侧着一张脸，眼睛瞧都不瞧那帮人。他只对他的儿子发话："儿子，把事情向这帮小兄弟说个明白！"向日听从父亲的话，上前直指那人说："你在车上偷了我的钱，还好意思带人来！"那人说："我偷你的钱？你有证据？"向日说："做了事还敢抵赖，哼，你就是烧成灰，我也会认得你，我在车站和大桥头找你两天了！"

"求求你们，求求你们了。"店主拱手告饶，"打架到外面打去，到外面打呀！"

大憨站起来大手一撸，把店主放在身旁的椅子上。"你给我坐下来，不会打架的！"他沉着声音说，"你们谁是说事的，请站出来！"

　　一个光头后生站出来，挠着没有头发的头哈哈大笑说："这位大叔是个说理的。好呀，那你说说看，我们好好听；只是我得先告你一声，在这大桥头地面，我们是习惯用拳头说话的！"一伙人轰然大笑，偷钱的人跳着叫道："兄弟们，打死他们！打死他们！"

　　大憨依然端坐在椅子上，他用目光巡视着那帮人，最后罩住光头后生说："小兄弟，我告诉你一句实话，我是个打铁的，一生除了打铁就是打架，可我今天不会跟你们动手。我家里人丢了，我们是来找人的。"大憨说着站了起来，大声一喝："阿信，取刀来！"大憨接过刀，突然伸出左胳膊，露出粗壮结实的手臂，他捏紧拳头说："小兄弟，把你的手移开让我看看，我照你脸上的刀痕双倍赔你！"说时慢，那时快，大憨右手执刀直划入左手的肌肉，刀锋过处一道鲜血往外溢出，从他的手腕上流了下来。大憨捧着手臂向门口走去，那帮人脸上吓出土灰色，有两个见状撒腿走人，待在那里的人下意识闪开一条过道，眼睁睁地看他们从身边走过。

　　四个人紧贴着过了大桥，阿信走路有点跛落在最后面。他一只手攥着刀，一对眼睛不时回头张望。向日护着父亲，用手捏着父亲的胳膊止血。大憨说："不碍事的，我们到后街上一点白药，用纱布包扎一下就好了。"

　　后街是城市的古城区，那里有旧县衙、道观、街巷和牌坊，后街的中药铺很出名。小巷里有字画店、花鸟店、打棉店和瓷器店，把招牌贴在电线杆上。大憨在一家中药店处理完刀伤后，在后街小巷随意溜达着。他们走到一个门洞前，大憨突然停住脚步说："走，我们进去看看。"三个人跟他进入一处有天井的厅堂，站在一个飘浮着檀香的厢房门前。大憨说："你们在外面候着，我来找人问路。"

　　大憨进入那个厢房，案子后坐着一位中年人，头发稀疏，身体猴瘦，目光明澈。大憨上前打招呼，他按照中年人的吩咐，焚香祷告过后，接过三片古铜币卜卦，每卜一下，中年人在纸上做一个记号；卜了六下，中年人抬头看着大憨问："兄弟你问什么？"大憨说："我找人，我家人丢了。"那人问："大人，小孩？"大憨不知道该不该说，只是含糊地答道："请你算算看，到哪里可找到她们？"中年人口中念念有词，沉吟半晌后说，"照这卦看，你得往东走，你要找的人在东边。"

"我要找的人在东边？"

"是在东边，你这卦阴气重，如果我这卦书没有出岔，你丢的人该是女人吧！"大憨忙掏出五元钱压在桌子上："请你算算看，她们现在还好吗？"

"这个我可不能给你保证。"中年人收了钱，从案头拾起一棵纸烟塞在嘴上，他悬着火柴久久没有擦亮，当他划着火柴时，眯着眼睛看着火花说："身上见红无大碍，不见红倒费思量。"大憨下意识地摸了摸长袖子，刀伤在里面还在隐隐作痛……

县城的东边是平原，平原上沟河纵横，一张四通八达的水网。东边河沟水上，游弋着一只只小船，它们运载水乡的物产，穿过堤岸边茂盛的荔枝林，停泊在城市边的码头和渡口上。大憨一行四人站在岸边，眯着眼睛看船上船下，人来人往，那样子与其说是在找人，毋宁说是在看风景。在码头的人群中，阿信挥手叫着琦琦的名字，抢前把一位少女的肩膀按住，少女回头时冲着阿信笑。阿信忙拱手道歉，惹得阿土猴捂着肚子笑蹲下来。

"我们这样会找得着吗？"

转眼间城市夕阳西下，华灯初上，然而那晚的灯光好像朦胧斑驳，抬头望处，天空高悬一轮明月，月光倾泻在城市上。"天哪，我看到月亮了！她们一定也看到月亮了！"阿信随口道出的一句话，给阿土猴的头脑开了一点窍。"我们坐下来，好好琢磨一下。"阿土猴说，"有时候想比做好，闲比忙好哩！"大憨吁嘘一口气说："走得够远了，我们是该找个地方歇息。"

几个人进了车站，候车室里面的长条凳空着。大憨买了一些吃的东西，分散给阿土猴和阿信吃。向日站在大门外看进站的车子。阿土猴说："你们想想，这事情咋想都有点怪异，琦琦跟人走倒还罢了，怪就怪在玉珠也失踪了。"

"是呀，她到城里两天之后，会遇上什么事？"

"她能遇上什么事。"大憨吐出一口烟说，"身上没有钱，年纪那么大，谁会害她呀！"

"按理说如果没有找着，她该回家去。"阿土猴用会计的头脑分析道，"如果找着了，事情可能就不一样。"

"是呀！为什么不往找着处想，她找着琦琦了，母子俩在一起，一时回不去，还是说得通的。"阿信说。

"找着了?!"大憨瞪着眼睛，头脑反应不过来。

"为什么不能找着了？"阿土猴进一步运用他的推理分析，"你想想，咱琦琦又不是一个傻孩子，她是喜欢上那个卖艺后生，才离家跟他走的，说不定这会儿在一起呢！"

"有没有这种可能？那些江湖人靠得稳吗？"大憨还是半信半疑。

"江湖人也有仗义侠气的，你能说他们全是骗子？"

"可算卦的说她们在东边呀？"

"那东西信则有，不信则无；他说他的，我们找我们的。反正今晚我们在这里凑合，明天再看吧。"阿土猴说着脱下鞋子，垫在脑后做枕头躺了下来。

第二天早上，一行人又在车站、南门大街小巷走。然而，这种找法只有越来越泄气。街道上人车如流，四个人八只眼睛睃来睃去，也没有发现一点迹象。阿土猴突然停住脚步，拍着脑袋说："哎哟，我们为什么不找卖艺的，向他们打听打听？他黑头是个老江湖，说不定有人认得他。"几个人齐声叫好，他们在卖艺人常出没的后街、大桥头几处走，没有见一个卖艺摊子。直到太阳直了影子，才在荔枝渡口见到一圈人。几个人站过去看，圈子里有一个老头和三只猴，老头当当当敲着铜锣，三只猴在地上串猴戏：能打开箱子盖，自己穿衣衫，戴胡子，走人步；还能爬旗杆，跳圈子。当老头用铜锣收硬币零角钱时，大憨手上夹着一张五元纸币，对耍猴人说："师傅，打听个人。"

老头看了看大憨和他手中的钱，突然发出一声呼哨，只见一只猴蹿上了大憨的肩膀，在大憨伸手抵挡的当儿，另一只猴从地上飞跃而起，恍然间把大憨手中的钱抢走了。事情来得太突然，围观的人发出一阵惊呼，那老头呵呵大笑起来，他朝大憨拱拱手，说："得罪老哥了，有事还请老哥示下。"

　　大憨还了礼，向耍猴人打听起黑头。耍猴人在地上坐下来，拍了拍身旁的箱子示意大憨坐。大憨坐下来，阿土猴忙递上一支烟，老头接过烟，努着嘴点燃了吸着。"我们走江湖的，没有个准名呀，你得说他人是啥模样。"大憨描述了黑头的形象，以及他们表演的功夫，老头听了默默地点头："你说的人，八成是黑石狮吧？"大憨说："他是黑头呀！"老头说："黑头就是黑石狮，黑石狮就是黑头呀！"

　　"真的？那他在哪里呢？"大憨急着追问。

　　"他在走江湖呀。"老头诡秘地笑着说，"我们这些人，天天都在江湖流浪，你问我在哪里，我也不知道呀！"

　　"一人总得有一地，怎么会没有个去处？"

　　"这是兄弟您的说法，你们生在村里，长大后没有离开村庄，当然可这样说。"老头转向大憨说，"可是像我这样的人，走到哪里，哪里就是家呀！"

　　大憨说："听师傅的口音像是北方人？"

　　耍猴人说他是河南开封人，家住黄河边。自从四岁那年家乡发水灾，他被人从树杈上救下来，他就不知道家在哪里。他跟着救他的师傅走江湖，一走就是几十年，其间也曾结婚成家，可后来又没有了家。"我生来就是流浪命，猴子和我是一家人呀！"老头说着把猴子搂进自己的怀里。

　　大憨叹了一口气，无奈地站起来。他们走不远，耍猴人在后面叫："我劝你们还是回去吧，他们能让你找，在家里就能找着；不让你们找，怎么样都没用！"

　　傍晚时分，四个人回到了村庄。大憨家的狗在村口迎上主人，兀立有一人高，摇着尾巴往前蹿。快到家时，只见院里院外站满了人，院里人声哗然。大憨快步走来，只见玉珠坐在大厅上，琦琦和卖艺后生站在那儿。大憨见状立在地上，双脚无法移动，他愣愣地站在地上，抽出一支烟吸着，看着发生的一切。两个年轻人见状，突然走到大憨跟前齐声跪下："爸爸！"琦琦才出声，泪水就下来了："阿爸呀……"大憨抱拳冷冷地看着，他的目光从琦琦身上移开，停在那位后生脸上。后生低着头，嗫嚅着不知道如何开口："大伯……"大憨转脸摆了摆手，示意他们起来，可他们还是跪地不起。

琦琦"哇"的一声哭出来，她抱着父亲的大腿说："我是个不孝的女儿，我求阿爸开恩呢……"琦琦抹着眼泪，拉拉后生的衣袖，示意他快说话。那后生急得说不清话，只伏地不停地叩头。大憨上前扶他起来，他盯着大憨的脸说："求大伯开恩，成全我们吧！"

"有话站起来说，站起来说！"

两个人还是跪在地上。大憨望着琦琦，琦琦泪眼闪烁默然点头。大憨想了想说："好，我答应你们，起来吧——"

大憨扶起后生说："不过你也得答应我一个条件，你想娶她，就得留在我们村庄，你知道我的意思吗？"

"大哥，他要跟我走江湖呢！"一直站在旁边瞧热闹的黑头说。

大憨看见黑头，朝着他咧嘴笑笑："你要我家琦琦跟你们走，这怎么能行？"

"我的女儿怎么能跟你去呢？这可要说清楚！"玉珠搂着琦琦的身子，生怕她被一阵风卷走似的。黑头把眼睛转向他的同伴，摇了摇头说："兄弟，我们可是江湖人，不是庄稼人呀！"

"江湖人庄稼人都是人，是人都有人情味，你们说是不是啊？"

不知什么时候，花枝挽着水南婆婆来了。水南婆婆手里拿着两双鞋垫，她把鞋垫交给琦琦说："你回来就好，我还怕这鞋垫送不上呢！"

"谢谢阿婆，"琦琦接过鞋垫红着脸赞叹，"这鞋垫真漂亮！"

"你该谢你的父母，"水南婆婆环视一下四周笑着说，"是他们把你拉扯大的，是这个村庄给你生命，你没有一走了之，算是还有良心呐！"

"她还有良心？哼——"玉珠突然愤愤地说，"如果不是我截住他们，这会儿不知跑到哪里去了。"

"妈妈啊！"琦琦拉着母亲的手摇摆说，"我要走早跟他们走远，我知道你会找我，故意不让他们走的。"

黑头和后生到外面说话去了，留下一屋子的人在那里叽叽喳喳。

大憨问："他们是哪里人？"琦琦说："我不知道呀，他们说是山里人，翻过平原就到了。"大憨说："你跟人家走，连哪里人都不清楚，就想跑呀？"大厅里笑声哗然。琦琦正要说话，被后生叫了出去。过了一会儿，黑头进来了。

"我们是山里人，小兄弟名叫飞歌，是一个苦孩子。他十二岁开始跟我学艺走江湖，算来也有十多年了。现在他跟你们村的姑娘好，算是一种缘分吧。他做出这样的选择，我表示尊重，也表示祝贺！"

黑头说到这里停顿一下，对大家拱拱手又说道：

"只是有一句话我想说出来，我们长年流浪走四方，自由飘零惯了。现在他要留下来学做农人，难免跟你们不一样，如果日后呀，我兄弟有什么不好的，请各位父老乡亲兄弟姐妹，看在我黑头的薄面上，多多包涵、多多关照！"

黑头说完话，突然朝众人弯腰鞠躬。

飞歌和琦琦进来的时候，黑头拉着飞歌又给大家弯腰鞠躬。

飞歌送黑头到村口，回身成了大憨家的上门女婿。他在湖耿湾住下来，成为一个异乡人。这个异乡人生性游手好闲，喜欢侃大山说大话，他跟在琦琦身旁混日子，村里人有点看不惯，可他以独特的智慧和创造，给村庄带来了新事物。"异乡人飞歌是个能人，他还是个发明家呢！"湖耿湾人在过去了许多年，谈论起飞歌时，还是会发出这样的感慨。相对于村里的农人，飞歌是一个见多识广的人，还是一名灵巧的匠人。他在村庄推广沼气技术，还修理水车、犁耙和小型农机具。有一天，飞歌在井台边磨刀子，突然问琦琦说："你家大树下那间耳房，为什么从不打开呢？"

飞歌触碰到大憨家的秘密：那是一间打铁铺子呀！

许多年以前，铁匠大憨失去打铁权后，就把那间铁铺关闭了。那时候大憨他爸去世不久，大憨沉浸在失去父亲的痛苦里。大憨响应上级政策，把铺子里剩余的铁器统统集中起来，分成几次挑到供销社收购。他让铁炉子里的火悄然熄灭，最后才把这间铺子永久锁了起来。长期以来，铁匠大憨对自个的身份转变随遇而安，他在田间劳动时比谁都肯下力气，只是他在触摸到铁器农具时，心里会隐隐作痛。村庄在推广沼气使用之后，对农业生产的机械化开始重视，打谷机、抽水机、手扶拖拉机从外村传到村庄，逐渐进入人们的生产劳动中。与此同时，传统的农具突然间变得又笨又钝了。队长在水塘边的石头上敲打那把砍山锄，他对会计阿土猴说，明天把这些钝家伙收起来，垫点钱到镇上去置换新的。队长从来没有想到，这种以旧换新的农具置换方式，其实在本村也能进行。队长更没有想到，站在不远处低头锄地的大憨，就是一名好铁匠。他家还有一间废弃多时的铁铺子。队长只有等村庄来了异乡人飞歌，发现不爱干农活的飞歌，可为村庄修理农业机械时，才同意了铁匠大憨的请求。

铁匠大憨找出开门的钥匙，发现铁锁早已锈蚀，房门已经打不开了。大憨用铁锤子砸开了锁，铺子里的灰尘一下子醒了过来。这是一个密封多时的房间，沉睡多年的灰尘见到主人突然飞起来。它们飘飘洒洒、纷纷扬扬，发出微妙的声音围绕在主人的身旁。飞歌跟进铺子里，他从地上拾起一把八镑锤，把锤子举起来扬了扬，锤子从高处突然跌落差点砸到脚背上。飞歌手里抓着长长的锤柄，脸上现出惊慌的神情。大憨拾起八镑锤子，说，多少年了，这铁器也生厚厚一层锈衣呀！

火炉子是在冬至那天点燃的，它是铁匠大憨生命复活的标志！

整个冬天，叮叮当当的打铁声在院子里密集地响起。人们看到，铁匠大憨和他的上门女婿飞歌俨然成为一对天生的搭档。他们父子俩腰间各系一条土布裙子，露出浑圆结实的臂膀，挥锤敲打着火红的铁块。铁砧子上的铁块被两把锤子轮番敲击，发出节奏明朗的敲击的声音。两个男人随着这种节奏发出轻轻的喝声。喝声时慢时疾、忽高忽低，代表敲打时的速度和力量。队长从仓库里找出一堆当年来不及上缴的铁器，统统送到铁铺子里烧炼。阿土猴对公家的铁器进行统计，把它们记在固定资产的账簿里。那是一些废弃的农具、锈迹斑斑的旧锚、撬石头的钢钎和伐树的砍刀，这些旧铁器投入炉子里，冒出一缕缕青烟，在炉子上方形成各自的形状，最后虚化在顶篷的烟尘里。

铁匠大憨突然变得满脸发光，他头上的白发也变黑了。人们在惊讶的发现中齐声叫道："你的白发不见了！你吃仙药了，你还老返童了！"大憨用钢铁一般的声音说："这都是炉子薰的，这都是烟尘染的啊！"他在回答人们的疑问时，也没有停下手中的活儿。他用力的敲打铁器，夜以继日地加工农具、各种家用刀具和特殊铁器具。他一遍又一遍地烧炼、煅打、淬火、打磨，最后把器件举高放下，用十分赞赏的语气说："过去的铁实在好，打出来的家伙多么锃亮呀！"

在村庄这间冶炼房里，铁匠大憨承接了祖传功夫，也实现了他多年的夙愿。他把打铁手艺手把手教给飞歌，让这个异乡人成为家庭一员。飞歌在敲敲打打的锤击声中，摆脱了寄身村庄的孤独，还找回他浪迹江湖的某种激情。可说句实在话，对异乡人飞歌来说，产生这种激情的不是敲敲打打的农具，而是一种充满侠骨情怀的梦想。那是冬日夕阳殷红的一个傍晚，飞歌把队长送来的旧铁器投入炉子，他往炉子里新添了几铲煤炭，叫阿三向星使劲拉风箱烧炼。向星额头上沁出汗水，炉子里烧得火红的煤炭，迅速融化了所有的铁器，只有一把尖而短的家伙久烧不毁。飞歌在炉子里拨弄着，把那家伙压在底层煅烧。一袋烟功夫过去了，那家伙还是老样子。

"这是什么玩意儿？"飞歌用铁钳子夹出来看，那家伙像一把匕首，可又比匕首长一点，看上去黑黝黝、乌沉沉的，算是一把短刀吧。大憨叫飞歌把刀深埋下去再烧，他亲自蹲下来拉风箱，把祖传的冶炼术说给向星听："越耐烧的铁器，质地越好呀！你爷爷那时候打铁，淬火的功夫远近闻名……"向星没有听进父亲的话，他只探头看炉子，他看了一会儿，突然尖声叫道：

"这家伙烧不坏的,瞧它把别的铁都吸住了!"

飞歌把短刀取出来,让它在地上自然冷却。在大憨家祖传的冶炼术里,只有传说中的上等兵器才久烧不毁。这真的是一把神奇的兵器吗?它怎么会来到村庄的?过了许久,他握住它抚摩察看,他握刀在手比画着说:"这是一把短刀,可看上去刀口老钝。"大憨说:"你怎么知道它不锋利?你运气使它一下看看。"于是,武艺在身的飞歌运足力气挥舞短刀往树上砍去,只听"咔嚓"一声,一根手腕粗的枝干被它斫断了。向星发出一声惊呼,飞歌也吃惊不小:"这真是一把神器,我有这么大的力气吗?"大憨叫道:"你再使看看,你砍几下石头!"飞歌看看刀子,看看面前的石头疙瘩。用刀尖猛扎石头疙瘩,石头上留下豌豆大的坑,而手中的刀子居然丝毫无损。

"好铁器!好铁器呀!"大憨接过短刀左看右看,自言自语走进铺子。他用短刀的刀刃与农具对砍,只见刀子砍向哪里,哪里就是一个缺口,而短刀的刀口完好无损。大憨怔怔地放下短刀,坐在凳子上抽起烟来,脸庞笼罩在一层烟云里。向星好奇地拾起刀子细瞧,突然被父亲大声地喝断了:"别碰它!别碰这种来历不明的刀子!"

在大憨家祖传的冶炼术里,有一条规矩是乡村铁匠代代相传的。这条规矩从大憨祖辈传到他爹,从他爹传到大憨这里,最后想不到还真派上用场。当年大憨他爹说到这门祖传手艺,老人家用和缓的语调说,还有一条你当记住:"我们是打农具和农家用的刀具,我们不打任何的兵器。即使是饿死了,也不打兵器!"大憨他爹进一步开导大憨说,"兵器是用来杀人的,一把兵器打出后,不知道会杀死多少人,让人流多少血,它的罪恶从打制开始算起。那种来历不明、久烧不毁的兵器,它有一股看不见的血光和魔力呢!"

大憨没有把这条祖训说出来,只是还不到说的时候。飞歌是刚入门的女婿,他还没有将打铁秘密全传给他。向星是个小孩子,现在还不懂什么。他只对他们说:"做个庄稼人当守本分,这种奇里古怪的刀子,你们别管它。"飞歌跟着大憨干活,他表面上没有说什么话,但心底里留下了这把刀子。他一边默然干活,一边悄悄想着刀子。他想到古代传说中那些削铁如泥、吹发即断的宝剑宝刀，想到荆轲刺秦王的故事，那柄留名史册的匕首，想到流传在江湖中的一种名叫"月光斩"的利器，冶炼它的人须用人血来淬火，它生发出来的玄光具有蛊惑人心的诡奇色彩……

在地震来临前的无数个夜晚，飞歌在冶炼房里烧制各种铁器，他用非凡的想象力更新村庄的传统农具，使它们更贴近人和牲畜的运动特性。他打造一种捕鼠的笼子，捕杀了村庄一半的老鼠。他打造铁锚、钢叉和铁勾，用于渔民从事海上捕捞。他还生产一种特殊的铁铲子。这种铁铲子是淘沙时用的：铲子可以铲沙，也可以刮沙。村庄有绵长广阔的海岸线，海水从湖耿湾退潮的时候，沙滩上蕴藏着丰富的铁矿沙子。每当台风过后，巨大的海浪在滩边隐退下去，沙滩上就留下一层黑色的沙子。邻近几个村庄的人，肩扛铁铲子到海边去，先轻轻地在沙滩上刮沙，再淘洗这种铁沙子。他们用铁铲子铲沙子，用一架七尺长的木制淘沙槽床，在水边用水洗法，一遍又一遍地洗沙，把黑沙和白沙分离出来。

然而，村里没有人知道，飞歌在冶炼房里悄悄琢磨神奇兵器。他想烧出一种上等钢铁铸造刀剑和匕首。他在无人的夜晚，偷偷拿出短刀在院子里练武，借着月光对它喃喃细语。短刀在月光下发出奇异的寒光，它在飞歌手中展示魔力，飞歌挥舞着短刀，仿佛看到它穿破漫长的时空，发出低沉尖锐的啸音。飞歌在这种啸音里热血沸腾！飞歌不安于现状的脾性被铁匠大憨瞧在眼里，急在心里。大憨说飞歌呀，我们是乡下铁匠，正如农人种地，图的是土里翻滚，心里踏实。你天天想七想八做什么？飞歌白了大憨一眼，用忧郁的眼神说，你让我一辈子跟你打锄头呀？大憨说，这门手艺屡遭风波无法传承，好不容易盼到今天重新开业，你可不敢给我惹是生非呀！飞歌没有接茬大憨的话，只是狠狠地敲打手中的铁件。那是一把镰刀坯子，飞歌打过一轮，夹起来往水槽走去。他把镰刀往水中淬火，铁器接触到水的瞬间，发出"嗞嗞"的声音，一阵轻烟白茫茫地腾空而起……

琦琦婚后不久有了身孕，这位身份不明的姑娘，在给家里带来飞歌之后，很快又新添了小生命。玉珠获悉这个消息后，竟然做出一个重大决策：她搬到另一个房间去住，并且跟男人宣布断绝关系。大憨为此而深感困惑不解，大憨说，这是怎么啦？咱们夫妻不做了，你是不是嫌我老了？玉珠说，不是你老了，是孩子们大了！大憨还是不明白事理，他问，孩子大了怎么啦？玉珠说，你还不知道吧？琦琦已经有身孕了，如果我跟你还住在一起，也怀上孩子，岂不被人笑掉大牙！

被女人突然宣布断绝关系的男人，把全部心思放在冶炼术上。铁铺里生产的钢刀以无与伦比的锋利行销天下，并且很快在同行中有了名号。异乡人飞歌在冶炼术改良中，也有了一种新的发现：他把那柄不明来历的短刀悬挂在炉子上，每天开炉前，必烧上一炷香供奉着。炉子烧开的时候，铁锭在炉子里熔解为铁水，然后倒入模子，冷却后形成各种铁器坯子。这种翻模技术使旧铁器改变它的原来形态，迅速赋予新的生命和质量。飞歌发现在所有打制的铁器里，只有钢刀独得了短刀的锋芒。飞歌雕刻一枚铁印子，在每一把钢刀上都烙上椭圆形的印记，使它们与别的刀区分开来。

铁印子起用了大憨父亲的名号。老铁匠从前被称为"羊铁匠"，他的名字最后有个"羊"字。大憨与飞歌商量多日，就给铁印子雕刻了两个字"羊羊"。羊羊钢刀是大憨家的传承，也是湖耿湾的招牌，它给村庄带来品质的同时，也给铁匠大憨带来了一种从来没有过的成就感。可羊羊钢刀没有给飞歌带来多少满足。异乡人飞歌总是偷空研制理想中的刀剑。他到处寻找炼制刀剑的秘籍，在冶炼房里琢磨多日，最后有了一个惊人的发现：原来铸造刀剑的最上等的钢铁，必须在柔软和坚硬之间，找到一个最佳的平衡点。这个平衡点就像一个奇迹，它产生于反复的煅烧和淬火之中。异乡人飞歌不停地做试验，他把打造出的刀剑拿到案板上检测。那些刀剑白光闪闪，不可一世，可刀口的硬度永远不够，它们最多只能砍断三块垫板，无法达到神器的标准。一个多月过去了，当他终于攻克了大刀的硬度，他在院子当中的木桩上砍断五块垫板，他把大刀悬空架在两张方凳中间，叫向星爬上方凳，先踩上一只脚在刀上，再把双脚都踩上去晃动，以此检测大刀的柔韧性。大刀在向星的脚下上下弹动，可居然没有被压断。飞歌把向星抱下来，得意地发出欢呼。大憨站在一旁，一声不响，他只往大刀瞧上一眼，便摇着头说："别高兴太早，你把刀拿下来瞧瞧！"

飞歌拿刀在眼前一瞄：刀身变形了，大刀无法恢复到原来的形状。

大憨说，这刀坚硬有余，柔韧不足，它缺乏足够的弹性。

异乡人飞歌耐着性子重新煅烧，他在冶炼房里又进行了无数次试验，最后还是无法打造出最理想的刀剑，他变得异常烦躁不安。他跟大憨争吵了多次，最后一次吵架，飞歌竟然当着大憨的面，把左手按在大刀上，冶炼房里弥漫着一股烤肉味，铁匠大憨一拳把飞歌打翻在地，他抱着这个上门女婿失声叫道——

"在坚硬和柔软之间，只有神能找到那个点呀！"

失败的飞歌无法烧制寻常刀具，他捧着一只烧伤的手，又过上他游手好闲的日子。他经常带阿三向星到海边闲逛。向星是个十三岁的孩子，飞歌成了他姐夫之后，他便成了飞歌的忠实的影子。孩子遗传了满头的卷发，像无数的问号悬挂在头上。孩子跟姐夫学习武术，变得敏捷灵活，野性戾张，天地不怕。向星在学校当孩子王，经常聚众惹事打群架，还会欺负女同学，不知道被老师告了多少次。最后一次，向星把告他的老师也打了，用的是飞歌教的招数。向星被学校勒令退学，由家长领回来管教反思。铁匠大憨一气之下把他关了禁闭，并宣布不许给他吃的和喝的。玉珠偷偷送饭进去，向星居然丝毫不动。三天时间，向星和父亲始终较着劲儿。第四天他被母亲解救出来后，便再也不肯去上学。

向星拖着磁铁锭在村子里游来荡去，口里哼着谁也听不懂的调子。向星有一手绝技：他用手指把下唇捏起，发出一种尖尖的哨声。他虽然辍学在家，可村庄的孩子还是听他的。他的嗯哨声一响，他们便来到他身旁，听从他的调遣。有一天，向星说，你们得给我找几圈磁铁，我要用磁铁做事呢。孩子们乖乖把磁铁给他。他把磁铁圈串起来，做成一个足有三斤重的大磁铁锭。他拖着磁铁锭到处游走，他把磁铁锭吸回来的铁钉、刀片和埋在土里生锈的铁器，统统交到铁铺里，以此表示对父亲的忏悔。飞歌起先不知道弟弟的创举，他问向星说，你哪来这么多破铜烂铁？向星说我捡的呀，你没见村庄到处都有旧铁器？地底下还有很多铁矿！飞歌不相信孩子的话，他悄悄地跟在孩子身后，看他拖着磁铁锭，把磁铁锭丢进人家的院落，从中吸出许多意外的东西。飞歌对孩子说，你这样偷铁器，不怕被你爸用刀砍断手指？向星把吸出来的铁钉装进袋子，抬起小脸对姐夫说："全村人都在淘铁沙子，咱们家有打铁铺子，为什么没人去淘沙呀？"

飞歌跟着向星到了海边，退潮的水边排满了淘沙床。周围几个村庄的人都在淘洗铁沙子，他们把黑白掺杂的沙子装进木槽，用海水一遍一遍地淘洗着。这种原始的劳动效率极低，飞歌站在边上看了半晌，他们才淘洗出来一点点。飞歌回到岸边，双手枕在脑后躺在沙地上睡觉，向星拖着磁铁锭走来走去。向星走了几圈又回到姐夫边上，他提起磁铁锭让姐夫看："你看，它吸的像一只黑胖羊子！"飞歌看孩子手中的磁铁锭吸饱了铁沙子，一大团黑沙的边缘，一丝丝如毛发一般飘坠。飞歌眼睛一亮，突然坐了起来，嘴里发出一声欢叫，他站起来把向星高高地往上举，孩子在他的手里旋转着身子，飞歌脱手的时候，向星居然在沙地翻出几个跟头儿。

此后的许多日子，异乡人飞歌干脆停止了打铁，他在另一个房间做起了木匠活。他在纸上画了一张草图，按照草图的设计方案不停地工作着。几天过去，家里人看到他打出一张木架子，以为年轻人在做属于父亲的事。琦琦看着男人，抚摩着大肚子，笑嘻嘻地说："摇篮哪有这么大？你让我生一个还是两个？"男人抬头看了看女人，一边锯着木头，一边埋头说："这个不是摇篮，这是一部淘沙机器！"琦琦吃惊地瞪着眼睛，如何也揣摩不透男人的心思。玉珠在房间里进进出出，嘴里发出嘟嘟囔囔的牢骚。飞歌不理会女人的唠叨，他以非凡的想象力，夜以继日地制造他的淘沙机器。他从镇上买回几十个磁铁圈子，把它们全套在一根轴承上。轴承连接着橡胶驱动带子，通过两个齿轮，用摇柄驱动输送带和磁铁圈子。在磁铁圈子和挡板之间，架设着宽宽的输送带子。沙子就是通过输送带，被输送到磁铁圈上并被磁铁分离出来：大量的白沙掉在地上，黑沙被磁铁吸住并被后刮板刮掉，一层又一层，通过一个下泄通道输流出来。

飞歌研制淘沙机器前后进行了十三次试验，他叫阿信和琦琦把机器抬到海边去。前三次试验，飞歌就把黑白沙子分离出来，后十次实验全花在沙子的纯度上。沙贩子洪丹站在机器旁赞赏不已，他摇着头说："这种机器也只有异乡人你才想得出来。异乡人跟魔鬼接近，而智慧就在魔鬼那里！"洪丹俯下身子，用手捧起一把沙子，他把沙子放在阳光下照看，又摇起了他的头颅："异乡人啊，我看这种沙子还不行。不到九成以上的沙子，炼铁厂是不收购的！"飞歌放下手头的活验看沙子，黑沙里确实掺杂着不少白沙子。飞歌说："你放心好了，过两天你再来，我会让白沙子全变成黑沙子。"

接下来几天，飞歌每天都在机器上试验多次。他把机器装装卸卸，卸卸装装，以更高的精密度力求更高的纯度。他以异乎寻常的耐心完善他的淘沙机器。他飞身到魔鬼家里把智慧全偷出来，还是不能达到令人满意的效果。第四天下午，飞歌开始泄气了，他坐在沙地上愣愣地看着淘沙机器。琦琦跟他说话，他居然一句也没有听进去。琦琦用手在男人眼睛前晃晃，发现男人没有了反应。"我的天哪，他魂儿丢了！他魂儿丢了！！"琦琦边哭边跑回家去，搬出了铁匠父亲。大憨摇摇晃晃跑到海边，看见飞歌呆若木鸡坐在地上，他的眼珠子闪着蓝光，那是一种跟天空一样澄蓝的颜色呀！

"飞歌，吸一口烟吧！"

大憨坐在飞歌的身边，从身上摸出纸烟塞到飞歌嘴里："吸烟长智慧呢，烟是魔鬼的化身，吸一口通窍门呢！"飞歌迷迷瞪瞪地吸着烟，慢慢地吞进去吐出来，他的眼睛马上恢复了颜色。恢复了黑眼珠的飞歌慢悠悠地说："该想的我都想了，该做的我都做了。这又不是土炉子炼剑，为什么就闹不成呢？"飞歌好像一个人说话，"而且几天来，每天都是上午不行，下午还行，同一个机器，不同时间淘出来的沙为什么会不同呢？"

大憨听了话站起来，他围绕着机器转来转去，摸摸看看，摇动手柄驱动它淘起沙子。一会儿工夫，大憨停止了实验，他从地上捧起一大把沙子，把它们从高处轻轻扬撒下来。沙子落地时大憨说："有时候，最复杂的事情要从最简单处解决——你没有看这沙子它，还没有干透嘛。潮湿的沙子带水分，磁铁吸它不沾上白沙才怪呢！"

第十三次试验终于成功了！沙子晒干后，机器淘出来的铁沙子达到一级标准。这一天，飞歌打造的机器旁围满了淘沙的人。他们完全被这个神奇的机器迷住了。他们轮流铲沙子放在传送带上，摇动手柄驱动磁铁，白沙子从底下落下来，黑沙子被磁铁吸住，转了个圈，从另一边被刮了下来，通过管道装到地上的袋子里。村里人不停地夸飞歌，他们称飞歌为发明家，求飞歌帮他们做淘沙机器，问他从哪里学来的技术。飞歌起先不肯作答，村里人哪肯罢休，当他被逼得没有办法的时候，他指着沙地上玩磁铁锭的向星说——

"是他教我做的，你们问他从哪里学来的。"

村里人看了看满头卷发的向星，瞪大眼睛喝道：

"你说那个鸟蛋？那个打老师的混世魔头！"

"龙凤鼓来啦！龙凤鼓来啦！"

有一天向星拖着磁铁锭在村庄里呼喊，人们探头看时，陈郭二瞎忽然出现了。他们背着搭囊手挽着手，拖着一串影子慢慢地走着。水南婆婆听到风声，赶忙到大树下去迎接他们。她拉着郭凤歌的手，共同回忆起多年之前的那场相会——那是一个刮着寒风的冬天呀，陈郭二瞎住在水南婆婆家，帮她治好了不会哭泣的病，还医好了花枝的失眠症。他们在院子里举行了一个换种仪式，从此村庄里才有了龙凤豆。那天水南婆婆又把两人请回家来。老人见到花枝时，突然用手掩着鼻子大笑起来。"孩子，你这是从哪里偷来的香气？"郭凤歌用拐杖敲敲地面说，"你这样的姑娘走到哪里，都会生麻烦呀！"陈郭二瞎即使看不见，但他们能从嗅觉上判断花枝的相貌。"大姐，你家的幺妹长得俏呀！可她身上有一股浓郁的香气！"水南婆婆说："她天天放牛呀，亲近野花杂草，身上是有一股花草气息。"陈模眨一眨凹眼睛，坐在石头上唱道——

春季花草香，花香人也香。

人香三五载，花香春夏间。

花枝说："奶奶，他们在唱什么呀？"水南婆婆说："他们这是在说你呢，你身上有一股香气，人家一闻就出来。"花枝身上的香气古怪，那香气谁都闻得到，偏她自个闻不到。她曾不止一次两次听人说到身上的香气，以为是野外采集那些花草，身上沾上了香气。想不到这种香气来自她的体香。花枝关在房里洗澡时，身上的香还会通过水流到户外，淹死正在搬家的蚂蚁。花枝是个大姑娘了，这种越来越浓郁的香味，在许多公共场合，让可怜的姑娘受尽了苦恼。女人们当着她的面询问她用了何种香料，当得不到满意的答案时心生嫉妒，冷嘲热讽。男人们起初以为她是一种花惑，当热情遭遇到无情的冷遇之后，也少不了说她几句。而更糟糕的是，听到话的男人会跟说话的人争吵起来，有时不得不为话语的冲突而大打出手。

当陈郭二瞎笑着说出花枝的香气时，花枝突然对两位老人说，当年你们治好我的失眠症，现在请为我除去身上的香气。郭凤歌伸出枯瘦的手，她拉着花枝用无限爱怜的口气说，姑娘家身有异香不是坏事，如果你想去掉身上的异香，除非找一个人嫁了，有了男人的女人，身上就不会再香了！

郭凤歌的话触到水南婆婆的伤心处。老人一说起这个孙女的婚姻，止不住不停地叹息。花枝是个长相漂亮的姑娘，上门提亲的人不知道有多少，可花枝就像一个局外人一样，对谁都无动于衷。水南婆婆说，我家这个小祖宗，头脑缺了一根弦，三年过去了，提亲的人不少，可她一个也没有看上。郭凤歌说，那是她缘分未到呢，你只好耐心等待吧！水南婆婆说，让我等到什么时候？我这把年纪了，哪一天天亮了，我的眼睛睁不开走了。可她的亲事没有着落，到死我都闭不了这眼睛！

花枝的婚姻让水南婆婆操碎了心。她把孙女托付给媒婆阿映。阿映是个老寡妇，她有一张鹦鹉巧嘴，更有一双鸬鹚长脚。阿映起先拍着胸脯说话："给我三个月，我保准给你家找到一个如意郎君！"阿映说过话，串通了邻近几个村庄的媒婆共同做媒，她们用连环保媒法给花枝做媒。用十八种比喻来形容花枝的好，可没有一个比喻，能够准确表达姑娘的善良和美丽。她们带了十八个小伙子来相亲，可没有一个打动花枝的心。一百日过去了，阿映无法兑现她的诺言，她把"冷香姑娘"的名号挂在花枝头上。"你家花枝长相俏丽，可是个冷香姑娘，你叫我有什么办法！"阿映摇着头对老人说，"她的心不在这里，她的心在天上呢！"

邻近村庄的媒婆，在付出了最初的热情之后，也对花枝死了心。她们一提到水南婆婆家的孙女，无不摇头咂舌、连连叹息。她们相约着说，谁能保准冷香姑娘的媒，当她出嫁的那一天，她就是大家的总媒头。"她要嫁的人还没有出生呢，我们谁也当不了这个总媒头。"媒婆们说过话便散开了。她们把话散布到各自的村庄，于是，花枝就成为方圆十里的名人了。"冷香姑娘"的名号越传越广，最后难免有了失真的版本。有人说，湖耿湾的老婆婆是柳树精化生的，她养着一对蝴蝶孙女。那大的名叫花朵，为一个石匠殉情而去，死的时候身发异香，招引蜜蜂如雨而骤；那小的名叫花枝，是一个不会说话只会笑的姑娘。她的微笑如同一种迷药，谁碰到了谁就得被迷而死。

这样的传说弄到后来，竟然与陈郭二瞎搭上了干系。听到传播的人在追问传说来源时，有人竟然把龙凤鼓夫妇搬出来。"她家跟龙凤鼓夫妇是亲戚，你问他们就知道了。""那姑娘身上有种异香，小伙子靠近她全变痴呆。""她虽然长得漂亮，可那颗心已经冰冷！"阿郭二瞎百村走动，流浪四方，他们听到这种话时，为消息的虚妄性而讪然发笑。然而笑过之后，他们更为水南婆婆担忧。他们来到村庄探望，见了花枝便明白了一切。花枝身上的异香冰冷，花枝冰冷的异香让人迷惑。水南婆婆对两位老人说："她原来不是这样的，可自从她姐死后，她变了一个人，模样还好好的，可那颗心已经冰冷！"

陈郭二瞎在水南婆婆家住了两宿，这是他们走过的村庄唯一多住一宿的人家。夜晚来临的时候，陈郭二瞎在土场上摆开阵营，他们唱出无数伤感而动听的歌。老两口比前些年衰老了许多，但歌声还是充满了魔力。它们打动了所有听歌的人，使他们暂且忘却生活的苦恼而生出一种圣洁的情感。童养媳琦琦被这种歌声所吸引，她在土场上痴痴地听着，歌声打动了她的心，勾起她不明身世的伤愁。歌声使她泪雨涟涟，泣不成声。当老两口回到水南婆婆家歇息，琦琦竟然从家里拿出那只小荷包。琦琦从包里拿出骰子和那张描绘着古怪图案的生辰图给老人看，老人看不清生辰图，她摸着那粒骰子大惊失色："天哪，这是一粒血骰子！血骰子听说过吗？"

陈郭二瞎当着众人的面说起了血骰子的故事：那骨头做的骰子是持有人的血亲留下来的，死者想通过他的血缘之亲，洗白他的天冤，了却他的心愿，血骰子和生辰图，这是一桩冤案的标志！

"你说这粒骰子是我死去的亲人骨头做成的？我的天哪，怪不得我玩骰子的时候，心里念着几点，它就会转出几点。跟我心灵相通似的。"琦琦看着老人说。

郭凤歌伸手抚摩着琦琦的脸，把手放到琦琦的肩膀上。"你是个有福之人。虽然从小家庭遭遇变故，但你有上等的出身血统，且到了另一户好人家。他们疼爱你顺着你，你现在都快做母亲了，过上了称心的日子，按说你的亲人也该放心了。"

琦琦说："那你说，我到哪里去找我的亲人？他们有什么冤屈？我该为他们申冤吗？"郭凤歌说："这么多年过去了，时间能够医治所有的创伤，到现在还有什么冤不冤的！"琦琦突然跪在老人面前，她含泪说道："不知道为什么，我一想到自己的身世就伤心，我一看到这个小荷包就掉眼泪！"老人把琦琦扶起来，在屋子里昂着头说："孩子，活着是最重要的，你好好地活着，就是对亲人的最大安慰。你的亲人在九泉之下，也该瞑目安心了。"

陈郭二瞎在水南婆婆的家，为琦琦做了一种法事。他们把血骰子和生辰图摆在案子上，点上三炷香，叫琦琦跪下来拜拜。琦琦跪在地上叩首，听陈郭二瞎唱道——

　　　　愿死者安息，愿生者安生；
　　　　让贫者得食，让病者得医。

乌鲁玛布拉，

乌鲁玛布拉。

陈郭二瞎跳着唱着做好法事，叫琦琦再试投血骰子。琦琦顿时觉得心里好受多了。她拿起那只骰子，往桌面上投下去，骰子在桌面上翻滚着、旋转着，琦琦投了三次，对两位老人说："它现在不跟我通心了。我心里默念几点，它不会停在几点上。"郭凤歌说："往后你就不用再为身世伤心了。我们已经帮你了断从前的血缘，这个村庄就是你的家。当你生下孩子时，你就在村庄里扎下了根。"

第三天早上，陈郭二瞎告别水南婆婆。天刚蒙蒙亮，水南婆婆就听见客人起身了。他们拄着拐杖背着包袱，站在院子里的石榴树下。"我们已经多歇一宿了，还得起早赶路呢！"两个人作揖答谢水南婆婆。水南婆婆拉着郭凤歌的手，未语先咽："你们这么走了，不知道何时才能再见？"郭凤歌说："听我说，大姐，别看咱们像风中的蜡烛墙头的草，你的日子还长着呢。你好好地活着，就是村庄的福分呀！"水南婆婆说："我早就到处寻找死神了，如果不是因为一个孩子，他躲哪里我都要去找！"郭凤歌说："大姐，日子过得再凄凉，还得活出点气来。当你做好该做的事，死神自然会找你，而不是你找死神呀！"

在村头的大树下，陈郭二瞎停住脚步。他们站在树下说话。郭凤歌回头用瞎眼睛看着村庄和田野，对水南婆婆说："我们走过很多村子，见过很多人，你可知道，你们村有多美吗！多好的村庄，多好的人呀，只可惜……只可惜，我们得走了。"水南婆婆听见她的话里有另一种意思，但老人已经迈开步子走了。陈郭二瞎越走越远，始终没有回过头来。水南婆婆心里一阵难舍，她冲着他们的背影呼喊，赶过去，又把他们给拦住了："你们这一走呀，我这心里有多难受！"郭凤歌拉着水南婆婆的手，也流下了眼泪："我心里也难受，大姐！可我不能回头，一回头我就想再留下来。"水南婆婆硬攥住郭凤歌的手，挽留她再住下来。郭凤歌好言安慰一番最后还是走了："以后你想我们，来找我们呀！"她随口说出一个地址，邀请水南婆婆到时候与她相会。她们又说了好多话，最后还是到了告别的时候。陈郭二瞎走出村口，水南婆婆看大路尽头两人小小的影点，她的脸上禁不住老泪纵横……

　　水南婆婆回到家里，花枝从她的房间起来。花枝用慵懒的声音说："奶奶，一大早去哪里啦？哎唷唷——"花枝伸了长长一个懒腰，"真是困死人了，这样的天气，怎么睡都不够呀！"水南婆婆把路上采回来的鲜草放到羊圈里，她回过头来对懒洋洋的孙女说："看你睡到哪里去，两个老人走了，也不起来送行。"花枝吃惊地说："他们走了？你怎么不把我叫起来，我昨晚还梦见他们呢！"花枝又说："不过走了也好，看他们妖里怪气的，包袱鼓鼓囊囊，不知道装着什么古怪物什，还有一股古怪味道呢！"水南婆婆大声骂道："你的身上才有古怪味道呢！你看你走到哪里，哪里都生闲话呀！"花枝笑说："奶奶，我才不管那些闲话，只要我吃得香睡得长，有奶奶你疼我，比什么都好。"水南婆婆说："你这个没有脑子的人！奶奶疼你能疼一辈子吗？下去的日子，你得给我清醒点，不要老大不小的人，还像猪一样浑浑噩噩，像疯子一样嘻嘻哈哈！"

　　花枝听奶奶骂她，偏拉住她的手跳着叫着："我就是要像疯子一样嘻嘻哈哈，像猪一样浑浑噩噩。我在奶奶身边一辈子，也少不了快乐呀！"

五

文风和
弯勾

说起村医文风呀，他有一个死对头叫弯勾。两人围绕体温而进行的较量持续了许多年。文风药箱里有一支体温计，他诊治病人时总是拿出来甩了又甩，然后让病人插在腋窝下或是含在嘴里，其间的温差刚好半度。文风读度数可谓玄之又玄，村里的女人好奇地拿过那支玻璃棒针瞧，也瞧不出一个所以然来。文风说，你的身体正烧呢，等烧退了我教你看度数。女人说，我现在就想看度数，我要知道我有多烧呢。文风往往不理会她们的请求，他翻着药箱破瓶举针抽药水，抬高对空喷射出一丝水线，只叫病人："脱呀，快脱呀。"女人扭捏着露出白屁股，文风用棉球擦拭几下，便不由分说地猛扎下去。女人对文风的不满心理，随着药水进入体内而渐渐消失，因为那时候文风的小指头，会在她们的皮肤上轻轻地挠着，其中所蕴含的体贴让人久久难忘。文风抽针时还说一两句调皮话："你的身体太久没有扎大针，所以这火呀烧得旺旺的！"女人们哆嗦着嘴唇骂医生。医生说，你可不要骂我，到时候看是你骂得狠，还是我扎得狠！

弯勾是一个打棉花的，他的作坊四时都铮儿铮儿地响。他背着棉弹挥着棉锤的形象是村庄最古老最温暖的意象。冬天来临的时候，村里人谁都得盖弯勾打的棉被。他用弹弓弹开又用枣木棉盘碾压的棉被具有一种再生的功能：一张旧的棉被拆开后，弹弓铮儿铮儿地打，棉花一层一层地长，棉絮一丝一丝地白，最后添加适当分量的新棉花一起打，便可打一床白白软软的好棉被。弯勾打棉絮时，只捂着一个大白口罩，身体一点点地消失了，直到成为一个"隐身"的人。人们看到的是满屋飘扬的棉花絮，听到的是铮儿的弹弓响，却看不到弯勾了。当弯勾现身的时候，他的头发胡子全白了。"我的天哪，你从哪里变出来？恍然间变成全村最老的人！"弯勾不大搭理他们的问话，他从窗台上取下一支水烟袋，从哪里弄出一块烟盒般大小的乌石，用一片生铁，就着纸媒打。火花飞溅在他的虎口上，一星星一点点地落在纸媒上。纸媒点着后就着嘴巴"噗"一声吹出火苗——这种方法据说是他的打棉师傅传授给他的，与他们的职业禁忌有关。

可是"石器生火"即使是在"火柴年代"也遭人笑话，弯勾担了一个小气鬼的名声。对弯勾不屑的人中有村医文风。文风行医多年发现一个奇怪的现象：全村有一户人家居然从不看病，前后跨度达六年之久。弯勾一家老小七口人吃五谷杂粮，从来不在他那里问医用药。最为惊异的是去年村庄蔓延流行性感冒，全村有几十个人感染上，文风留心观察他家也感染上这种感冒，可最后居然生生挺了过去。"他家连火柴都舍不得用，哪里还舍得花钱看病呀？"文风的话传入了隐身人弯勾的耳朵，激起弯勾好大的愤怒。当文风骑着自行车从病人家出来，弯勾突然丢下锄头把车绊倒了。文风从地上爬起来，扶着车看到弯勾横着锄头说："我家得的病用不着你医治，你的体温计还不如我的棉被好呢！"

文风乍听有点糊涂，可仔细琢磨才知道话的意思。弯勾家里人平时碰上头疼脑热，多采用喝水、刮背、捂被子的办法，再烧的体温发了汗也会好。夏天常喝一种草根煮的青汤，碰上肚子毛病喝酸梅露，腰酸背疼用火罐拔，再缠的病熬过时间总会好。村医的体温计抗菌素药片儿对他统统没有派上用场，这对于村医文风来说实在是一桩异常事件。文风站在那里对弯勾说："你想打人呀？"弯勾说："我打你又怎样？你那些针水药片全是骗人的东西，哼，不要以为我不知道，你还常在女病人身上摸来摸去。"文风按理说不应该怕弯勾，可弯勾说到女人，他的小白脸就红了。他扶着车子咬着牙恨恨说，好好好，你有种到时候可别找我，我要等着你家的人倒下去，看你到时候跪下来求我呢！

"没有你我会死人呀？"

弯勾挥着锄头赶跑文风后踅到金彪家里喝茶。金彪老害胃病，肚子胀爱呕气，冷食热食都不宜，药片大把大把地吃下去，却总是不见好转。弯勾说："你别信光脚医生，你犯的是胃病，药片吃多了伤胃哩。我告诉你一个祖传秘方，可望药到病除。"秘方是找一只陈年的尿壶淘洗干净，往里装喂了砂仁的猪肚，用文火慢煨烧熟，打破尿壶取出猪肚吃下去。这种以形补形的食物疗法金彪不是不知道，可金彪一想到尿壶当砂锅心里难免犯嘀咕。弯勾说："人活一口气，病来气受阻，你的病得用男人的尿气冲开动脉才好呀！尿气也是精气呢！"金彪是个耳朵软的人，他久病乱投医，真的照他说的做了。

那天他从哪里弄来一只旧尿壶，从屠宰手九吉家买到一个大猪肚，在院子里架火烧尿壶，引来了好多人来看新鲜。尿壶一会儿吐出香味，白白的烟气在院子上空飘飘袅袅，一条青蛇爬到屋顶倒挂在屋檐下向着尿壶吐着信子，吓得观看的人大叫起来。

许多日子过去，金彪吃尿壶烧猪肚吃上了瘾，他老是跟屠宰手九吉定购猪肚，隔三岔五到处收陈年的尿壶，在院子里架火烧呀烧呀，把银锁气得头脑发昏似的。银锁找隐形人弯勾发牢骚，她说她受不了丈夫身上散发的尿臊味，再吃下去她要分居了。"你说说看，到底吃几只才是头呀？"银锁问该死的出秘方的人。弯勾当时正在弹棉花，他放下手中的活儿朝着女人诡秘地笑："你说吃几只好就几只，我怕吃多了，他变生龙活虎了，你还经不住他的折腾呢！"女人红着脸打了弯勾一个拳头。弯勾说："你敢打男人呀！"银锁说："冤有头，债有主，我打你又怎样！这个坏点子不是你出的吗？"银锁再打弯勾的时候，弯勾突然在房间里隐身了。弯勾往后一闪躲到她背后，突然抱住她的身子，一双大手捂住她的胸脯。银锁还没有说出一句完整的话，身子竟然被弯勾给放倒了。那时候银锁仿佛中了魔道，神情迷迷糊糊的，身体麻酥酥、软绵绵的，一点力气也没有地躺在棉堆里。弯勾搂抱着银锁，口鼻喷着棉絮一般的白气，呵得她的脖子痒痒的。弯勾用梦呓一般的语调对她喃喃说道："我看你呀——回去叫他到我这里来提尿壶，吃我用的尿壶只要一只就够了。"银锁突然醒转过来,她一把推开弯勾,爬起来慌慌张张地离开了弯勾家。

隐身人弯勾是一个嗜茶如命的人,他的耳房里有一套陈年的茶具,每只杯子都结满老厚的茶碱,看上去像镀了一层黄铜似的。他从来不肯清洗茶具,不愿像村里的人用草木灰或牙膏擦亮它们。他端着杯子得意地在人前晃了晃:"这才是稀罕物呢,几十年的功夫全在里边。"金彪笑说:"你这是好茶歹茶一个茶,有茶无茶全是茶。"弯勾说:"是呀,我只往里倒沸水,冲出来也茶色浓茶味香呢!"金彪自从吃了尿壶猪肚后,胃病好像比以前好了许多,他与隐身人弯勾的关系变得更好了,他们两家又挨得近,农闲雨天,有事没事,两人总爱晃着膀子互相串门喝茶聊天,金彪的老婆银锁也特别照顾弯勾家瘦瘦小小的女人。碰上个农忙季节,银锁还帮弯勾家干地里的农活。弯勾的女人过意不去,晚上跟男人唠叨道:"你总不下田,咱老欠人家的情如何是好。"弯勾在床上伸了一个懒腰,用拖沓的语音说:"邻里乡亲互相帮衬一下有什么呀,我也帮她家金彪治老毛病呀。"

金彪早上起来与弯勾一起喝早茶,弯勾还教给他一个养身之道。"你知道我天天窝在作坊里打棉花,吃了多少棉花的絮丝灰尘,不生病身体好,医药费没有花一分,依靠的是什么?"弯勾喝了一口茶竖起两根手指细说出个中奥妙:一靠茶水清洗我的身子肠胃,二靠洁身自爱绝了欲望呀!我家的女人瘦瘦小小好对付,你家的女人壮壮硕硕阴盛阳衰呀!

可怜的金彪在女人身上向来缺乏自信,他被弯勾还真说中了心。他竖着耳朵听隐身人弯勾胡吹,吹得天花乱坠的。隐身人从阿兰家酿制的酒说开来,隐身人说,你知道她家的地瓜烧为什么特别醇香吗?那是封口之前抱着孩子往酒瓮里撒尿呢——童尿如金哪,撒上一泡就是一瓮好酒呢!他从童子尿说到童子鸡、小羊羔、处女的体香和少男的精液,赞叹这些劳什儿都是这个世间的稀罕宝贝。"比如说这泡茶呀,头泡女儿香,二泡少妇红,三泡就是半老娘了。"隐身人弯勾好像真的喝到头泡好茶似的咂了咂嘴巴,捋一捋他那两撇山羊胡子，拉长声音随口道出了几句顺口溜来：青春年少一朵花，上了岁数豆腐渣；要多追命多追命，能少沾身少沾身。

　　弯勾意味深远的话给金彪留下无穷的回味，使他坠入一种想入非非的境地。晚上睡觉的时候，女人的手拨弄男人的身子，男人把胯下夹得紧紧的。那时候队部夜晚轮流值班守场，金彪常与男人睡在晒场上。夏天看晒场是谁都知道微妙之处的一个差事。天黑了，男人扛着一张竹床，往场子中央的地上一放，睡在上面数天上的星星。有时候两三个人凑在一起说话，上半夜吃晒场上的花生，乘黑摸一只谁家的公鸡下酒；下半夜说不定还能逮上一个偷场的人。村有村规，队长在多年之前就下了一条规定：逮着一个奖给三十个工分。那时看场的人酒气上脸，鸡汤往肚子底下蹿，浑身生一股莫名的燥热。他们借着酒气侃大山说话，一个说，这看场呐也是个草人吓鸟的活，多一个少一个都无所谓，只要有人睡在这里，谁还吃了熊肝豹子胆呀？另一个递上一根烟给对方，划亮火柴先点着自己的烟，后帮对方对接点燃，吸了一口气徐徐吐出后说，是呀，只要有人睡在这儿，谁还知道几张竹床！前面说话的人沉吟一下叨唠道，今晚我走时忘了给老婆说清楚，这会儿还真不知道大门关了没有；后面说话的人说，那你回去吧，你如果不想来我一个也行呀。

　　彼此心照不宣最后留下一个人看场。那个说回去看老婆关门的人离开了土场，消失在茫茫的夜色之中。天上的星星知道，他那会儿哪里是回家看老婆，而是像一只夜游的狗一样踅到一处院落，提着劲儿爬树翻墙，进了哪道虚掩的门，与一个暗中的相好厮会，消磨被鸡汤和烧酒骚扰的夜晚；另一个呢，在黑暗之中发出如雷的鼾声。夜静极了，场子上不时发出老鼠偷食的声音。有胆大手长的竟然摸上来了，他正要得手的时候，被打鼾的人从后腰抱住了。偷场的人挣扎着发出含混不清的叫声，男人一惊：发现抱着的是个女人！他松了一下手本想让女人走，可下意识又不由得抱紧了女人。他突然低声喝道："你给我老实点，你如果再叫唤我可要挣三十个工分了！"女人被他吓得不敢叫了。男人伺机摸上了她的身子。夜太黑了，男人看不清女人的脸蛋，可他的身体认得女人，他的心得寸进尺："老实点，我们一起做成了好事，我

153

就让你带走东西。"于是那个夜晚呀，浓烈得像陈年的老酒化不开，有时酒醒后，那男人还分不清那个女人是谁。

关于看场的故事像章回小说一样，在男人的胡子间流传着，其中有真实的也有夸张的，有亲身经历的也有道听途说的。金彪看场的那些夜晚，村里竟然生出另外一些风言风语，说是半夜里梦乡中有鬼魅作祟，常化作美女妖妇，附在人的身上吮吸血液。许多年轻后生遭遇上这种鬼魅，往往陷入梦魇之中不能自拔。他们在私下里说到金彪又隐瞒了金彪的名字，彼此发出或邪恶或得意的笑声，好像有金彪在的地方就有那种鬼魅出现。可是没有一个人能够把这种暧昧事件叙说清楚，更没有人会把此类事情当真的，鬼魅作祟的事由于缺少人证物证，谁也不敢妄加揣测，姑且当作一桩疑案留存待考。

村庄的陈年旧账芝麻琐事纷纭复杂，好些个关系牵扯说有就有，说没有也没有。日子像一股穿堂的风儿，来无影去无踪，只留下一片絮絮叨叨的声音。隐身人弯勾在公共场合是一个容易被忽略的人，他那长期戴着口罩的嘴总不出声，他猫儿一般安静的个性和狐狸一般狡猾的本性，使他在危险的场合全身而退，热闹的场合子虚乌有。好几次村庄集体裁决重大事情，在清点人数时人们忘掉了弯勾的存在。"他刚才来开会了吗？""我看他坐在边上，一晃之间人就没了。""快去把他找来，还差他一票呢。""他怎么像影子一样？到底是人还是鬼？"人们议论着并怀疑上弯勾存在的真实性，心头不由地飘过一片阴影。

村庄在大地震来临之前，私下里做出了重大决定。比如把田地分成四大片，每一片十几、二十户耕作。新的生产组合产生新的社会关系，队长要求每个人在协议书上签字画押。队长说田地分片耕作，提留分摊负责，该出的工按劳力摊，该收的款项按人口出，这样最公平合理。隐身人弯勾被人从茅厕里找出来，他没有看一下就在空白处画上他的名字。左撇子阿土猴的账目越做越细，由原来的一本变成四本，工作量增加了四倍。他找队长说要提高报酬，队长说村庄还是原来的村庄，我要的是总账你能增加什么呢？

女人们对这种改革持否定态度，她们嘲笑这种分片是换汤不换药。第二年秋天，队长管理的那一片总产量增长了两成，洪丹管理的片总产持平，大憨管理的片减产一成，阿土猴管理的片减产半成。阿土猴用加权平均法，算出全村粮食总产量竟然基本上与去年持平。可是洪丹说今年的年景怎么能与去年比呀，如果不是田地分片出工劳动，不知道还会减产多少。大家想也是。春天来了，洪丹说服十几户人家，把下湖一半的田地都打上甘蔗秧子。他还与糖厂挂上了钩，为村民领来了蔗苗补助款和相当数量的平价化肥。冬天乌云在天空上飘荡的时候，甘蔗地里已是一片茂密簌簌作响。洪丹率领他的村民开始砍伐甘蔗，一捆一捆的甘蔗砍倒后被装上大型拖拉机运走，给村庄带来了前所未有的骚动和刺激。队长、大憨、阿土猴等人聚集在队部，他们头勾着头议论种蔗的事情。阿土猴说："我已经算过了，如果照糖厂的收购价格，一亩田地种甘蔗可以买到三亩的粮食，还不包括蔗苗补助款和平价化肥等优惠政策。"大憨说："田地种甘蔗好是好，可不怕一万，只怕万一，如果糖厂方面变了卦，我们全都喝西北风去。"队长说："我们这样瞎猜摸没有用呀，等洪丹回来再说吧。"

傍晚时分，洪丹回来了。他左手提着两瓶白酒，右手吊着一串猪腿肉，他笑眯眯地站在门口说："队长呀，一路上我马不停蹄赶回来，就是给你汇报种植甘蔗的事情。今年我大着胆子在下湖种上一茬，真是瞎猫碰上死老鼠，好运还真让咱们给撞上了。今天我在糖厂你说怎么着，人家给咱们的甘蔗过磅化验，湖耿湾甘蔗的含糖率全县第一呀！"洪丹顿一下又说："今天我还见到了糖厂的李副厂长，他们说今年要在湖耿湾扩大种植面积，跟队里签订正式的产销合同，你们说怎么样？"队长说："我们正为这事嘀咕呢，大家好好讨论一下。"

村庄大面积种植甘蔗持续了好多年。甘蔗给人们带来前所未有的种植效益，也带来了一系列的矛盾纠葛和烦恼不安。湖耿湾的田地与大机器搭上钩，怪事、烦心的事一桩桩地来。糖厂的烟囱在遥远的天空下吐着白白的浓烟，它排泄出的污水污染了下游的河道，给水域里的鱼儿带来了灾难。糖厂把小铁路修铺到村庄的边缘，这条运输甘蔗的通道因为矛盾冲突几度被摧毁，过后又几度被修复。洪丹两次当上湖耿湾的副队长，两次都因为涉嫌经济问题而被罢免。每一次罢免之后，他只好重新操起他的理发刀。他在理发的时候，把心中的苦水往外倾倒，把委屈和不满对顾客细细倾诉："你说我们与糖厂打交道，人家是工业，我们是农业，大头握在人家那里，我们得求人家是不是？哪一道关卡不都得我去疏通打点，钱花在别人的身上，罪却让我一个人扛，他妈的没有道理呀！"洪丹说到痛恨时手抖抖的，弯柄剃刀在脸面上发出呼呼的风声，吓得躺在转椅上的人一迭声求饶："你别说了，你下了刀再说吧。"洪丹转身取了一块热毛巾，捂住客人嘴巴不让那人发出声音，又接着往下说，"糖厂这样对待咱乡下人，它迟早有一天会倒的……"

　　村庄种植甘蔗之后，开始使用化学农药，不断发生鸟类中毒事件。有一天傍晚，花枝在大树下被一群麻雀吓呆了：无数的麻雀像土疙瘩一样从天而降，它们从大榕树上跌落下来，纷纷打在花枝的身上。花枝用篮子装了死鸟找队长投诉，队长抚摩着余温尚存的鸟大笑起来："你给我们送下酒菜吗？谢谢你呀！"队长接过花枝的篮子，转身对阿信说："你弄野物最见长，你把它们一只一只剖开，掏出肚子用水洗干净，用热锅慢火椒盐炒才香呢！"花枝的话队长没听进去，鸟儿却被队长没收了，她气得大声地发出诅咒："毒死你们！毒死你们这些没有良心的人！"花枝的骂声激起一阵更大的笑声。

　　那天晚上，队长和阿土猴吃了鸟到了半夜，肚子突然全痛了起来。他们抚着肚子找阿信算账，却不见了阿信的影子。阿信的娘提着灯到户外找人，阿信从土场边的碉堡厕所里站起来。阿信提着裤子皱着眉头痛苦地叫道："唉哟哟，我们吃了花枝的死鸟，中咒了！中咒了！"阿土猴说："他妈的，什么中咒啦？你没有清洗干净，我们这是中毒了！"阿信说："你们不知道花

156

枝也会施咒吗？那回我在屋顶上掏鸟窝，她在梯子下叫倒了倒了，梯子突然荡开，我从高空跌落下来，差点摔死了。她发出的咒语非常可怕，我们吃了她诅咒的鸟，全都中咒了！"队长说："你如何证明大伙不是中毒而是中咒？"阿信说："这还不容易吗？你们找赤脚医生用药，我找花枝解咒，看谁好得快呀。"文风连夜被人从被窝里拉起来，他给每个人开了相同的药。只有阿信没有吃药。阿信捂着肚子离开众人，一小时之后，竟然笑嘻嘻地回来了。他见大伙还是一副痛苦不堪的样子，指着他们笑说："我就知道中咒了，哈哈哈，我的话应验吧，水南婆婆的孙女也有诅咒的法力！"

几个人到了天亮肚子还是疼痛，只好跟着阿信到水南婆婆家里。花枝一大早见这么多人来，吓得连声辩解："你们是中毒了，不是中咒了。"队长说："是中毒还是中咒暂且不管，你怎么医好阿信的，也医好我们吧！"花枝在桌子上摆上几只大海碗，她在每只碗里注满水，往水里撒一把像盐巴一样的白色粉末，叫他们喝了一碗再添一碗。花枝说："你们吃了死鸟是不是？那死鸟吃小麦种子，小麦种子拌六六粉，不疼肚子才怪呢！"

一群人走后，水南婆婆对花枝说："你诅咒过他们，跟我年轻时一样，不知道自个有咒人的法力！"花枝吃惊地说："奶奶，你说他们肚子疼是遭我诅咒？"水南婆婆说："当然喽，你不信自个的能力吗？当奇迹一件件出现的时候，你不得不承认这是真的！"花枝说："我不要这种咒人的法力！我不要像奶奶你一样，让全村人都害怕你。"水南婆婆笑说："所以你要小心呀，善恶只在一念间！"

那天下午，天边突然响起了雷声。雷声时隐时现，在天空中滚动，听上去像车轮在高空行走。队长吹起哨子抢收花生，大雨从东南方卷扫而来，雨点像爆豆子一般打在村里人的身上。女人们浑身淌着水，衣服湿漉漉地黏在身上，露出了各自的身材；男人们脱去上衣，裸露出他们的胸部和后背。大乳房穗儿对隐身人弯勾说："你怎么像婶娘一样，大伙都脱光了，你还包着身做什么？"弯勾笑说："嘿嘿，我脱你也脱呀？"穗儿说："如果我是男人我早脱了！你看场子上有谁像你这样捂着身子，你的身上莫非有稀罕物不成？"弯勾说："稀罕物倒没有，其实你我呀——上下都一样，只有中间不一样。"阿土猴说："我看这话不对呀，她的上面有两个大馒头，你上面光光的什么都没有！"弯勾说："她上面有两个大馒头，我下面也有一只大鸟呢！"众人发出一阵大笑。穗儿杏眼圆瞪吃惊地看着弯勾，她遭受了男人的色嘴污辱，哪肯干休。她突然抱住弯勾狠命一摔，弯勾猝不及防，他倒地的瞬间，穗儿两下子就把他的衣服扒拉下来。弯勾现身在众人的目光下，人群里突然呼啦一下发出一阵惊叫——

天哪！他身上盘着青龙呢！他身上盘着青龙呢！

隐身人弯勾的身上长满了黑毛，胸脯中间异常浓密茂盛，像一条辫子从两乳间往下延伸，看上去像挂着一条青龙。青龙白虎，这是男女身上的异象，历来是个难言之隐。弯勾从地上站起来，他抚摩着胸脯，盯着穗儿一步步逼近："嘿嘿，我是青龙，你是白虎吗？你也脱下来呀！"穗儿尖叫一声慌忙跑路。弯勾待要追她时被阿土猴拦住了。"好男不跟女斗，"阿土猴说，"她怎么知道你身上盘着青龙呢？况且女人怕白虎，男人还怕青龙吗？"阿土猴说的是传播在乡村民间的事，上身长黑毛的男人是青龙，下身光秃秃的女子是白虎。因此民间流传一句口头禅是"高山配流水，青龙配白虎"，只有他守得住白虎女子呀！

弯勾回家把自己关在房间里，他脱光衣服蹲在地上不停地拔身上的毛。不知多少年以前的痼疾如今复发了。他异常痛苦地抓挠着身上的皮肤，龇牙咧嘴不让嘴巴发出声响。多年以前，隐身人弯勾因为身上长满了毛发，心里犯了一种怪毛病。他总是不停地拔身上的毛，害怕在人前露出身子，他的性格从此也变得越来越孤僻。他是个打棉师傅，使他这种孤僻越发成为一种性格。在人多的场合，他是个会随时失踪的人，他隐身的本领惊人。

可新婚的那会儿，这种本领没有一点用处。弯勾的女人是个苍白女子，新婚之夜她抱着被子窝在床角，不让新郎弯勾碰她的身子。"你哪里是人？你分明是野兽嘛！"女人哭哭啼啼不肯睡眠，弯勾只好睡到外间去。弯勾在外间睡觉，心里想着白生生的女子，任他如何克制也睡不好觉。几个夜晚过去，弯勾心情烦躁痛苦不堪，宽厚的嘴唇被烟丝烧起了泡泡。他拼命地拔身上的毛，用力捶打多毛的胸膛，发出一阵阵狼嚎。第七个夜晚，弯勾把半瓶煤油全泼在多毛的身上，他竟然不顾死活放火烧了起来。当女人从隔壁赶过来时，弯勾像一只烤羊倒在地上，浑身发出一股刺鼻的味道。女人抱着弯勾失声痛哭，她为死心眼的男人流下了眼泪："你这头野兽呀，什么事你都干得出来！"弯勾望着自己的女人，说："你不让我上床，我宁愿去死！"女人说："你的毛好怕人呢，我一碰上这身上就起鸡皮疙瘩！"弯勾的脸上露出微笑："现在毛全烧了，嘿嘿，你该让我碰碰你的身子。"当女人用白白的小手抚摩弯勾时，他完全忘记了皮肤的疼痛。他伸手轻轻地拉着女人，女人竟然依偎在他身上。这个用火烧换来的幸福时光，带有一阵灼人的光芒，迅速地蔓延到他的脚尖。

三个月过去，当弯勾痊愈的皮肤又长出硶硶黑毛时，女人已经适应了他的身子。女人开始离不开他的身子。"你这片野草丛呀，野鸟飞，狐狸跑，风吹起来，一波又一波。"女人用小手轻挠多毛的胸部，用如歌的声调吟唱着，激起弯勾无限的爱欲。他们完全受制于原始本能的摆布，不停地啜饮造化赐予的佳酿，夜晚不停地做爱，稀里糊涂地生孩子。弯勾和女人总共生了十二个孩子，创下了村庄生育的纪录！

隐身人弯勾被发现身上盘着青龙后，过几天突然病倒了。他躺在床上叫妻子用老法子治病。女人用瓷碗给男人刮背，她的手触上男人的身子，不禁失声叫道："你烧得好厉害哟！这后背好烫人呀！"男人伏在枕头上含糊地叫："你快刮呀，用力刮呀，我这是那天被雨淋受了伤寒，你刮好了再去给我烧碗姜汤来。"女人在男人的后背上刮出两片红斑，皮肤外微微渗出血丝才停下来。弯勾喝了姜汤捂在被子里，一会儿他爬出来说："这病来得蹊跷！我怎么不出汗呀？"

弯勾这次的病果然如其所言，高烧始终没有退下来。他用了多种土方秘方医治，还是无法把病魔驱赶出去。到了第三天，弯勾开始撑不住了，他躺在床上不停地哼哼着。弯勾的女人跑到医疗站找文风。文风说："哈哈！这太阳从西边出了，你家男人也请我看病呀？"女人知道弯勾与医生文风不和，她用带着央求的口气说："你快点呀，他都烧得昏头昏脑的，我求你快点呀！"文风故意在药房里磨磨蹭蹭，他头也不抬地对女人说："你急什么，你没看我正给人抓药呀！"文风边抓药边问女人说："是你做主请我看病，还是你家男人叫你来请我看病？"可怜的女人答不上来，她搓着手在地上转来转去。文风叹了一口气，对她挥挥手："你先走吧，我骑车快，你到家我也到了。"

女人到家时文风后脚果然到了。他抽出体温计用力甩甩，放眼前瞄一下递给弯勾说："病几天了？感觉怎么样？"弯勾支支吾吾作答。文风站在病床前，看了看房间说："我从来没有到过你家，今天总算到了。"文风说着坦然无比地坐下来，女人倒了一杯茶给他，文风说："我不喝茶，你给我倒一碗白开水，再撒点盐巴进去。"

女人撒了茶，换上了半碗温水。测体温的时间到了，文风抽过体温计看，突然把正喝的水喷了出来："天哪！你怎么这么烧呀？你的体温超过四十度！"文风顾不得喝水，开始望闻问切。他拉过病人的手切脉，又是摸头又是翻眼皮，还叫弯勾张嘴看舌苔。"发烧只有孩子才超过四十度，大人怎么会烧得这么厉害呀？"文风给弯勾扎了针配了几包药，用自己没有喝的那碗水，立即给病人弯勾服药。文风边收拾药箱边说："先这样对付着，中午观察看烧是否退下去，下午准备挂瓶打点滴！"

当天下午文风到弯勾家挂瓶，他没有离开病人一步。他搬了一张椅子坐在阳台上，每隔半小时给病人测一次体温。下午四时许，弯勾的体温下降少许，可人的神志迷糊不清。文风跟弯勾说："你这人就是怪异，不病则已，一病就是破纪录。你几十年不看病，是不是把病积攒起来，病不惊人死不休呀！"文风本想逗弯勾说话，可弯勾哪里还能跟他搭腔，他闭着眼睛哼哼着，额头上搭着湿毛巾，热气在毛巾上蒸腾着。

当晚弯勾的烧总在三十九度徘徊，而且出现了呕吐症状。文风又给病人做了全身检查，发现病人的脖子僵硬，人完全处在昏迷状态。文风彻底慌了神，他对弯勾的女人说："这病不是我能治的，你快叫人把他送到医院去。"女人说："这么晚了，是不是用完你的药，明天再送去呢？"文风大声喝道："我救不了他！这病不能等！赶快送医院！！"文风突然拔掉正在滴的半瓶药水，叫女人把阿土猴等人找来。金彪拉来一辆运土石的板车，文风说："不能用板车拉，他经不起土路颠簸！"文风叫人用大箩筐抬弯勾，他们把弯勾抱起来，用被子像包粽子装在箩筐里。一路上文风扶在箩筐边侍候，好不容易抬到镇医院，已经是半夜时分。

弯勾得了急性乙型脑膜炎，他在镇医院住了两周多时间，其中有一周时间处于昏迷状态，一周时间处于清醒状态。当弯勾从死亡线上挣扎着醒过来，周围站着好几个医生和护士。他们不停地跟弯勾说话，做着种种测试和记录。医生说："你叫什么？今年几岁了？家住哪里？"弯勾眨了眨眼睛，一一作答。护士问："这个是什么人？"弯勾看了看女人，张开嘴笑说："这个还问呀？你把我当傻瓜啦！"医生高兴起来，握着弯勾的手说："你不是傻瓜！你不是傻瓜！"

医生和护士全退出来，他们到了走廊外，站在那里议论开了："真是奇迹！高烧这么多天脑子还好，这在我们医院还没有先例呢！"弯勾没有听进他们的话，他头脑清醒之后，最关心的事情是医药费。他不停地问女人医药费开支情况，女人半懂半不懂地回答。到了他能够喝粥下床，到地上走几步时，他就叫女人打听详细的住院费。半个月过去了，得了脑膜炎的隐身人弯勾，竟然从医院里逃了出来。这事是在医生护士眼皮底下发生的。他们哪里想到，大病初愈的病人，突然隐身逃跑了！

弯勾回家养病的第七天，一辆白色车子开到湖耿湾，车上走下来几个穿白大褂的人，他们在队长的陪同下找上门来。当时弯勾正在家里喝茶，他见穿白大褂的人心慌了。"家里实在穷呀，我欠医院的医药费，只能等秋后还给你们。"镇医院的主治医师是个中年人，他笑着对弯勾说："我们不是来讨医药费的，你欠医院的医疗费，我们就当送给你买营养品。我们今天是特地下来观察你的恢复情况。"他指着另一个年长的医生说，"这位是县医院的马副院长，他听了我们的汇报后，特地从县医院赶下来看你。"马副院长拉着弯勾的手，把手翻起来上看下看，亲切地与他聊天。他跟弯勾仔细解说乙型脑膜炎的危险性，表扬镇医院创造了一项成功治愈的奇迹。"这在十个病人中，还找不到一例呢。"马副院长说，"我们要好好总结一下你的经验，将治疗你的经验推广出去。"

　　弯勾日后才知道这病的可怕。每当他看到因脑膜炎痴呆残疾的人，他就会想到一个人。那个人就是村医文风，曾经的冤家对头，第一时间把他送到医院。"你的成功治愈在于时间。你在脑膜炎初期就对症下药，几乎没有延误把病情控制住。"马副院长最后总结说，"当然这跟你的体质好有关，听说你从来没有看过医生？"弯勾说："实话实说呀医生，不是我不生病，而是孩子多家里实在穷，头疼脑热的小病，我总是自己对付着挺过去。"马副院长说："再穷有病还得看呀，你看你这回多危险。如果不是村医连夜送诊及时，你恐怕早没命啦！"

　　冬天来了，大病不死的弯勾又操起旧业，他的作坊发出铮儿铮儿的响。隐身人弯勾在打棉时，因为大病痊愈之后有了超常敏感的微妙发现。他能够从那一张张旧棉被里，辨识出主人留下的各种不同的味道：孩子多的家庭，旧棉被散发出一股尿骚味；老人睡的棉被有一股淤泥味；老光棍的棉被被浸透着斑驳的气息；死人睡过的棉被，还有一种神秘的薄荷甜味。弯勾在加工棉被时，依靠超人的敏感性可以琢磨到村里人的种种生活。尽管他对他们的生活了如指掌，但他总是守口如瓶。他挥舞着棉锤一如既往地弹打着，让黑沉沓的旧棉被重新开花，就如让尘封的记忆恢复一样。让乳香、汗味、脚臭、梦魇与病邪，追忆和疯狂，连同黏结在一起的泥污，在他的弹弓下化为烟尘灰末。弯勾似乎从这种劳作中，体验到一种创造的喜悦，它有点像村医文风战胜病魔给病人带来健康的身体一样。这年冬天，弯弓除了替别人家打棉外，还暗地里精心打制了一床特殊的棉被。他给新棉被牵线时用红毛线写了几行字，描上吉祥图案并记录了打制时间，然后用枣木盘不停地碾压着。女人站在边上看着男人说："这是谁家的棉被？你这么细心给它描花写字。"弯勾说："这是送人用的，咱们还欠人家一个恩情呢！"

女人立刻明白男人的心思。当弯勾终于碾好那床棉被，女人抱着它到了文风家。那时候，文风正在吃晚饭，女人把棉被放下，说："你救了我家男人，我们不知道怎么答谢你！"文风放下筷子站起来，他把棉被抱起塞回到女人怀里："这事使不得，我是医生，治病救人是我的职责。你的心意我领了，这棉被你还得拿回去。"女人又把棉被放下，态度诚恳地说："这是我家男人手上打的，如果没有你尽心尽力救他，他这会儿哪里还打棉呀！"女人说着话哽咽着抹眼泪，可她并没有打动村医文风。文风又把棉被塞到她怀里："我说不能收就是不能收，你还是拿回去吧！"文风的女人也出来劝说，可弯勾的女人铁了心，她发出诅咒把那床棉被强留了下来。

村医文风收了棉被心里不是滋味，夫妇俩商量两天后，竟然又把棉被抱还给弯勾家。当时弯勾正在打棉，他见文风的女人抱着棉被到他家，他一句话也不说，活也没有停下来，让女人放下棉被走了。弯勾的女人回来后，看到棉被说："你怎么让她抱还棉被呢？"弯勾说："他家不领情，我有什么办法？"女人说："这事都怪你脾性犟，你以前跟人家结下仇疙瘩，现在要表示一下谢意都不得！"女人叫弯勾亲自上门道谢，女人说，你病的时候他一直守护着，你没有他早发现病情，连夜一路送到医院，早就变成痴呆症了。

过几天，弯勾跟着女人上了村医家。他们抱着那床棉被，提着两瓶酒上门。村医文风见到弯勾无限惊讶，他连忙给弯勾让座倒茶，仔细询问病愈后的身体情况。可当弯勾要开口说话的时候，文风先发制人，以坚决的口吻说:"你别说！我知道你的心意,我收下你的心意,可这东西无论如何不能收!"弯勾的女人刚要说话,又被文风制住了。文风说:"你们千万别送礼!我不能收你家的礼!"文风边诅咒自己边把客人往外请,文风决绝的态度让弯勾夫妇无法应对。他们怏怏不乐地离开文风家,抱着送不出手的礼物,一路一言不发地走着。弯勾到家时,突然悲伤地叹道:"做人连礼都送不出去,活着有多窝囊呢!"女人愤愤地说:"他不收算了,你不用想那么多!"

　　隐身人弯勾脑膜炎痊愈之后,性格显得更加沉默内向。这事只有身旁的女人知道。弯勾女人发现男人不停打棉花,一天没有说一句话,有时候居然几天不说话。女人为了让男人说话,在他歇息和吃饭的时候,故意找出各种话题唠叨,可是男人始终保持沉默不语。女人说,你为什么总不开口,是不是心里不舒服?男人摇了摇头。女人说,那你多少总得说点什么,你老不说话,舌苔下汪着水,有一天会变哑巴啦!男人嘿嘿地傻笑着。夜晚休息之前,女人叫孩子们汇报学习成绩,想以此吸引他多说话。弯勾只是默默地听着,高兴了打孩子两下屁股,不高兴也打孩子两下屁股。当然挨打的孩子知道,哪是奖励哪是惩罚。弯勾生有十二个孩子,除了送人和夭折之外,身边还有七个孩子。他经常叫错他们的名字,特别是双胞胎老三和老四兄弟,弯勾似乎永远无法把他们区分开来。弯勾翘着屁股蹲在门槛上用火石击火点燃纸媒,噗噗地抽着水烟筒,脸庞弥漫在腾腾的烟雾里。他板着脸抽烟咳嗽,喘着气把稠痰吐在地上。他的女人看到这种情状,不止一次私下里对人说,我家男人得了脑膜炎,虽然捡回了一条命,可是你们不知道,他现在脑筋出了问题,不但整天不吭声,而且连孩子也无法认清呀!
　　弯勾的记忆力衰退日见明显,慢慢演变成为一种失忆症,最后弄得全村的人都知道了。弯勾的女人从男人无法认清孩子开始,发现男人的记性越变越差了。男人在作坊里打棉经常把人家的棉被弄错。冬天的棉被重量一般在六至八斤,除了利用拆旧棉外,需要添加三四斤新棉花,才能打好一床棉被。弯勾根据各家交来的旧棉和新棉，按照一定的损耗率折算，最后总能打出相应重量的棉被。可是记忆力衰退的弯勾，总是记错人家定做的棉被。他经常把六斤棉被交给八斤人家，又把八斤棉被交给六斤人家。当人家提醒他我是八斤棉被时，弯勾只好找另一家置换，往往弄得两家都不高兴。女人在帮助男人记下各家棉被的同时，发现男人记性越变越短。原来还能记住几天前的事，现在只能记前一天的事，最后只能记住当天的事情。最后连当天的事情都记不了。刚才说过一个事，转眼间他就忘记了。男人沉默寡言表情阴郁，神色沉闷，夜晚还出现了失眠症状。女人唠叨道："你到底怎么啦？原来睡得像死猪一样，现在怎么变成生鱼片？"弯勾说："自从大病痊愈之后，睡眠好像离开了我，这可能都是脑膜炎害的。"女人说："你要好好睡呀，不然你的记性越变越差，最后什么都记不起来。"

弯勾真的什么都记不起来，他在路上跟熟人打招呼，居然叫不出对方名字。女人交代他到店里买酱油，他走到店里就忘了。好不容易把酱油买回来，到了炒菜的时候又找不到。女人发动孩子们找也找不到。第二天，弯勾的大儿子竟然在茅厕墙上找到。原来弯勾买酱油回来时尿急，他在解手时把酱油瓶搁在墙上，解手出来后就遗忘了。弯勾发现了自己的病症，常因想不起事情，急得团团转，痛苦地抱头蹲下身子。女人把他揽在怀里。女人不停地安慰男人，她抚摩着男人的头发说："你现在记性这么差，不要到时候连我和孩子都忘记了！"

在弯勾逐渐模糊的记忆中，只有一个位置还保持着清醒。那个位置里贮存着一个人。那个人经常骑着车飞来飞去。那个人背着药箱走家串户，他经过的地方带着一股酒精味。弯勾站在门前目光直直地看着他，脸上现出一种茫然的神情。女人知道男人的心思，她故意问道："你看什么呀？"弯勾说："我……我想请他到咱家喝茶。"女人说："那你跟他打招呼呀，你看你病好后，越来越不会说话，你开口请他呀！"弯勾看着文风骑着车经过家门口，他直到文风消失了还未能开口，他茫然地看了看女人，转身走回屋子。女人想说什么时，他已经铮儿铮儿地打起棉花了。

弯勾与文风一生的瓜葛止于那次台风事件。

文风清楚地知道这个患脑膜炎的人,在对全村人几乎都失忆的时候,还是记得他文风的。文风经过弯勾家时,弯勾的女人请文风进家喝茶,可被文风婉言谢绝了。文风始终保持对弯勾家不冷不热,使隐身人长期处在一种悲观之中。那次强台风袭击村庄时,文风住在医疗站。半夜时分,文风被撼天动地的风雨声惊醒。当他赶回家时,他家的房屋全塌了。他的女人和孩子抱头哭泣。女人见到他指着倒塌的墙呼喊:"弯勾被压在下面!孩子也被压在下面!"文风召集村里人挖掘房屋,女人说她是被弯勾叫醒的。弯勾在风雨肆虐时,拼命地在外面擂门,在房屋即将倒塌前救了他们。文风有三个孩子,最大的女儿睡在另一间。当女人和两个孩子撤出来时,弯勾冲进另一个房间,那一间房也倒塌了。

黎明时分,村里人从废墟下挖出弯勾,他蜷缩在眠床的边上。他的身体上压着一堵墙,身体下压着那个孩子。弯勾身受重伤无法动弹,可他身下的孩子毫发无损。弯勾醒来时看着被救的孩子,咧了咧嘴,笑着对文风说:"你救过我的命,我⋯⋯这下子还给你。"文风抱起弯勾紧急施救,他满脸泪水,无法言语。弯勾在他手下说:"我不行了⋯⋯你不用费力,我什么都记不住了,这样死了也好!"

隐身人弯勾临终的时候,记忆力奇迹般恢复了原样。当时全村人聚集在他身旁,弯勾突然从昏死中醒了过来。弥留之际,弯勾疲惫地看着人们,最后看着他的女人。女人把七个孩子拉到他面前,弯勾一个也没有认错。他一个一个叫着孩子的名字,孩子出声应答一下,他的脸上便露出一下欣慰的神情。老三和老四一人拉着父亲的一只手,眼看父亲慢慢闭上眼睛。父亲的手慢慢变冷变硬。父亲紧紧地攥住他们,传递给孪生兄弟的感觉犹如某次电影退场。

女人在埋葬弯勾回家路上,突然把文风的脸抓破了。女人尖叫一声揪住文风:"你还我男人!他是为你死的⋯⋯他是为了报答,才冲到你家的!"文风一动不动地站着,任凭女人抓扯着:"你打吧,最好杀了我,我心里才好受呢！"女人大声喊道："你这个坏心肠的人！你如果早点肯收下我家的礼，我的男人不至于死得这么惨呀！"

隐身人弯勾走了，带走了他的打棉手艺，也带走了他的独特性格。铁匠大憨、理发匠洪丹、屠宰手九吉、酿酒师阿兰、夜校老师水瑛，几乎同时都得了焦虑症。他们围坐在弯勾女人的家里，为这个家庭失去顶梁柱而叹息。弯勾的女人躺在床上，脸色像纸一样苍白。可正是这样一个女人，在男人死后要独自抚养七个孩子！水南婆婆在花枝的陪伴下，也到了弯勾家里。她安慰了女人之后，走进弯勾的打棉作坊。水南婆婆从墙上取下那把棉弹，在手里轻轻地抚摩着。"多可惜呀，现在这门手艺无人传承。"老人用手指拨着弓弦，仿佛拨弄着一把古老的乐器。"棉弹没用了，我看由我收藏它吧。"

水南婆婆把棉弹和棉锤拿回家里，她对花枝说："咱们家最早有两件宝贝，一件是男人用的藤丝斗笠，一件是女人用的古瓦罐。这么多年来，我又收藏了许多物件，弯勾的棉弹和棉锤，算是其中一个。"花枝说："你收藏这些物件做什么？又老又没有用，看上去让人心里发慌。"水南婆婆叹了一口气，说："这个你们年轻人就不懂了，我收藏的东西都是快没有用的东西。可哪样不在村庄流传千百年？"

水南婆婆把棉弹挂在大厅的墙上，与蓑衣、鸟铳等老物件排在一起。那件蓑衣打扎得相当结实，它在傍晚的墙上发出盔甲的光芒。那支鸟铳年代不远，枪管上还弥漫着火药的味道。水南婆婆经常擦拭着枪管，跟花枝说到战争年代的事情。那些故事花枝听了多少遍，她还能够帮助老人提醒她："奶奶你说颠倒了，上回你可不是这样说的。"水南婆婆眯着眼睛笑说："你以为奶奶老糊涂？奶奶这是看你有没有听呢！"大厅里还有一架做工精细的龙骨水车，一辆藏了腿脚的栲木织机。大厅的正中间，竖立着一方八扇寿屏。寿屏的左右上下皆镶嵌着鎏金寿桃花鸟雕刻花板，一扇还配一幅镂空人物。中间六扇雕刻着一幅字，文字记录这幅寿屏的祝寿内容。水南婆婆喜欢这方寿屏，她常站着观看人物雕刻，神思总在往昔岁月里飘浮，她喃喃自语——

"我最近老想龙凤鼓，什么时候我去找他们。"

弯勾死后不久，文风把明环送到镇卫生院学医。明环是弯勾的大儿子，他学了三个月回来当了文风的助手。他在医疗站替病人抓药、打针，充当半护士半医生的角色。文风手把手教明环，可这个明环文化低，心气高，又遗传父亲不爱说话。多年以来，他的医术都没有被认可。村里人生病总要文风看，不爱找明环看。明环得不到实践锻炼，文风心里干着急。文风说，这样下去你何时才能独立行医？看来我们得想些办法。两个人私下商量好，文风故意离开村庄，一段时间病人只能找明环看。可文风回来了，病人还是找文风看。文风没有办法，对明环说，看来你在我身边永远被我遮掩，只有离开我才有出路。明环说，其实我不喜欢当这个村医，家里弟妹多，我想出外打工，多挣些钱回来。

　　那时候二郎在外做包工头，工程越揽越大，大憨的大儿子向月、阿土猴的弟弟丰年，还有村里好多年轻人都在外打工。明环很容易找到他们，当了工地上的学徒。工地上打工的人多，有人还拖家带口的，很像一个小村落。明环在老家没有派上用场的医术，在工地上正好派上用场。明环一边做工一边给人看病，看的病人多了，名声渐渐鹊起。有了名声的明环，看病渐渐由工地看到当地的村庄。村民生了病挨不下去，找工地上的明环看。他们叫他"环医生"，收费便宜医效良好，还善于诊治一种名叫"起滚蛇"的湿热病。这种病打针挂瓶均无效果，弄不好还会死人呢。明环使用一种刮痧针疗：先用酒精沾湿手指，在病人脖子上、胸前、肋下等部位抓出蝴蝶红斑，在十个手指头上用针扎血，喝下三大碗浓浓的草药汤，禁生水五日，忌油盐一周，大病便可望痊愈。

　　明环日后创造了村庄的奇迹，名声大大超过包工头二郎。他从乡村行医开始，随着国家医疗政策的改革，先是承包起乡医院的内科，再承包整个乡镇医院，承包到县医院和市医院。到了明环五十一岁，他在全国经营了五十多家医院，旗下有一万多名员工。当他在县长的陪同下，回乡出席一个公益项目，他特地驱车到了湖耿湾的医疗站。文风当时已经六十八岁了，他见到弯勾的这个大儿子，曾经的副手医士开着豪车，气宇轩昂地站在他面前，他突然问："你知道你为什么暴发?"明环说了好几种道理，文风只是不停地摇头。当明环再也无法回答这位乡村医生的提问时，文风无限感慨地说："你有一个好父亲!"明环"哈哈哈"大笑起来："你说我那一辈子打棉的父亲?"文风说："你的父亲是个知恩图报的人，他把做人的功德留给你，你难道可以不知道吗?!"

阿信和阿兰

六

异乡人飞歌的新婚日子，村庄的白天变长了，夜晚变短了。最先发现时间变化的人是水南婆婆。水南婆婆上了一定岁数，开始和时间较上了劲儿。她总是坐在家门口，看阳光在瓜棚下悄然移动，嘴里唠叨着谁也听不懂的话。特别是在落日西沉、黄昏降临的时候，她会靠在院墙里看辽阔的丘陵，太阳如何在它离开大地的时刻，把金色的翅膀留在天空里。放牛回来的花枝看见奶奶惊奇地问："你看什么呀？奶奶。"水南婆婆从遥远的地方回过神来对孙女说："孩子，我在看天是怎么暗下去的。"花枝笑说："天是怎么暗下来的？你活了这么老，还不知道天是怎么暗下来的！"水南婆婆叹了一口气，说："孩子，你可知道，这个世界好多东西，我到现在才弄明白，比如呼吸长了时间长了，呼吸短了时间短了，呼吸停止了，时间也停止了！"

　　"时间停止了，怎么可能呢？"

　　"是呀，我们的呼吸不能停止，所以时间也不会停止。"水南婆婆笑哈哈地说，"你知道，村里最近有人结婚，他们的呼吸太短了，所以把夜晚也弄短了！"花枝红着脸说："奶奶，你胡说什么呀？"水南婆婆说："奶奶在教你做人，做一个好女人呢！"

　　天暗下来，水南婆婆不愿意再抬起她的眼皮，这种多年形成的习惯使她成为村庄每天醒得最早的人。可是，当那个可怜的异乡人——水南婆婆这么称呼大憨家的上门女婿飞歌——与琦琦拜堂成亲之后，她异常敏锐的感觉发现他们居然整个晚上都没有好好睡觉。凌晨时分，水南婆婆借着天窗的光坐在床上听老鼠磨牙，琦琦的尖叫声划破夜空越过田野，扰乱了村庄的平静。

他们不知疲倦的折腾使报晓的鸡弄错了时辰，也使夜晚显得异常美妙而短暂。寡妇阿兰又犯起她的夜游症，她在毫无知觉的情况下爬起来，把水缸里的水打满了，又悄悄地爬上床睡觉。

第二天早上，水南婆婆不得不在牛贩子阿万的央求下，用他家井壁上的藻泥配制一种药让她吃下去。阿兰起先愤愤辩白她的病，可是当她看到满满一缸清水时，又为夜里的行为而感到羞愧。"你这个病有危险，你犯夜游的时候，还好没有被人撞见。"水南婆婆在石臼里捣制药丸子，她抬头对阿兰说，"撞见了可不好，轻则受惊受吓，重则六神无主！"阿兰失神地说："六神无主才好，省得活着烦人呐！"

让寡妇烦恼的事情实在也是多呀，自从那次蔗田失火，有人在村口撞上"贼一样用三条腿走路"的劁猪人黄清之后，她的名声可谓是越来越坏了。那人在传播消息时用一种猥亵的神态形容他的所见，惹来了一阵放浪的大笑。光棍阿信在笑声里变了脸，他突然冲上去抱住那人又打又咬，被人又绑在牛圈子的木柱上。这一次，为阿信松绑的人竟然是队本人，他用和蔼的目光看了看蓬头垢面的光棍和他后面的牛，走上去为他松了绑，并拍拍他身上的尘土。阿信看着队长，未语先咽，泪光闪烁。

第二天中午，那是一天里最热的时刻，阿兰在有树阴笼罩下的水塘洗衣服，水里突然翻滚着巨大的浪花，有人从浪花里冒出头来，一口水喷射在她的身上。阿兰失声叫道："阿信，你要死啦！"阿信用手抹了一把脸，对女人发出憨拙的笑意。女人看了看周围，对游水的阿信说："听说你又被人打了，为什么？"阿信在水里说："还不是为了你。"女人笑说："为我？为我什么？"阿信说："他们在背后损你的名声，我听了气愤呀。"女人说："我的名声？我的名声跟你可有干系？"女人的话音刚落，她的肥皂突然滑落水中，阿信还没有等女人出声，一个鲤鱼打滚沉了下去。阿信把肥皂摸了上来，他踩着水说："我已经为你死过一回了，你的名声就是我的命呀！"女人痴痴地看着水中的人，浸在水里的手一动不动。阿信趁机靠上前去，拉住女人的手，呵呵地笑起来。他边笑边说："我知道你不是那样的人，我知道你的苦，你守着你的清苦呢!"女人摸了摸阿信脸上的伤痕,眼睛突然湿润了。这时候,大路上传来人的声音,女人惊叫一声慌忙脱手,当她目送来人走过时,阿信不见了。

"阿信,阿信。"女人对着平静的水面轻声叫着。

阿信从水里钻出来,他朝女人又喷出一口水。"我是村庄里憋气最长的人,这点儿时间还是应付得过去的。"女人叹了一口气说:"阿信,别玩了,你起来吧。"阿信在水里说:"我在看你洗衣服呢,你洗好了我就起来。"女人说:"洗衣服有什么看的,你快起来吧!"阿信说:"好看呀,你在岸上我动不得,你留在水里的人影儿可是我的啦!"女人看着阿信,心里想:"想不到他还会说这种上心的话。人说他痴他呆,我看他不痴也不呆呀!"女人操起木杵往水里的阿信打去,嘴里说:"你再胡说,我打死你!"阿信不躲不避,他挨了两棒子,发出一个叫声沉了下去。

女人继续捣杵洗衣,心想过会儿阿信会冒上来。时间像流水一般过去,水里的人还是没有露出身来。女人开始呼唤阿信,阿信沉没的水面只浮上一串气泡。女人失神地对着水面:她突然记起阿信的头是动不得的,那回他深夜偷人,被公公从背后打一棒子,他就昏死过去。这下阿信他在水里挨的棒子,看来是凶多吉少!她顿时乱了手脚,她越想越怕,她吓得都快哭了。正当她要喊救人,才看见阿信坐在对面的塘边擦身子,对着她憨拙地笑着……

屠宰手九吉有一张瘦长的黄瓜脸,那脸上只有一只眼睛。他五岁时在门缝里看人,被小叔用树枝捅去一只眼珠子。九吉长大后学会杀猪,一个椭圆形大猪桶,六把大小不等杀猪刀,就是他的劳动工具。逢年过节,九吉在庭院里还真忙乎不已。凌晨时分,猪的嚎叫声传遍村庄,在人们的梦乡尽处袅绕,带来了节庆的气氛。九吉杀猪行的是上门服务,称的是猪的胴体重,图的是猪的内脏——那些肠胃呀、肝脏呀、心肺呀,都归他独得专卖。猪的胴体解开后,红红白白一团团,分门别类陈放在案板上。那时候,九吉便把卖肉的活交给八弟,到旁边歇息去了。八弟是九吉的助手,他有两只眼睛,可看人急时会翻出一双白眼，让人心里老不舒服。八弟的父亲听算命的说，这种眼睛叫"向刀眼"，是死囚临刑瞬间对刀上翻的眼睛。八弟是死囚托生的，从小父亲犯忌讳。九吉招收帮手时，父亲把八弟给了他，心里说："我儿跟你去，白刀子进，红刀子出，以毒攻毒，以凶克凶，可望免遭厄。"八弟呢，有活儿干，有大肉吃，跟上九吉，两个人三只眼睛，也还管用。

那天早上，黄清吹着笛声来了，九吉用猪的内脏请他吃酒。他们肩膀挨着肩膀，头勾着头，呹三喝五，称兄道弟，各自述说起职业的自豪感。九吉喝到点，脖根隆起，瞎眼窝里溢着泪水，另一只眼睛却红红的。他用异常感慨的语调述说内心的某种快感："我这人命定是个操刀的，我五岁的时候，两只眼睛看见的全是人；五岁过后，一只眼睛看见的全是猪！你知道，我最快活的事是睁着一只眼睛杀猪，闭着一只眼睛想人，想男人，也想女人，呵呵！"黄清搂住他的肩膀，一只手指着屠宰手的脸说："你这天杀的，你闭着眼睛想女人，还不是胯下有一串铃铛吗？看我把你的铃铛摘去，你还想不想你的女人！"九吉说："你干的是缺德的营生，我如果入阴做了阎罗王，将报应你下辈子做个无能者，以偿还你的罪恶！"黄清说："我干的是好事呢。人说万恶淫为首，铃铛摘去，六根清净，牲畜才长膘快呢。你干的才是杀生要命的活！"九吉说："村庄还离不了我的屠宰活呢，没有我，一年到头谁吃得上好肉！你这丫屁这会儿还有这下酒的菜？"黄清嘴里正嚼着一节小肠，他感觉那节肠子有一股没有洗净的臊味，听了话突然吐出来，说："我不吃了如何，我现在酒眼昏花，看见满地的猪跪在那里对着你嚎呢！"九吉红着脸悬着他的杯子说："兄弟，我爱听它们嚎呢！我这人别的不爱，还只爱听猪嚎，看猪血像花一样喷出来。哪天我听到猪嚎，我就自在了。哪天我听不到猪嚎，我还不自在呢！你知道前天我宰的是谁家的猪？我在猪肚里拾到一把你留下的铁钩子呢！"

屠宰手一口干了酒，看着白面书生黄清，一只眼睛发出暧昧的邪笑。黄清问："你杀的是谁家的猪？我的钩子怎么会留在猪身上？"九吉笑着说："我杀的是阿万家的猪，你劁猪的时候，把钩子留在猪肚里。"黄清红着脸说："我胡说什么，你要损人也得找好点的事说呀！"九吉当场从怀里掏出一把钩子，他把钩子搁在桌上："你自己看看吧！"黄清吃惊地看着钩子，他要伸手去拿，被九吉拦住了。"你说这是不是你的工具？"黄清说："不是我的还是谁的？你还给我吧。"九吉说："罚酒三杯！罚你三杯长记性，这个物证交还你；你若不喝，我便把这种破事捅出去！"黄清想了想，端起杯子唱道："好咧，三杯就三杯——三杯通大道！我喝它三杯！"黄清喝了酒，九吉凑近他的耳朵说道："你再想想——看还把什么留在人家的肚里？"黄清一个胳膊搧过去，九吉"哎呀"一声弯下身子，两个人打着骂着扭成一团坐在地上……

八弟卖完肉，从围裙肚兜里掏出大把乱糟糟的毛票，把它们全摊在案板上。案板上只剩下几块肉骨头。几只苍蝇嗡嗡叫着在上面盘旋。八弟边清点毛票边挥手赶苍蝇。苍蝇飞走了又来，八弟用塑料布盖骨头，有两只竟然在上面叮着。八弟看见苍蝇形象猥琐，突然一扬手，那对苍蝇便被他收入掌中。八弟往地上狠命甩手，苍蝇撞在石头上晕死过去。八弟这手活捉苍蝇的"飞手"绝技，曾经让村里人感叹不已。他曾当着众人的面，对飞过面前的苍蝇耍"飞手"，一抓一个准，抓到了苍蝇还让孩子用瓶子装起来。那时候，民办教师老王站在案板前，八弟翻了翻他那双白眼说："肉卖完了。"老王指着案板说："那下面是什么？"八弟低着头，手指沾一下口水继续清点毛票："几块骨头，留着我家大马啃。"大马是一只狼狗，老王翻开塑料布看了看下面的骨头说："我看给我吧，我用它炖海带。"八弟没有出声，老王自个抓了骨头包起来。老王喜欢买肉骨头，骨头便宜，用文火慢慢炖，能炖出高汤来。

八弟本来对这个民办教师还算尊敬，每次他买骨头，八弟刀下留情，刀尖混沌过去，留下的肉多。可买的次数多了，八弟心里有些腻烦："我说过留给我家大马啃，你若硬要随你，不用称，你拿去吧！"老王架了架黑框眼镜说："这怎么成？你还是称好，我可不贪这点小便宜。"八弟忽然扇了一下耳朵，抬起他的向刀眼说："你不贪便宜，就别老买猪骨头，我说过留给我家大马啃，你怎么还纠缠？"老王被他的话给噎住了，吃吃地说："你……你怎么这样说话？"八弟说："还怎么说话？我书没有念好，被你这一搅乎，这钱都点错了。"老王听出八弟的话里有骨头，气哼哼丢下骨头转身走了。

老王前脚刚走，队长后脚来了。八弟看见队长，站起来打着招呼。队长问："八弟，还有肉吗？"八弟从案板下拉出一团肉，笑着说："你看，这不给您留着？"队长笑呵呵地翻着肉，嘴里不停地说好肉好肉，看八弟把秤杆子抬得翘翘的。"怎么只你一个人，你师傅死哪里去？"八弟看了看门里说，"他们在里面喝酒，这会儿恐怕都倒了。"队长问："他们是谁？"八弟说："还不是些猪朋狗友？杀猪的，阉猪的，搭上了没完没了。"队长一听阉猪的，黑脸上便挂了霜。八弟不知道他为何突然不高兴，顺手把那包骨头也搭上去。队长离开时，还是没有给他一个笑脸。

队长说："等会儿你到队部来，我有话对你说。"

黄清跟九吉喝了一通豪酒，摇摇晃晃离开村庄。那时候太阳已经西斜，放学回家的孩子赶着铁圈子走。黄清看见有人围在地头打架，他走上去发一声喝，孩子走兽一般哗然散开。地上坐着一个孩子，衣服被撕裂了，嘴边溢着血，眼睛闪着泪光。"阿牛，你怎么啦？"黄清蹲下身子，孩子看着黄清撇了撇嘴角，可他还是没有哭出来。孩子的身旁只有一杆钩子，铁圈子被人抢走了。黄清放下箱子把孩子扶了起来。孩子的泪水终于还是滴在他的手上。黄清对跑开不远的伙伴大声喝道："给我站住！你们给我站住！"孩子们被他的凶相镇住了，他们撒不开腿脚，木木等黄清走近。黄清要还铁圈子，指着他们吓唬道："再看见你们欺负阿牛，我打断你们的狗腿！"孩子们等黄清走近阿牛，突然飞鸟一样跑了。他们边跑边喊："阿牛爹来了！阿牛爹来了！"阿牛呆呆地看着黄清，他在黄清递给他铁圈子的时候，身子一动不动，脸上没有一丝表情。黄清拍打他身上的尘土："回去别跟你妈说，省得她操心。你是男子汉，要多为你妈着想，知道吗？"孩子还是没有作声。黄清站着看孩子走开，他突然心里一动又把孩子叫住了："我这里有点钱，送给你买书好吗?"孩子看了看黄清手里的钱,伸手一推背起书包走了。

　　黄清在路旁的甘蔗地里撒尿,右眼突然跳得厉害。左眼跳吉,右眼跳灾,他觉得不是个好兆头。黄清用手沾上一滴口水抹在眼皮上,口里默念着消口灾诀又上路了。突然,一辆自行车从斜坡上冲下来,黄清和车主都看到对方了,都想躲开对方的路线,结果跳来跳去撞个正着。药箱子从黄清的手中飞去,车上的人也摔了个嘴啃地。黄清从地上爬起来,待要开口骂人,突然"哎呀"一声叫起来:"小高师傅,是你呀!"嘴上吃土的人啐了一口土,身子还是坐在地面上。自行车前轮子朝天飞转,后轮子落下几箱铁盒子。小高慢慢站起来,嘴里发出痛苦的呻吟:"你这个猪清,你……你的眼睛是不是塞了猪屎?"黄清连声赔罪,小高扶起车子说:"拷贝箱摔坏了,不知影带子放不放得出来。"小高是镇电影队的放映员,黄清掏出烟递上,点火后问他:"今晚演什么片?好看吗?"小高嘴里吸着烟,双腿夹着前轮,边摆正车把子,边含糊不清地说:"战斗片,爱情片,你们爱看哪片,我放哪片。"黄清说:"我刚才眼皮子直跳,这么快你帮我解了灾,我该谢你撞我呢!"小高虎着眼睛说:"我撞你?!"黄清笑说:"不是你撞我,是我撞你。"小高说:"那还差不多。"

　　晚上月亮在云层里出没,弯弯的身子像一只波浪中的小船。土场前面坐满着人,后面也站着人,白幕布上剧情正浓。人影通过高音喇叭吆喝打杀,他们揪住观众的心。可是有两个人好像处在剧情之外,他们从人群里走出来,慢慢绕过亮着煤油灯的小摊前,走到悬挂的白幕布的背面。他们坐在幕背看电影,图像的左边变成了右边,看上去怪怪的。看了一会儿,离开人群消失在黑暗之中。他们伏在一处沟渠下边,让身子隐蔽在杂草中,让眼睛渐渐适应无边的黑暗。月光时隐时现,远处的喇叭还在响着,道路上不时传来走路声。"阿信,我们到底要等多久?"阿信像一只卧地的狼,两只眼睛在黑暗中闪着灵光。他没有回答伙伴的问话,只用胳臂撞了他一下,同伴便不再吱声了。过了一会儿,他们从沟渠里跃出身子,猫着腰向前直蹿,到了甘蔗地又隐藏下来。"你刚才看电影,片子里的人都是这样夜行的。"阿信开始说

179

话，他显得沉着老练，随手折甘蔗分与同伴吃。他们在黑暗中"咔嚓"、"咔嚓"咬着甘蔗，唦唦地吸着甜汁，竖着耳朵听风声。突然，阿信"嘘"的一声："你听，有人来了！好戏上演啦！"

甘蔗地里果然来了人，接着又来了一个人。阿信的同伴是八弟，他认出那是一男一女。他们被一根无形的线牵着，直走进甘蔗地的深处。甘蔗地发出窸窸窣窣的声响，可是茂盛的叶子还是把人掩蔽了。阿信和八弟慢慢靠上前去，他们卧着身子，不远处传来了笑声。那笑声黏糊压抑扰人。八弟听见笑声无端地喘得厉害，阿信揪住他的头发往下按："人喘你也喘，你喘个屁！你的声音会吓跑人了！"八弟挣扎着小声叫："你也喘呀，你喘得比我还大声呢！"可是到了关键时刻，两个人都喘不过来。他们听到了声音，男人的呼声和女人的叫声，他们听得入了戏，各自停止了呼吸。阿信突然一跃而起，大声喊叫："抓人啦！快来抓人啦！"八弟毫不含糊，他冲上前去，揪住地上的人打了起来。

甘蔗地里一片混乱。队长和牛贩子阿万出现在地头时，地里跑出一个影儿。阿万朝着人影儿大骂，追上去用石块砸，被队长拉住了。老实人阿万被怒火烧得哇哇叫着，他冲进甘蔗地的深处，甘蔗地里发出更大声的惨叫。队长过了许久才走进去，他用电筒照着地上说："好了，让他穿上衣服，给我带到队部来。"可是地上的人动不了，那人脸上流着血，弓着身子用手捂住下腹，两只脚不停地抽搐着。电光移到阿信的身上，阿信没有动；队长把电光移到他脸上，阿信突然哇的一声哭了起来。阿信号啕大哭跑开，疯了的阿信跑开时，居然把队长撞倒了……

牛贩子阿万也离开了现场。那时候电影正好散场，村道上走满了人，他们听到牛贩子趔趄着走在道路上，呼哧呼哧地喘着气。"阿万，你怎么啦？是不是家里着火了？"牛贩子不理他们的问话，急急地往家里赶去。牛贩子到家时，孙子阿牛正在摇门喊人。牛贩子问："阿牛，你妈回来了吗？"阿牛说："她先回来了，这会儿恐怕睡死了。"牛贩子开了门，家里没有儿媳妇。牛贩子问床上的病婆子，病婆子什么都不知道。牛贩子呆住了。

"我家媳妇不见了！"

牛贩子阿万找到队部，队长和八弟两人正在吃夜宵，他们同时抬起头，张着嘴说不出话来。他们跟着牛贩子在村里找，哪里还有阿兰的影子。队长打着电筒在水塘里晃，往黑咕隆咚的井里照，没有看到一点踪影。八弟说："我们到出事的地方看去。"三个人往甘蔗地走去，可那里也没有人，地上躺着的人走了，甘蔗叶片上沾着血迹。"不好，要出大事了！"八弟说。这时候，牛贩子阿万全身抖得厉害，他突然蹲在地上，牛一样地号啕大哭起来："你们害了她呀，她这会儿是想不开！如果她有个长短，你们得给我负责……"队长说："你瞎嚷嚷做什么？她一时性子拗不过，躲起来也是有的。"阿万说："她能躲到哪里去？我儿媳妇是苦命的人，家里如果没有了她，我们可怎么活呀？"

那时候夜已深了，星星在高处闪耀着冷冷的光。牛贩子的身子还是抖得厉害，他的头脑一片空白，他跟在队长和八弟的后面，双脚不停地打着摆子。他抬头看了看夜空，一颗流星从星际间脱轨，在天上划一条白线，落在南方的湖耿湾上。牛贩子突然想到海边看去。他们跑到海边，在礁石边呼唤着阿兰，听海潮在滩边轻轻地拍打着。这时候，风中传来男人的哭声，他们循着声音寻去，一个人影从不远处走来，他的怀里抱着一个人，木呆呆地向前走着。

"阿信！她怎么啦？"

阿信没有听进他们的声音，他在手电光下浑身淌着水，哇哇地哭着。阿兰躺在阿信的怀抱里，她的长发在夜风中像网一样撒开。牛贩子阿万冲上前去，可在碰到阿兰的瞬间停住了。他看到阿兰的手吊在光棍的脖子上，昏迷的女人全身湿透，始终保持她最后的姿势，看上去没有人能把他们分开似的……

牛贩子阿万养一圈子牛，他做牛的买卖，小牛养了一两年，就牵着它到集镇上卖。碰到牙口好的牛仔，他就买回来养，这样买来卖去，就是他的营生。自从那次事件之后，他成了队长的上客，常被队长请去吃喝，喝得摇摇晃晃而回。队长用人之长，叫他帮队里买牛仔，他就买了两头回来；队长信任他，让他处理一头老牛。那头牛太老了，耕不了地，身体松松垮垮，队长说宰掉分肉吃。牛贩子阿万不同意。他说老牛耕田一辈子，不能宰它吃！队长说，你不吃牛肉，也不让我们吃呀？牛贩子阿万说，我帮你把它卖了。牛贩子阿万牵着牛到了集镇，他一连去了三天，三天都把牛牵了回来："这头牛太老，没人要呀！"

"那你不会卖给宰牛的？你不让我们宰它，卖给别人你看不见。"

"我看得见的，队长。"牛贩子阿万说，"杀牛的人走过来，我马上就知道。"

"你这个人也真是的！"队长不耐烦地挥挥手，让阿万离开那头牛。他私下里交找阿土猴说，卖得掉就卖，卖不掉杀掉它。阿土猴牵着牛离开村子，被阿万拦住了。他们在半路上纠缠不休，最后一起到了队长面前。

"不行！"牛贩子阿万说，"队长你知道，这牛跟人相近，它们十月怀胎，就差不说人话，你怎么下得了手？"

队长大笑起来："那你说怎么办呀？老牛不会耕田，又不准宰杀，你说——"他指着牛贩子阿万的鼻子说："这头牛怎么处理？总不至于给它养老吧！"

"是该给它养老，"牛贩子阿万缓缓说道，"它最多再活两年，你不能杀它！"

队长生气了，大声地说："这个村是我说话算数，还是你说话算数？"

阿万说："当然是你说话算数。"

队长摊开双手说："那不就得了，我要杀便杀，你敢不听我的话？"

牛贩子阿万看了看队长说："我听你的话，可不听你这个话，我说不能杀这头牛！"

"那我要杀它，哼！你有鸟法子！"

牛贩子阿万又看了看队长，突然站起来牵着牛走了。

过了一会儿，他牵着另一头牛回来。队长一看那头牛，笑着问："以牛换牛，那要队里贴你多少钱？"

"我一分钱都不要！"牛贩子阿万丢下牛走了。

队长拗不过牛贩子阿万，叫阿土猴把牛牵还给他，对阿万说老牛不杀了，就寄在他家养老算了。牛贩子感激队长，逢人便说队长的好话，他跟队长贴得更近了。队长叫他干什么，他都心领神会，且做起来不打折扣。有一天队长说，这做人呀，明的不怕，最怕暗地里飞刀，风言风语伤人。你可知道，自从那件事情后，村里人在背后没少嚼舌头呀！牛贩子知道队长说什么，对光棍阿信有了忌惮之心。阿信要跟他家套近乎，他不理不睬，且扬言说要打死阿信。两个人关系逐渐恶化，有一次还厮打起来，由队长出面调停了事。

　

湖耿湾春季大雾弥漫，海水退潮的时候，淘沙人迅速地分布在海滩上。这是一个很壮观的场面，村里人抬着淘沙槽，槽里搁着必要的工具，肩上扛着铁铲子，成群结队到海边淘沙去。在村庄百年历史上，淘沙无疑是一个最好的收入，也是除了产盐之外，第二个非农收入。队长从当初打击产盐中醒悟过来，他以一种沉默的方式，允许村民开采铁沙子。他叫飞歌制作那种淘沙机器，可这种机器太难做了，且不适宜在湿地开采沙子。他躺在床铺上叫人把洪丹招来，微眯着眼睛问了几句话，又让他跟村里人忙去。这时候，理发匠洪丹关起他的发屋，他以非凡的才能当起沙贩子。他的声望回升到当年种蔗的位置。他在炼铁厂和农民之间，架起了一道购销桥梁。他把村民开采的铁沙子收购起来，集中装到船上卖到远方的厂家去。他以当年分发甘蔗款的方式，分发铁沙子的钱款。人们在接钱的时候，看到洪丹的手上闪闪发光，那是一只金戒指，套在他夹着香烟的手指上。

阿信又在淘沙浪潮中，过上他的野地生活。他被洪丹雇佣为一个看夜的人。洪丹在海边大量地收购囤积铁沙子，他和老婆秀娥无论如何照料不来，他便叫阿信来看管。那是一些喧嚣而安静的夜晚，光棍阿信卷着铺盖，睡到海水荡漾的海边去，守着身旁黑乎乎的铁沙子。洪丹找阿信时说："你是光棍，睡哪里都是一样的，你帮我看紧沙子，我给你票子，你想睡女人还不容易？别像疯狗一样在夜晚游荡。"阿信抬起他发眵的眼睑说："海边到处都是铁沙子，谁像你洪丹这样守夜？"洪丹说："他们只有一点沙子，当然不怕被人偷了。"阿信说："你派我看就不怕被人偷吗？我可是一睡就死的人。"洪丹出手重重地捶在光棍的肩膀上："阿信你少来这一套！你没有把我的铁沙看好，看我怎么收拾你！"阿信嘻嘻笑说："我最近手头紧，你给我钱吧，先给我一百元，我给我娘买药去。"

洪丹看了看光棍，从钱夹子里掏钱。阿信看他慢吞吞的样子，干脆出手抢了钱，在沙地上跳着跑了："哈哈，我有钱了，我有钱了！"秀娥看着男人摇着头说："疯疯癫癫的人，他哪里可靠呢？"男人说："你别看他疯癫，他再疯癫也比一条狗好。"洪丹用悠悠的声音看着跑远的光棍说："况且，谁也拿不准他真疯假疯呢。"

阿信当晚睡到沙地上。海边有一股潮湿的咸涩味道，它们通过风钻到他的鼻腔里，穿透他的身体和五脏六腑。阿信觉得一股骚动的血液正在身体上奔驰，无数的鱼儿在血液里吐着气泡儿。多么难挨的春日呀，阿信翻来覆去，久久不能睡去。他侧着耳朵听海潮的声音，仿佛听到水边有人在呼唤他。那是不久前发生的事，那是一个充满激动和忧伤的夜晚，阿信在海边上救出一个人。那人在齐腰深的海水里站着，既不敢往前走，又没有往后退。阿信听到女人的哭泣，听到涛声中哭泣的声音如歌如诉。阿信扑上去把她救下来。阿信清楚地记得女人被救时，发出揪人心肝的叹息。女人无限依赖地搂住阿信。女人把手吊在他的脖子上，让阿信一步一步地抱回家去……

许多日子过去，阿信总是冲着女人笑，他想在女人眼里找到当晚的依赖和亲密，可是他看到女人脸上神情茫然，女人对他没有一丝回应。不久前，阿信在女人家的牛圈外挖坑建沼气池，他本来有很好机会亲近她，可被一连串的怪事搅乱了。牛贩子阿万的后院是一片菜园子，园子里种满了大头菜。他们在地里挖下去，不想挖到一只黑绿色的瓦罐，打开瓦罐一看，里面居然装着一具骷髅。老实人阿万当场吓绿了脸，他慌慌张张把罐子盖上，飞速把瓦罐移到山上去。那晚半夜阿万发烧不止，不停地说着胡话。村医文风扎针施药，也没有把烧退下去。黎明时分，阿兰不得不叫醒水南婆婆。水南婆婆到了阿万家，看了看菜园子，对阿兰说："从哪里挖出来的，给它放回到哪里去。"

阿兰看了一眼阿信，阿信心领神会，主动帮寡妇去取回罐子。一路上，阿信抱着骷髅罐子，深一脚、浅一脚地走着。他在心里想着寡妇，他想，寡妇暗里还是有我的，这不你看，有事时最先想到的人还是我！突然，他听到罐子里咯咯地响着，阿信没有被骨头的响声吓着，而是被自己居然从前面听到声音而惊呆了——多少年了，光棍阿信是一个半聋的人，一个听后不听前的人。他竖起耳朵细听，居然听见罐子里的骨头声："咯咯"，"咯咯"，"咯咯"。这是骷髅的笑声呢！也是阿信的笑声呢！他按捺住激动的心情，用力地扯着耳朵，在确信不是一种幻听后，他大声地叫起来："我听见了！我听见了！"他想把这种奇迹告诉任何人，可当时路上没有一个人。他呆呆地坐在地上很久，突然想到不要告诉别人。他不想把这种奇迹说出去给人听。因为他觉得作为一名穷光棍，当个半聋的人也不是坏事：他想听时就听得见，不想听时就听不见，装聋作哑比什么都好！

他紧紧地抱着骨头瓦罐下山，怀里揣着一股快乐的秘密。当他回到阿兰家，他对怀里的骨头产生了亲切感。他想是骷髅治好了他的耳疾，是骷髅恢复他正常的听觉，这个无名的骷髅是他的恩人呢！阿信痴痴呆呆地站着，以致人们催促他下埋瓦罐时，他心里生出万分不舍，他紧紧地抱着瓦罐，眼泪扑籁籁地流下来。当别人从他怀里抢下瓦罐时，他看着瓦罐被黄土掩埋不见了，他像埋下亲人一样哇哇大哭起来。谁也不懂阿信的哭声，人们不停地摇头骂道："这个疯阿信，这有什么好哭的！"

第三天牛贩子阿万病愈之后，沼气池被移了方位，他们在阿兰的窗外挖坑建池子。阿万家的沼气池比谁家都大，因为阿万是牛贩子，牛圈里拴着几头牛，牛粪发酵需要大池子。阿信光着上身挥锄挖坑，挖着挖着竟然又挖到一只陶罐。阿信丢下锄头转身要跑，被飞歌一把揪住身子。飞歌说："你打开看装着什么?"阿信疑疑惑惑动手，他打开陶罐的封口，一股异常的香气扑鼻而来。那是一坛芬芳四溢的好酒呀！

"天哪，这是一坛酒呀，阿兰把酒埋在地底下！不知道这缸酒有多少年了?"

阿信从土坑里抱出那缸酒时，寡妇按住脑门叫苦不迭："天呐，我什么时候埋下去的? 我怎么记不得呢!"阿万说："你老犯夜游症，水缸里打满水，你都不知道，这坛酒什么时候埋地底下，你怎么会记得呢?"在他们说话的当儿，陈年的酒香迅速飘荡出去，弥漫在整个村庄，引来了队长、金彪、大憨等好酒的人。他们围拢到阿万家，用地下的陈年老酒开了庆功会。他们杀了两只鸡，把陶罐里的美酒喝个精光，热闹非凡的气氛，迅速地将阿万家挖到骷髅的晦气掩盖过去。

在许多个公共场合，阿信发现队长和寡妇在一起，不管人少人多，他都感受到胸部堵着一条鱼似的。这种心理反应没有任何事实迹象。阿信没有发现队长与寡妇什么事，可他又隐隐约约发觉有不对的事物存在。阿信像一条狗一样，隐约嗅到队长和寡妇身上两种异样的味道。阿信把鼻子凑向气味传来的方向嗅闻时，他正常的呼吸进程就中断了。阿信在鼻腔上部解读空气中的成分，他仿佛能感受到这两个人，两种不同气味的颜色。显然，飘荡在空气中的队长的气味属暗红色，它像傍晚的霞光一般璀璨；而寡妇阿兰的气味是浓绿色的，它像田野里的花草吐发着芬芳。两股不同颜色的气味，在人群的缝隙间飘荡游弋，在阿信的头顶上空盘旋飞扬，最后在某个角落里盘缠交织、如胶似漆。阿信被这种意外发现几乎快逼疯了！他以难以置信的目光看着队长，队长的嘴里正塞着一大块鸡肉，喉咙下咽时发出动物的声响。阿信寻找阿兰的影子，听见她跟几个女人大声说笑，笑声吓飞了几只觅食的鸡儿。

阿信从沙地里坐起来。夜晚海面上闪耀着淡淡的星光。一条狗在距离不远的地方嗅闻着。阿信静静地坐在那里。那狗离阿信越来越近了。狗在阿信的前方停住脚步，抬起绿眼睛看着阿信。阿信认出那是阿万家的狗，狗早已认出熟悉的阿信。阿信吆喝一声，狗便在他的面前卧下身子。狗的乖模样让寂寞的阿信受用。阿信说："狗呀，你不在家里待着，这会儿跑来做什么？"狗发出嘤嘤的轻叫。阿信说："狗呀，你这个可怜的东西，你知道阿信我比你更可怜吗？你有吃有喝，天天在女主人身旁蹭来蹭去，好歹还能得到她的爱护，而我呢——"阿信说到这里从怀里掏出半截香烟，点上火慢慢地吸着，"我把她从水里救上来，她居然连正眼都不看一下。好狠心的人呐！"狗好像听懂阿信的话，突然从地上站起来向他摇了摇尾巴。阿信心里明白狗这是邀请他上它家去。阿信站起身子，那狗果然在前面带路，把他一路带到那座院子前。

那时候夜深了，村子里的人已睡去。阿信见狗进了院子，他模仿壁虎贴墙往前移动着。正当他靠近那扇梦中的窗户前，黑暗的屋内突然有火光亮了。火光亮了又暗。阿信知道那是一根火柴的亮光，它亮了又暗估摸才烧一半。阿信敛住声息贴在窗外，他意外痊愈的耳朵听到窗内的对话。"我想看你嘛。"是男人的声音，"我想看你的身子。"女人显然在制止某种举动，女人轻声喝道："这么多回了，哪一回不让你玩个够？看鬼呀看……"男人用沙哑的声音说："黑灯瞎火，偷偷摸摸的，哎啊啊，这受用的是身子，可怜的是眼目呀！"黑暗中两个说话的人，这时候显然点着了各自的火，他们以一种和缓的节奏发出声响。阿信整个人在窗外呆住了：他想跑开又挪不动步子，他想叫喊又发不出声音。

阿信不知道自己也发出声音。他听到了男人的叫声，听到女人的叫声，两种声音在隔墙之内吟哦，透过低矮破旧的窗户，以难以置信的速度点燃了阿信身上的火。光棍阿信在这种火里迅速熔化了，他与他们难以自拔地融为一体了。他下意识地攥住胯下的家伙，张大嘴巴发出无声的喘息。他没有料到喉咙深处的"咕咕"声，还是被窗内的人听到了。

死一般的寂静笼罩了村庄的夜晚。阿信贴着墙壁屏住呼吸。他知道这时候他要屏他呼吸才中会让人听到。过了一会儿，窗户内又发出声音。女人说："刚才窗外好像有响声。"男人说："没有呀，你放心好了，这时候窗外没有任何活物。自从那回大病之后，我的听觉是全村最好的。我会听到最细微的声音。比如这时隔壁阿牛磨牙的扎扎声，狗在屋檐下咻咻的哈嘴声。除此之外，只有蚂蚁搬家的声音。"

女人说："最近这些日子，我好害怕哟，自从骨头瓦罐被挖出来，我总听到窗外有叫声似的。"男人说："生人还怕死人！哼，我出去把那瓦罐端了！帮你出这口恶气。"女人说："你还是别动那罐骨头。你如果心中有我，多来陪我好了。"男人说："我今晚就在这里陪你，我不回去了。"

女人显然被男人所感动，她痴痴地笑着说："你不回家，家里的那位半夜出来找你。"男人说："她老了，不会关心这类事情。"女人幽幽地说："她是管不了你，可不是不知道你。你以为我们俩的事情，她不知道吗？她找过我呢！"男人说："她找你做什么？真有这回事？"女人说："你别以为我们女人都是傻瓜！我告诉你，她不但知道我们的事，还特别交代我疼你呢！"男人被女人的话吸引了，他骨叽一下，从床铺上坐起来："你不要瞎说话，她交代你什么？你说，你说呀。"女人慢吞吞地说话，她的声音像唱歌一样："她找我，捆了我一下。她捆了我一下，我没有回手，她见我没有回手，人先哭了。她哭过之后，求我事呢——"男人急猴猴地问："她求你什么？"女人说："她说你身体不好，让我省着使你。她说人老了犯疯劲，容易早死！"

比死更深的寂静笼罩了村庄的夜晚。男人好像被女人的话吓住了。窗户内半响没有一点声息。阿信慢慢地吐出一口气，他想是他该走的时候。正当他迈步走人的瞬间，窗内又发出了对话声音。"哎啊，我看我还是回去好，你说呢？"女人大声地笑起来，"哈哈哈，我就知道你们男人：吃着碗里看着锅里，吃着锅里掂着碗里。"男人嗫嚅着声音说："你若要我留下来，我就留下来……"女人笑过后，声音开始变了，她用一种怪异的声调说："你回吧，你滚回你老婆那里去！我阿兰是个寡妇，是男人我都能用，不信你等着瞧。

男人这时显然处于尴尬之境，他在黑暗中用沙哑的声音说话，他的话语有点混乱，听上去诚恳之极，可又没有多少底气。他起先哄着女人，后来反被女人哄着走了。他出门的时候，听到女人在门里说："别让她知道你已经知道了，不然你以后怎么办呢？"

队长从院墙上翻过去，他没有马上离开阿万家，他站在香蕉树旁撒腿尿尿。月光下，阿信看到队长把裤子蹬到脚底下，双手捧着胯下的家伙使劲摇着。阿信手里攥着一块石头，他想照准队长的老家伙打过去。队长咳嗽了一下，队长突然说："阿信，你出来吧。"队长平静的声音吓了阿信一大跳。"你过来，阿信——"队长撒尿完了，还没有把裤子拉上去。队长说："你过来把裤子脱下来，我们比比看，如果你的大，女人归你了；如果我的大，往后我做事的时候，不许你站在外面瞎掺和。"

躲在暗处的可怜的阿信，仿佛被队长施了魔咒，他迷迷瞪瞪地走出来，走到了队长的面前。队长摇着他的老家伙说："来呀，阿信！来呀，我们比比看！"阿信被队长的行为吓得双腿发软，他知道在双腿发软的时候，他是无论如何比不过队长的。比不过队长的光棍阿信，像一个犯错的人站在地上，任凭队长用粗言漫骂。当他终于从迷茫状态下醒过来，队长早已不见了。月光下，只有狗站在身旁可怜地看着光棍。

几天来，阿信胸腔里的鱼开始发臭。它像一大朵稠痰，吐不出来，咽不下去。夜晚来临的时候，阿信拼命地捶打他的胸脯。他睡沙地上，如何也摆脱不了队长的影子。一会儿，梦见队长发出沙哑的声音；一会儿，梦见队长摇着他的老家伙。在这许多乱糟糟的梦里，队长的老家伙始终塞在胸口上。阿信在沙地上坐起来，双手抓挠着胸膛"哇哇"叫着。他像一个被线牵着魂儿的人，又回到了村子里。他躺在大路旁的沟渠下，等待队长的出现。只要队长出现，就可寻到摆脱影子的办法。阿信躺在沟渠里，借着微弱的光看天，看队长又到阿万家去。阿信跟在后面，像一条鬼影子。他想他得做点事，又想不出该怎么做。他像一个白痴一样，又回到女人的窗下。

这一晚，女人的窗内亮着灯火。队长不知道施了什么魔法，女人终于肯在灯下亮出身子。队长"嘿嘿嘿"地笑着，笑声里有一股被痰黏住的咕噜。阿信隔着窗扇缝隙偷窥，他看不清里面的情形，可他又仿佛看见女人白晃晃的身子，他趴在窗外不住地发抖。他强忍住身子的抖动，一任涎水从嘴角滑落。过了一会儿，窗户内终于安静下来，窗户内的灯光也暗下来。黑暗中只有女人的声音，没有男人的声音，男人就像失踪了一样。好长一段时间，阿信只听见女人的自言自语：她问男人话，男人没有搭腔，又替男人回了话。那样子像母亲逗弄不会说话的婴儿。女人的声音里有一股子满足和欣喜。阿信汲溜一下涎水，离开了寡妇的院子。

　　阿信在田野上游荡着，此起彼落的蛙声渲染着夜的阒寂与孤独。他循着蛙声走到一个水塘口，蹲下身子洗濯他满脸的泪水。阿信洗了脸，头脑还是乱糟糟的。他晃了晃头颟索性把头埋下去。春天的塘水呀冰冷，春天的池塘呀清澈，阿信在池塘里憋了长长一口气。阿信坐在石头上，用衣服擦拭湿漉漉的头。当阿信终于平静下来，一只青蛙噗的一声跌落池塘里……

　　第二天早上，阿信在草地上捉到几只大青蛙。他把它们用网兜起来，悄悄地放在一个地方。傍晚时分，阿信看见队长提着尿壶在菜园里浇菜，之后把尿壶搁在墙根下。阿信瞅准机会，靠上去把网兜里的青蛙全装进尿壶里。过一会儿，他看见队长提着尿壶进了院子。那天晚上，阿信守在队长家的墙头上。院墙上有一棵大树，遮住了他的身子。他蹲在墙头上，可看到队长的卧室。他等呀等呀，等到了半夜时分，等待一种奇迹出现。

　　半夜过后，队长咳嗽着起来了。队长摸黑下了床铺，提起尿壶尿尿，他把那个硕大无比的家伙塞进去。显然，滚烫的尿水把青蛙冲得乱撞起来，它们的反应是撞向探进来的物件。队长大叫一声回手护裆，手中的尿壶跌落地上摔个破碎。"蛇！蛇！我被蛇咬了！"队长大叫着坐在地上。当老婆开灯照看时，队长的脸吓成了土灰色。

　　几只青蛙在混乱之中趁机逃遁，跟着青蛙逃跑的还有阿信。村医文风连夜赶到时，颤抖不休的队长已经不行了。文风好不容易救醒队长，他在查看裆部时，居然没有发现任何伤痕。"蛇在哪里？你们看见蛇吗？"他掩着鼻子挡不住尿骚味，他问队长的家人，队长的家人只是摇头。他问队长，队长只是捂着胯下。文风屏退队长家人，用手电再次照看队长，队长的家伙疲软不堪，看上去如同一把抹布……

此后许多个夜晚，阿信再也不见队长到阿万家。阿信也没有听到队长的消息。阿信在田头遇上队长老婆，看见女人的脸上伤痕斑驳。阿信知道队长打了女人。阿信不清楚队长为何打女人。阿信同情这个可怜的女人。他停下脚步，想跟女人说句什么，想不到女人看了看他，先说："阿信，最近晚上都睡沙地？"阿信"唔"了一声算作回答。女人笑着对阿信说："一个人在野地里睡觉，可睡得进去喔？"阿信点点头又摇摇头，他不知道怎么回答。他警觉地看着女人，生怕女人知道他的底细。

女人靠近阿信的身子，突然翻开鬓发，露出一处樱唇般的伤口。"阿信你看，我不小心被石头砸了，你能帮我弄点草消毒？"田野上到处生长着止血的草，阿信寻着几株采了，放在手心用劲搓揉，把浓绿色的草汁涂在她的额头上。女人仰脸让阿信涂抹着伤口，阿信看女人的嘴唇哆嗦，眼窝里溢满了泪水。阿信安慰了几句走了。女人在背后叫他，他转过头去，女人却没有说出什么话。

当晚阿信很早就睡着了。他躺在沙地上舒服极了，既没有做噩梦又没有窝心口。原来堵在喉咙的鱼快乐地游开了。半夜时分，阿信后背触碰到暖呼呼的身子。他想阿万家的狗又窝在身旁跟他亲热。正当他要出手赶狗，狗却嘤嘤地哭泣起来。阿信背对着狗听着，他怀疑是在梦乡里。他用力地掐着胳膊，胳膊发出刺心的疼痛。阿信呼啦一声坐了起来，瞪大眼睛看：地上居然躺着个大活人！这个大活人还是女人！

"你是谁？"阿信喝道。

队长的女人用手抱着阿信的腿脚，发出伤心欲绝的哭泣。阿信慌了手脚，他动了动身子，不知道拿女人怎么办。多少年了，光棍阿信梦里都想有个女人，现在女人躺在他的身旁，女人抱住他的腿脚，他却拿不准如何对待她。好在阿信是个善良的人，他知道做个善良的男人，是不该让女人哭泣的。他伸出手轻轻地摸女人的头发。阿信抚摸女人的头，女人哭得更厉害了；阿信拿开自己的手，女人还是照样哭着。阿信呆呆地坐着，心里慌乱极了。无数生的委屈回到他的痴心里。他想既然劝不住女人，就陪女人哭好了。他坐在女人身旁，哇的一声哭了起来。阿信的哭声真实而感人，它迅速把女人的哭声比下去。女人突然噤了声，从地上坐起来。女人伸出手，抚摸着阿信的泪脸。当女人轻声呼唤阿信的时候，阿信一下子把她抱住了。

　　长年光棍的阿信不懂善待女人。他抱住女人按住她的身子，胡乱地扯拉她的衣服，把她压在地上动弹不得。阿信进入女人的身体，女人再也不叫了。女人张开自己的身体，用嘴咬住阿信的胳膊，任凭他在上面狂风肆虐。

　　黑暗中女人哭了笑了，笑了哭了，又哭又笑的女人，对阿信来说既陌生又害怕。阿信拉着女人说："他打了你？下手真狠！"女人呜呜地哭着说："你不是也打我呀，你们男人没一个好东西……"阿信问女人为什么被队长打，女人说他被蛇咬了，以为是她做的勾当。队长打她就像打一头牲畜。女人说完笑起来："哈哈，报应！"女人挣脱阿信的手说，"他现在恐怕是不行了，真是老天报应呀！"她突然从地上站起来。她在整理衣服时，再也不对阿信说半句话。阿信想到女人的委屈，他想这种委屈是他造成。阿信不知道如何表达这份歉疚。阿信实在想不出如何答谢女人，他从身上摸出两张票子，把它们塞在女人手里。女人借着微光看了看，突然出手"啪"的一声打了阿信。阿信的脸火辣辣地痛着，当他俯身拾起票子时，女人跌跌撞撞地消失在黑暗里……

　　那年夏天，队长死了。

　　出殡的那天上午，全村人都来了。他们排成长龙跟在灵柩后面。队长的亲人组成一队哭丧的合唱团，领唱的人是队长的女人。她穿着麻衣，头上扎着一条白色布带子　跟在灵柩后面顿足捶胸　哀哀哭泣　褐红色的灵柩在绿

192

色的田野上徐徐穿过，闪耀着一层夺目的光芒。队长的女人呼唤着男人的名字，诉说着队长充满辛劳的一生，同时倾泻她对男人的牢骚和不满。村里人听到女人口口声声倾诉她的委屈。她说，男人呀你当你的队长，可你知道我在队里是如何忍气吞声，夹着尾巴做人。你在人前，我在人后，有人说你闲话我当没有听见，有人恨你怨你我还赔笑脸，有人捧你哄你我不时给你提醒，可你从来不在乎我的苦心，你把我给你的一切都当作是应该的，你把我当成是你家的一条狗一头牛。可你到死都不会明白呀，你也是村庄的一条狗和一头牛！你把所有的忠诚和力气都给了村庄，你为村庄操心，替村庄卖命，一心扑在公家上，可你几时顾了咱们这个家呀？你看你的老婆孩子吃什么穿什么？你最后居然还染上了毒瘾樟脑酊。有钱你打，没钱你也打；有命你打，没了命你也打！你把身上的血管都打没有了！你把自己打成了一个大肚子！你把家也打毁了！现在你两手拍拍一走了事，可你得告诉我，我该怎么活呀？你得给我说说，我们孤儿寡妇该怎么活啊……

　　女人的哭诉吐音清晰、表达清楚、声声入耳，全村的人听到了都流下了泪水。他们第一次知道这个女人的辛酸和苦恼。第一次想到原来队长也是人，队长也有一个家呀！当女人最后拼命地用头撞击灵柩时，全村的人哭成一片。这种哭泣声波涛汹涌，推波助澜，本来不哭的人也哭了，哭哭样子的人真哭了，真哭的人越哭越伤心，泪水稀里哗啦落下，就像下了一场小雨，把地上都洒湿了。

　　傍晚时分，花枝从山上回来，她把牛拴在牛栏里，走回家对奶奶说："您说怪不怪，队长死了，几头牛今天不吃草，好像也充满了哀伤！"水南婆婆说："牛通人性，它们受了哭声的惊吓，过两天就会好的。"花枝说："如果不是亲眼所见，谁会相信这种事。队长死了，那头暴烈的火牛，还流下了泪水！"水南婆婆说："动物和人本性相通，有时候是会有奇迹发生，当年花朵死的时候，蜜蜂在院子上空盘旋，乌云一般把天空都遮住了。"花枝说："姐姐死的时候，院子里飘荡着异香，那种香气至今我还记得。"水南婆婆说："你姐姐长得花骨朵似的，她心地纯洁守身如玉，临终才发出那种异香呢！"

两个人正说话间，花枝突然跳起来，几只大蛤蟆竟然卧在地上。花枝叫着跳到一边去，水沟旁的地上还有更多蛤蟆。"奶奶！这地上全是蛤蟆？怎么会有这么多的蛤蟆？"水南婆婆拉着花枝探寻蛤蟆，数不清的大小蛤蟆跳跃向前，全都向着大水塘进发。她们到水塘边查看，水塘里的蛤蟆更多。一路上，蛤蟆争先恐后往前爬，它们全跳进水塘里，看上去黑压压一片。花枝失声叫："真吓人！我好害怕呢！"

水南婆婆拉着花枝离开池塘，到家时神色疲倦，早早上床睡觉了。

当晚，水南婆婆一直坐着不睡觉。她不睡觉的时候，村里没有一个人知道。她不睡觉的时候，连花枝也不知道。早上花枝起床时，看到奶奶正在收拾东西，她把随身带的物件打成一个包袱。花枝惊讶地叫道："奶奶，你这是做什么？"水南婆婆说："最近我老想龙凤鼓，我要去找他们！"

"您想去找那两个瞎子？到哪里找他们呀？"

"我跟他们有个约会，现在约会时间到了！"水南婆婆说。

水南婆婆不理花枝的劝说，她差遣花枝把水瑛叫过来："我和花枝要进城走亲戚，这门户交给你看管。"水瑛一听水南婆婆这话，她非常惊讶。水瑛问："你们在城里有亲戚？那……什么时候动身？"水南婆婆说："我还没算准动身时间，我走的时候，你送我一程好吗？"水瑛从来没见老人出远门，她抬起眼睛看花枝，花枝眼睛含着泪水。

水瑛说："阿婆，您有什么事吗？"

"我要去找龙凤鼓，多年之前，我跟龙凤鼓有个约定。"水南婆婆淡然说道，"现在约定时间到了！"

村里人听到这个消息，纷纷都赶过来。水南婆婆家围着很多人，夜校扫盲班的学员，陆陆续续都来了。这些村庄的女人，听说老人要离开村子，突然都哭了起来。哭声连成一片，听起来让人动心！水南婆婆起先还会说话，后来一句话都不说。她木然地坐在屏风前的椅子上，一动不动地端坐着。她闭着眼睛不看人，好像是睡着了。女人们开始说挽留的话，她们说老人想走，明天走也不迟呀！不知过了多久，女人们看到老人流泪了。那眼泪像两条黄色的爬虫，从她凹陷的眼窝流下来，慢慢地流到她的下巴。水南婆婆任凭泪水流下来，她闭着眼睛发出了叹息——

"你们这样子，耽误了我动身的时间！"

过了一会儿，水南婆婆睁开眼睛说——

"你们这样子，也耽误了我跟龙凤鼓的约定！"

那时候天黑下来了，风寂静得没有了的影子。空气中飘荡着一股硫黄的味道。它们代替了队长死的时候的樟脑酊味。人们开始吃晚饭，公鸡竟然叫了起来。起先只有几只鸡叫，后来所有的鸡都参与黄昏过后的打鸣。它们扰乱了村里人的安静生活。女人们拿起扫帚打鸡，鸡们纷纷逃离窝巢，飞纵到院墙上，飞到了屋顶上。它们站在高处啼叫，声音听上去亢奋而急切……

那时候有人走在一起了。自从埋葬了队长之后，阿信被所有人所嫌弃，他的身上散发一股恼人的樟脑酊味，还有一股神秘的腐烂气息。黄昏过后，阿信一跛一跛地走在乡村的道路上，他看见阿兰迎面走来，避到一边给她让路。阿兰低着头向前踯躅着，她抬头看见阿信，反而停下脚步。阿兰吸了吸鼻子，笑着对光棍说："我原来只知道你是村庄憋气最长的人，现在我才知道，你还是最有情义的人。"阿信"呵呵呵"摸着头傻笑，他知道寡妇说什么。他还知道队长死的时候，全村只有寡妇一个人没有给他送终。他故意对寡妇说："我有情义有什么用，人家队长临死之前，惦念的人可不是我呀！"

阿兰看着光棍阿信："他临死前说什么？"阿信迟疑一下说："他……他最后声音微弱，可我听到他说什么，他念叨你的名字呢！"阿兰吃惊地看着阿信，她攥住阿信的胳膊，想听更多的话，可是阿信不说了。阿信只对阿兰说，队长他有时候脾气大点，可为人还是不赖的。脾气大点有什么，因为他是队长嘛！我阿信人傻可心不傻，这么多年以来，我和娘住在队部，没有队长怎么活呀？做人总得讲点良心是不是？没良心的人不如一条狗是不是？你知道昨天在山上，全村人都哭成一片呢！大家都怀念队长啊！现在队长死了，村里没有了主心骨，接下去的日子不知如何过呢！

阿信这番话正好说到寡妇心坎上，阿兰勾头耸肩哭了起来。阿兰说："这几天我心里好凄惶呀，是我没有良心，他病倒住院以后，我一次也没有去看他。到死没有见他一面，我真不是人啊！"阿兰蹲下身体抱着头，一副痛苦不堪的形状。阿信突然可怜起这个女人，阿信同时也痛恨这个女人。他站在寡妇面前，让她尽情忏悔哭泣，他等寡妇终于哭好了，突然冷冷地说："你本来就是没有心肝的人！我阿信还救过你的命，你不但没有一声道谢，而且连正眼都不看我一下。"

女人听到阿信的话，慢慢站了起来，她上下打量着阿信，撇了撇嘴说："谁要你救我呀？我没有心肝，死了才好！"阿信说："你想死？你真想死，我陪你！"女人说："你说的是真话？我去死你也去死呀？"阿信说："我们男人说话算数，不像你们女人！"女人打了阿信一下："我们女人怎么啦？我现在就想死，你跟我吗？"阿信胆子大了起来，他上前抱住女人不放。"你让我抱，我死了都好。"女人让他抱着亲着，她轻声地对阿信说："你救我的命我记得呀，我们到海边去说，我把命还给你。"

女人前脚走阿信后脚跟着，到了海边女人竟然走到水里。"我现在就去死，你跟我吗？"女人站在齐腰深的水里，朝着阿信笑。"那回你救我，是在这儿吗？"女人边说边往深水蹚，阿信看她蹚到胸部的水深，紧跟着踩水过去，又把女人抱住了。"你死我也死，我阿信说到做到！"女人站在海水里摇晃着，任凭阿信搂抱抚摩，阿信抱着女人哭起来："你真想死呀！你好狠心呀！呜呜——"女人吸吸鼻子，用手拍着他说："你这一身的樟脑酊味，你身上有队长的魂儿，今晚我把命还给你！"

女人说着动手抚摩阿信，她把阿信的衣服解开了，用海水扑打他的身体："让我用海水洗去你的樟脑酊味，也洗去你的死人气息！"阿信也把女人解开了。他们站在齐胸深的海水里，紧紧搂在一起不能分开。海水拍打着他们的身体，他们相互拥抱着抵抗海浪摇荡。女人说："阿信呀，你不是做梦都想我，我们就要死了，在临死前，你不想要我吗？我现在是你的，你爱怎么着就怎么着……"

阿信哪里听得清她说什么。他站在水里就想要女人。他把女人抱起来，女人像一根长藤吊在他身上。阿信抱着女人慢慢往浅水走，他把女人平放在沙滩上。夜晚的沙滩温暖柔软，夜晚的沙滩也催发激情。阿信趴在女人身上，感觉到一阵摇晃动荡，身下的女人也感到摇晃动荡。

阿信感觉到下面的大地正在摇晃，这大地摇晃得厉害，可阿信只把它当作高潮时的头脑晃荡，他随着摇晃的大地上下起伏着，他只想让女人叫得更欢一点，他眼前突然出现了一片红晕。那片红晕越变越大，越大越亮，最后把阿信的整个意识都笼罩住。阿信哪里知道，这时候的村庄，大地摇荡，房屋倒塌，人畜呼叫，一片混乱——

一场百年不遇的地震已经来临！

图书在版编目(CIP)数据

水南婆婆/黄明安著. —福州:海峡文艺出版社，
2024.8
　("望海潮"原创长篇系列)
　ISBN 978-7-5550-3805-4

Ⅰ.Ⅰ247.5

中国国家版本馆 CIP 数据核字第 20247XN634 号

水南婆婆

黄明安　著

出 版 人　林　滨
责任编辑　林可莘
出版发行　海峡文艺出版社
经　　销　福建新华发行(集团)有限责任公司
社　　址　福州市东水路 76 号 14 层
发 行 部　0591－87536797
印　　刷　上海盛通时代印刷有限公司
厂　　址　上海市金山工业区广业路 568 号
开　　本　720 毫米×1010 毫米　1/16
字　　数　190 千字
印　　张　12.75
版　　次　2024 年 8 月第 1 版
印　　次　2024 年 8 月第 1 次印刷
书　　号　ISBN 978-7-5550-3805-4
定　　价　68.00 元

如发现印装质量问题,请寄承印厂调换